岭南岭北·清平记

虞宵 著

深圳市龙岗区宣传文化资金资助项目

经济日报出版社

图书在版编目（CIP）数据

岭南岭北：清平记 / 虞宵著. -- 北京：经济日报
出版社, 2021.9
　ISBN 978-7-5196-0927-6

　Ⅰ.①岭… Ⅱ.①虞… Ⅲ.①散文集-中国-当代
Ⅳ.①I267

中国版本图书馆 CIP 数据核字（2021）第 187319 号

岭南岭北·清平记

作　　者	虞　宵
责任编辑	王　含
责任校对	蒋　佳
出版发行	经济日报出版社
地　　址	北京市西城区白纸坊东街 2 号（邮政编码：100054）
电　　话	010-63567684（总编室）
	010-63584556　63567691（财经编辑部）
	010-63567687（企业与企业家史编辑部）
	010-63567683（经济与管理学术编辑部）
	010-63538621　63567692（发行部）
网　　址	www.edpbook.com.cn
E－mail	edpbook@126.com
经　　销	全国新华书店
印　　刷	成都兴怡包装装潢有限公司
开　　本	880mm×1230mm　1/32
印　　张	8.75
字　　数	190 千字
版　　次	2021 年 12 月第一版
印　　次	2022 年 1 月第一次印刷
书　　号	ISBN 978-7-5196-0927-6
定　　价	68.00 元

自 序

散文的面孔， 生活的味道

　　这是我长达一年的、深居深圳某街道的一段青蓝生活。这是我个人生命痕迹、个人精神轨迹。

　　时光泛白，流年不惊。

　　面对岁月悠长，要么积水成渊，要么静水流深，要么随物赋形，都是为了存在，为了贴近大地，贴近自己的内心。

　　写作也好，阅读也好，百无聊赖也好，皆有这种感觉。我不算勤奋之人，说不上多有灵气，只是在适当的时候，记录下一些内心隐藏了很久的东西，比如写母亲，写季节，写村庄，写街巷、河流、夜色、路人。记录那些关于青春的、忧伤的、神的、故乡的、城市的一些文字，是我此生最大的梦想，生活既宁静安详，又活色生香。

　　都市抒写，当代表达。本作品集分上、中、下三辑，全书约15万字。

　　上辑和中辑为散文非虚构，主要以作者往返岭南和岭北城乡之间的个人独特视角，阐释现代人与事的衍变，透视个体在剧变时代展现的各种困惑、挣扎、突破、重生等精神状态，以及对各种事物的凝望和对视，以文学之笔记录、诠释岭南岭北的人文生态。

下辑为近两三年来作者亲赴家乡粤北山区采写的婚恋纪实文本，全篇3万余字，通过走访、记录，窥一斑而知全豹，让人们了解到当下城乡婚恋存在的问题，以期唤起人们对偏远山区群体的关注。同部分作品包括对岭北地区的人文、风景、事物的记录。

文艺创作也好，文艺表演也好，都应从生活提炼出来，当我们跟生活距离越来越远，不明白生活的时候，就写不好作品，也演不好任何一个角色，所以我始终坚持与生活的亲密接触。

把一片沙漠变成一片森林，把一块荒地变成一块花地。文学正是如此天马行空，才如此妙不可言。

以赤子之心，在生活的沃土中，用文学叙写本心。

是为序。

目 录 Contents

上
辑

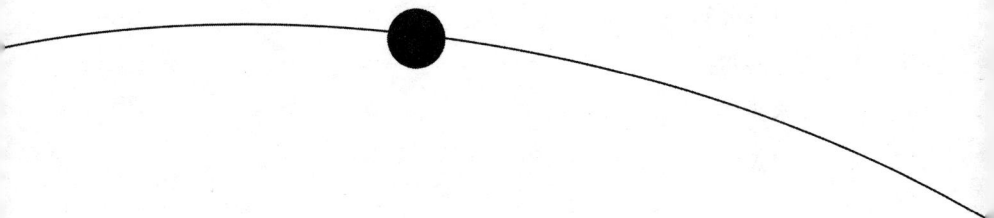

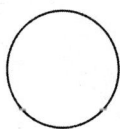

显山·露水

这片水面
来到这片水面辽阔之地
与一只白鹭隔岸相望
它梳理羽毛
我牵起裙摆
以水为镜
对影成双

我愿长久守护这片芦苇丛
筑一个粗糙的窝
白天洗衣做饭，养一群孩子
晚上挑灯夜烛，喝酒、吃肉
每天与你迎接朝霞送走夕阳
劈柴、浇花、撸猫
在漫天星光下
弹起木吉他

哼唱母亲时常吟唱的无字民谣

我听出来
里面有祖先的爱情
就像那对白鹭

　　南方的植物，大多枝繁叶茂，树叶硕大、墨绿。花朵饱满多汁，艳丽丰饶，大红大紫，热热烈烈，跟南方人内敛低调的性格出入颇大。而北方，最硕大的花朵应属牡丹花。

　　南方的这些绿色植物，就算新出的嫩芽也是青翠欲滴的，似茁壮蓬勃的少年，遇风就长，遇水就蹿个。沿河的枝丫饱含水分，一群群，一匝匝，争先恐后，见缝插针，仿佛一群自由奔放的少男少女。这些水水的植物，肆无忌惮地挤成一团，像与情人拥抱，耳鬓厮磨，如年轻人火热的爱情。

　　最多见的花卉是簕杜鹃，逢花期，三角形的粉色、紫色、白色花瓣簇拥在一起，圆头圆脑，天真烂漫，既低调又个性十足，像极了岭南人的秉性。

　　南方人爱"水"，无处不话"水"。这个"水"，非自来水的水，它指的是"金钱、财富、资产"。

　　珠三角气候湿润，水资源十分丰富，因而造就老广爱水的习性。他们的出工时间就是出海、出江、出河，撒网捕鱼，娱乐时间就玩扒龙舟、洗龙舟水、游泳、钓鱼，祭祀时要拜祭妈祖、拜水神。外出营生也多往海外去，下南洋，去欧美，到澳洲，凡是有潮水、有太阳的地方就有老广，粤人的足迹遍布五湖四海，粤人的先民自古以来就善扬帆出海，与风浪搏斗，与水同舞。

岭南的江河湖泊，与北方的雄浑开阔、浑厚壮美大不同。它们似乎总是漫不经心的，又充满激情的。

龙岗河

20 世纪 90 年代初的龙岗河，一眼望去，到处是成片的农田、丘陵、溪流、池塘。满眼田畴青翠，稻花飘香，河道弯弯，白鹭翻飞，一幅田园牧歌的景色。到了 20 世纪八九十年，龙岗的镇、村大量引进"三来一补"，低廉的租金和人工吸引了大批港资、台资、美资企业进驻。最多的是纸品厂、五金塑料模具厂、玩具厂、家具厂、印刷厂等。十年八年过去，龙岗河的水流逐渐变得黏稠、缓慢，气味异常，颜色呈灰色、墨绿色，甚至墨汁色。河水变得富养分，河道水草疯长。鱼儿慢慢消失，连鸟儿也不愿驻足，都飞到别处觅食去了。原本世世代代奔腾不息、鱼群出没的龙岗河变得有点像步履蹒跚的老头。

当年的龙岗区大部分村镇人烟稀少，只有靠近罗湖的布吉、横岗等乡镇，凭着大量的外资企业、大量务工人员的涌入，一下子喧嚣热闹起来。

犹记得，1993 年，20 出头的我入职龙岗区横岗镇文化站，那时正是宝安龙岗分区，我凭着一张《深圳特区报》上一块豆腐大小的招聘启事，应聘横岗镇文化站的文艺演员。一次无意翻看镇政府的文件，当时横岗的户籍人口约二三千人，全龙岗区户籍人口不到 3 万，而外来务工人员接近 10 万。

那时的龙岗河，四周荒芜，地处偏僻，只有几栋低矮的农民楼，零星分散了一排排、一间间灰色的砖瓦房。

　　这些房子大多属于龙岗当地的客家和广府当地住民，有的租给外来的工人、养殖户居住，有的自住。屋前有鱼塘，屋后有荔枝、龙眼、芒果树。

　　2019年7月的一天，盛夏季节，闲着没事，自己一人跑到龙岗河看水观鸟去。上午10点半开始暴走，一路沿途，河水清澈能见底，只是有些河段偶有臭味，尤其是排污口。这一段路也见识了深圳天气的骤晴骤雨，突如其来的一场暴雨，胸部以下全湿身，分不清雨水还是汗水。小雨伞差点被吹飞。深圳这地方，说风就是雨，出门如果不随身带一把伞的话，随时一场暴雨突降，令人猝不及防。

　　大雨滂沱，河水暴涨又迅速回落，从清澈到混浊再回到清澈。天气就像孩子脸，河水也像孩子脸。令人惊喜的是，暴雨中居然见到一对白鹭伫立于水中央，或飞起又降落，它们觅食、踱步，优哉游哉，完全视我为无物。

　　毋庸置疑，这是一对白鹭伴侣，鸟儿极少孤身只影，它们大多成群结队，人丁兴旺，最少也是成双成对。我想，白头到老，就指这些头上长白色羽毛的鸟儿。

　　形单影只的，可能只适合人类，孤独的人被形容为孤家寡人。

　　那两只鸟儿远远地在河中漫步、觅食、窃窃私语，并不理会我这个不速之客，也不惧怕我这个冒昧的人类。因为这片地头本就是它们的，我只是它们领地的闯入者。

　　龙岗河位于深圳东部龙岗区，流经深圳和惠州，它的河口在坪山坑梓的龙田河，流经惠州淡水，还接上了下陂的淡水河。河流就是这样，兜兜转转，峰回路转，最终还是汇入大江大河，再奔向星辰大海。

在龙岗，最具代表性的河流应属龙岗河。它的上游位于龙岗南侧的梧桐山，流出横岗，各条支流分别叫梧桐山河、大康河、简龙河、茂盛河。可惜如今的简龙河、茂盛河不见了踪影，原来是被埋进了地下，变成了地下河，或者称为涵洞。

这些都是大城市极速发展的"畸形"河流，不见天日的河流，想想也是带点惊悚意味的。

经过多年的整治和环境提升措施，如今的龙岗河，华丽转身，旧貌换新颜。龙岗河两岸高楼耸立，看那东方明珠城、珠江广场、正中时代广场，都是人类的产物，到了晚上，窗户透出的光，是一个灯火里的中国。沿河而建的龙园公园，每逢周末都是游人如织，沿河修建的亲水平台水清沙幼，湿地植物繁茂，金色、黄色、粉色，色彩斑斓，热烈奔放。一眼望去，铺天盖地，密不透风，感觉脚都插不进去。

那些荷塘也是遮天蔽日的，荷叶田田，船儿穿梭其中，脑海中现出洪湖水浪打浪……

梧桐山河

这天周六，依然正常上班，没坐 M351，鬼使神差坐上 M386，本应在银河社区站下车，但恍惚间，还是坐过了站，大巴拐进横坪路，到二职校站停下，将错就错，反正经过梧桐河段，那就看梧桐河吧。到了园山街道办下车，就顺势走了梧桐河东段这一段。

梧桐山河河岸的这个老工业区垂垂老矣，一种残旧破败之感迎面扑来，而挨着的新楼盘则咄咄逼人，摆出大举进攻之势，也许，未来的这个城市有可能产业空心化，工业完败，地产完胜。

天气阴沉，还有点闷热，手机天气预报说有雨。戴着口罩漫步走，依然满头满脸满嘴汗，妆容也岌岌可危。

梧桐山河东段河水清澈，没有臭味，河床深，水流浅，像条小溪，想想以前的梧桐河可是河岸宽广的一条大河，现在在河岸工业区、涵洞、桥梁、公路的挤压下，变得瘦小、苍白、阴郁。

人间三月，河岸开满了白色的小菊花，大片的芦花开在岸边的高坡上，芦花丛后面一片高大茂密的树林，几只不知名的大鸟飞进去又飞出来，嘴里发出呱唧呱唧的叫声，估计鸟儿在树林子里筑了巢，看来它们打算在这里长久安家了。

疫情后到处复工复产，"圆梦谷创业园"门前停满了小车和货车，几个工人在打模具，服装厂里几个设计师模样的人在裁剪布料，旁边的小哥在分装服装，红红绿绿的服装看上去很潮。工业区门口一家湘菜馆坐了一群中年模样的工人，吃着简单朴素的午餐。隔壁这家便利店也挤满了人，都戴着安全帽，都是附近楼盘工地的工人，放工后来打快餐和买水喝的。

工业区一大半被新楼盘占去，老旧的工业区灰头土脸，老态龙钟，剩下的几栋厂房被铲除，新楼盘替代旧工业区是迟早的事。旁边中铁二局的工地热火朝天，气势如虹。

拐出横坪东路上龙岗大道往西走，走过永湖地铁站、横岗地铁站，逛了一圈荣德国际，一路买一路吃。一算步数，居然不到8000。

梧桐山河上游，清澈的水，让我有点不敢相信，深圳的河流竟然如此美丽！

这是一条有神庇护的河。

这才是一条健康的河。在上游一个河段，它显示出一种少年的天真、轻盈、生机勃勃、意气风发。到另一个河段，又焕发着如青年般的健壮与沉静。

以往曾经承受过的创伤、污水、白眼、唾弃、厌恶以及避而不及，到如今，逐渐被惊喜、欣慰、爱与感激包围。它的欣欣向荣，它的日渐安好，在岁月的抚慰下，正回归自然。

它要用流水潺潺作为情歌，为这些心存善意的人们祈福。

它扯着青春的嗓音，蜿蜿蜒蜒的碎步小跑着，扭动着腰肢，晃动着脑袋，掀起裙摆，那河边的杨柳、芦苇、水草是她腰肢上的绸带和蝴蝶结。天空飘荡的云朵是它的长发，点点星光是它的头顶上皇冠的钻石，一弯新月是它含笑的嘴角。它是需要放声高歌的，唱给路边的行人，垂钓的人，打太极拳的人，跳秧歌舞、跳交谊舞的人，嬉戏奔跑的儿童，一路自拍的人。那些爱她、怜她、为她奔走呼号的人，可爱的人。

丁山河

今天台风"白鹿"来袭，风雨交加，丝毫不见清凉，全身大汗淋漓。独自一人走坪地丁山河，并逛了一圈国际低碳城，意外发现古村新桥世居，月池的水洁净美好，雨点打在湖面上，溅起大朵的水花，水波荡漾开去，泛起一圈圈的水纹。偷偷溜进新桥世居老屋里，只见夹杂了大片突兀扎眼的现代建筑，到处是在建工地，到处是泥巴和建筑垃圾，害我高一脚低一脚避让着走，差点摔一大跤。新桥世居最漂亮的是门楼顶那个飞檐，下面压着一条姿态优美的鱼。有次去正遇到施工，前面多处老屋被拆掉了，不知那条鱼还在不在？

雨天下，路上见不到几个人，只好自拍自嗨。

河边还能见到白鹭飞来飞去，躲雨时，身后这棵树上挂着一个硕大的沾满雨水的蜘蛛网，亮晶晶的，差点给我撞上去。

丁山河相比龙岗河，除了柔宇等大型高科技企业外，沿岸基本没有密集的生活区和工业区。雨后的河岸辖区空气清新，闻不到一点排污的气味。

河边的野草长得鲜嫩繁茂，快到大腿高，脚踝没入草丛，真担心会踩到一条小青蛇。

这是今年走的第 4 条深圳的河流，之前还走了 5 个水库。

余石岭溪流

这座老公园离我家不远，步行约 15 分钟，原名余石岭公园，不知为何，也不知哪位高明的地方官，不知是心血来潮，还是搭错了哪根筋，硬是把流传了几百年的"余石岭"这个老地名，改成千人一名的什么"龙城公园"，害我这个傻帽老把它跟龙潭公园、龙城广场搞混在一起。连本地人都一头雾水，我想，外地人更头大了。

可我依然顽强地、执拗地、一厢情愿地，对内对外对全世界称之为余石岭公园。

原来的余石岭公园是由几个山头组成的一个郊野公园，现在成了市政公园，周围已是高楼林立，似乎准备"大举入侵"这一片山地。

余石岭公园最大的缺陷就是没什么水，比如瀑布、溪流、湖泊之类的，于是园林设计师就整了一条人工溪流，称为"花溪"。

原来南坡有一处泉眼，被蜂拥而至的人接水泡茶去，如今山泉水也不见了踪影。

花溪的上游是一个人工开挖的小湖，采用人工引水，铺设管道注入自来水，然后让水流延伸至花溪。可惜花溪做的是水泥硬底化，水量少时，能看到水底的水泥地，大大煞了风景。

只是花溪两岸的植被很繁茂多姿，种了簕杜鹃、美人蕉、野生兰花、美女樱、长寿花、向日葵、凤仙花、龙船花、兰花草、鸡蛋花、蓝猪耳等一众水生花卉，几乎常年花开不败。

每逢周六，园内游人如织，人声鼎沸，跳广场舞的大妈大叔基本上把空地全占了，东一拨西一拨，音响震耳欲聋，伴着《天路》《晚秋》《万水千山总是情》的曲目跳得热火朝天。舞太极剑的，清一色一袭长绸白衣，凝神聚气地随着小喇叭里的音乐缓缓舞动，一副气定神闲、众人皆醒我独醉的模样。八角小亭子里一群音乐发烧友则摆上了一堆"架撑"，什么二胡、笛子、手风琴之类的大众乐器，还有小提琴，还有麦克风，唱的基本都是经典民族歌，不过倒是蛮有艺术性的，带美声那种，尽管声音不再年轻。

我疾步穿过那一群群跳舞跳得满脸通红的人，打太极剑打得忘乎所以的人，吹拉弹唱全情投入的人，健身器材区大呼小叫的人，草地上呼呼大睡的人。

金龟河

　　沿着横坪路，一直走到金龟村。记得十几年前，曾与先生来过几次金龟村。当年这里的一条清澈小溪让我记忆深刻，小溪里的鱼儿、田螺清晰可见，小溪旁田畴碧绿，景色优美，当年吃了一个农家乐，吃的是窑鸡、山坑螺等农家菜，那种家常菜的可口、醇厚，令我记忆犹新。

　　今天我们也想吃个窑鸡，可惜这里已经变成艺术村了，那家农家乐不见了踪影。

　　小溪依然清澈，但不复当年的那种味道，带点浅灰色的溪水里看不到田螺。

　　艺术村几乎都包装出租了，成了网红店的模式，一家家单门独户的，门前围上竹和木做的篱笆墙，花圃种上花花草草，店里卖咖啡、卖多肉植物、卖服装饰品，经营画室、餐饮。村内的路面铺了沥青，画了停车位，商业气息和文化气息融在一起，曾经灰头土脸却又洋溢着农家气息的小村彻底改头换面。

　　艺术村一侧那块菜地还保留了下来，这一块约两三个篮球场大的菜地，时至春日，菜地里种了麦菜、包菜、辣椒、茄子之类的蔬菜，菜地边大片的野菊花开得灿烂而野性，引来狂蜂浪蝶，飞啊飞，蝶舞翩翩，蜜蜂嗡嗡叫。

　　疫情期间，艺术村并无多少游人，路边停着一部大房车，几个老板模样的男人在一栋泥砖老房子面前聊着天，看来不是要投资，就是要转让。

龙西河

在百富城段龙西河，河水由清林径水库、回龙河汇入龙西河。河中可见几条半个巴掌大罗非鱼游来游去，我不禁兴奋得大叫。

区水务局的肖科说，河水可达二类水，能洗衣做饭，烧开了还能喝。游水不会得皮肤病。比龙岗河优质得多。

经过涵洞，洞顶印下一片水迹，小欧说汛期时，河水能涨到洞顶，地下井盖也被掀翻起来。

龙西河是目前闻不到味道的精彩的一段。

游这段河令人心旷神怡，精神爽利。

在石屎森林里藏着一条如此清澈的河，几代龙岗水务人付出的艰辛可想而知。

希望龙西河河流之美一直恒久远。

河床旁边靠近水草的地方，被挖出一个个圆形的凹陷进去的沙窝，这是罗非鱼为了产卵自己挖出来的。

4 月是动物产卵、孕育生命的季节。

这些沙窝有趣而神奇！

回到龙岗中心城愉园市场，看到有商户卖田螺。

这个季节的田螺有仔，硌牙齿，不好吃，到了八月十五才是吃田螺的季节。

河道分段管理，巡防员严防死守不给游人进入，一旦放松，游人一窝蜂进去，钓鱼的，捕捞的，抓鸟的，挖沙子的，鱼儿和鸟儿逃之夭夭，这条河就废了。

龙岗河两岸感觉还是郊区味道，粗野，灰头土脸。现在在做工程，河岸边的大榕树多被移走，感觉亮堂了许多，视野也开阔了。看来两岸景观可大做文章。

治水提质是第一步，现在已基本完成，这条河是清林径水库流下来的，水质那是一等一的好。第二步就是河床蓄水，建设和打造两岸风光。

南风坳

南风坳是一水库名。

位于深圳横岗六约辖区。

今天，全城空气指数 100，暴晒指数 1000，补钙指数 10000。水库区风疾，小洋伞也撑不住，只能裸晒。火辣辣的太阳仿佛把人烤得七窍生烟，口吐白沫。

深圳的天气真是令人又爱又恨，又无可奈何。

六约南碧道建设已开工，推土机轰鸣。工人周末还在开工，估计室外温度 50℃，一个个面容黝黑，挥汗如雨。他们沉默寡言，埋头苦干。施工队大多为潮汕人，我一路跟他们搭讪，刚认识的一位负责人跟我聊得火热，要加我微信。

看山看水看花，写水库人家，记录一切眼睛发现的，心里装下的。乱花渐欲迷人眼，浅草才能没人蹄。荔枝林，满地黄叶，被锯掉枝丫的荔枝树、芦苇、野花、湿地……别人眼中索然无味的地方，在我眼中，处处皆景。

"南风坳"这名字是不是很有武侠的味道？它让我联想到西风烈、东方不败、大漠狂沙、水上漂、百步穿杨、北帝南丐中神通。想象自己变身东方侠女，双眸如星，长发及腰，身轻如燕，白衣胜雪，衣袂飘飘。隐身密林深处修炼武林秘籍，身手敏捷，情深义重，义薄云天。还有最要命的，一见杨过误终身。

海 岸

近日休假，携文友点墨妹妹跑蛇口海上世界。

一路地铁，自东至西，穿城而过。

天公不作美，轻度雾霾，阴天，能见度不佳。

步道紧紧挨海岸而建，海水还算清，岸边可见轻度油污，薄薄的灰色一层，也许是远处的渔船柴油发动机泄漏的。

点墨说，如果是艳阳天，海水湛蓝，风景绝美，金碧辉煌的，不似现在，灰蒙蒙一片。

多年未去，海上世界大变样，明华轮、酒吧、小肥羊火锅、星巴克、木屋烧烤、蛙来哒、意大利餐厅、印度菜，开得成行成市。渔女雕塑缩进公园里，不靠近海边，景观和效果打了折扣。

在袁庚像前的广场遇到几队游客，一个四人团，操北方口音，一人很认真地凑上去看碑上的文字。一个三人团，广东口音，男士搀扶一位高龄老太太，估计是他母亲，儿子一直在老母亲耳边用广东客家话讲解：他就是讲时间就是金钱、效率就是生命的那位袁庚先生。

点墨自豪地说，蛇口人素质很高的。

海滨栈道，市民在跑步、漫步、遛狗、发呆。远处是有名的半岛 · 城邦。

那些停靠港湾的渔船，有广州号、深圳号、东莞号，远一点的，令人联想到北洋水师的战舰——致远舰。近一点的，想到避风塘的海鲜。

楼盘依水而建，湖光倒影，绿树婆娑。

我和点墨嘀咕，住在海边，不怕潮湿？不怕台风？不怕海啸？不怕海水倒灌？

点墨说"山竹"期间，住户都躲进地下室去了。

晚上的海上世界，喧嚣热闹，烧烤店尤其火爆，不例外，年轻人居多，当中老外很多。

瞎逛、瞎吃、瞎搭讪，遇一小伙子牵两头哈士奇，引来小朋友大朋友又抱又撸的，原来是一家宠物公司在做宣传，专事服务无能力养宠物，又喜欢撸狗撸猫的人士进店，每次两小时，盛惠168元。

现在的城市，服务行业细分到没有做不到只有想不到，从头顶武装到脚指头。

碧　湖

昨天立秋。

台风后深圳气温迅速飙升至40℃，依旧盛夏季节。立秋只限于北方地区。

横岗塘坑背水库，堪称与城区最亲密"贴身"的库区，湖区四周被大片厂房、农民房、高档别"野（墅）"区、商业大厦紧紧"包围"。我把它称为"城中湖"。

偶遇　只喵星人，形单影只，乖巧地跟过来蹭我的小腿。他们说是别墅区里的一家公司的人养的。

在水库管理处，遇见一个古老的"铜锣"，老谭拿出来给我看，抗洪抢险时吆喝用的。一种最古老的警戒方法。想起紫禁城那几个大水缸，是用来防火用的。想起电影里，古代打更人穿街过巷一路喊的"小心火烛"。南方人建的镬仔屋，弯弯的耳朵墙，也是带防火功能的。

在别墅区里邂逅一片茂密的榕树林，树下有一小片粉色"花花"，"瘦瘦弱弱"的样子"我见犹怜"。

豪华别墅门前遇一棵"罗汉松"及各种高档盆景花卉。

各式美宅低调隐身其中，颇有英伦风。据说业主除了本地土豪，其余多为商人等"非富即贵"之人，主要来自粤港澳及沪闽等地。

湖对面正在建"碧道"，规划图说是要把周边的几大湖泊全部打通。

认识水库管理员老谭夫妻俩，来自江门。保安老王，来自揭阳。杨姐，来自陕西。阳光、清风、青草，与他们相谈甚欢。中午与老谭一家共进午餐，老谭太太做了八角花椒焖猪手、红烧非洲鲫、瘦肉南瓜茶。

一对夫妻，相濡以沫，守着水库，日子平淡。

庚子城 "记忆"

那几条笔直的、曾经车水马龙的、人潮汹涌的龙岗大道、龙翔大道、水官高速，冷清得似乎不食人间烟火，犹如世界末日。只是这个"末日"不是颓垣败瓦的，不是尸横遍野的，而是纤尘不染的，安静祥和的。街上几乎空无一人，寂静、冷清得令人有点毛骨悚然，不敢相信，这是深圳。人们都去哪了？响应政府号召，待在家里。返回内地过年的亲朋戚友，都不得外出，无法返回深圳，因为所有航班、铁路、客运、航运，都停了。他们大多待在老家超过一个月，有的超过三个月甚至半年。

5 月底召开作协换届选举大会，一位湖北籍的理事人选春节前返乡后困在湖北某乡下超过 3 个月仍不得归，最后只能另选他人。他微信里说，家乡全线封村，村子设了关卡，不能进，不能出，吃住没有问题，但何时是归期，他一脸茫然。其实我看不到他的表情，我估的。

深圳，龙岗，街上的店铺几乎全线关停，只有几家小超市仍在营业。路上稀稀落落的几个行人，也是捂着严严实实的口罩，面无表情，一种似有似无的戒备心弥漫在这个城市。双向六车道、八车道的大马路，只有公交车在行驶。坐了20多年的M351、M229，常常要等三四十分钟才有一趟车。据说是大巴司机多都被困在老家无法返深导致人手紧缺。

坐了20多年的M351，几乎每天雷打不动往返龙岗中心城和横岗。全程不超5名乘客。非常时期，人人戴口罩，不戴口罩的话司乘人员坚决不给上。车厢内的广播一遍一遍地播报：为了疫情溯源，请扫二维码，多谢合作。售票员一个一个叮嘱，直到乘客都扫了码为止。每位乘客都是配合的，上车后默不作声的，低头刷手机的，或望着窗外发呆的，比如我。所有人都是一副防备的、小心翼翼的表情。

车厢空旷、安静，电动大巴几乎无噪音，安静得令人窒息。

戴着口罩，头晕，感觉呼吸不畅，想吐。

我把头靠着窗，看龙岗大道一路的空旷，环卫工在坚守岗位，小超市开着，为留深的市民提供着生活必需品，外卖小哥在街头寒风中来来往往，逆风而行。

车厢里常常剩下我、司机、售票员，如果是自动刷卡的车，就只有我和司机两人。当中途有其他乘客上车时，我会紧紧盯着他（她）的脸，看他（她）口罩的颜色。车厢空旷，马路空旷，我隔着车窗望出去，玻璃上起了雾气。我不知道，眼睛是不是也冒出了雾气，否则怎么看不清外面的人？

和其他值守人员一样，我也每天雷打不动，在这条马路上穿梭、奔忙，见证疫情下人们的生活状态，精神状态。

二三月的深圳，气温一直徘徊在10℃左右，我感觉手脚冰凉，空气凝固。

每天穿厚大衣，围厚围巾，凡遇出太阳，就必然暴晒，让自己全身浸泡在阳光里。

这个年，很冷。这个时期，我和大多数公职人员一样，坚持上班，服从安排，做自己分内的、该做的事。

年初二收到微信工作群通知，因全城戒备，员工返岗，随时待命。大年初三从河源返回深圳，年初四上班，公交车发车时间久，等不及就打滴滴，居然一击即中，顺利得让人不敢相信。师傅说幸亏没回老家，否则不知何时能返回。这些天，与同事小伙伴一样，上了很多天班，走了很多路，用了很多口罩，喷了很多消毒酒精，挤了很多搓手液，流了很多泪……

住的这个大型花园，平时逢清晨傍晚，是最多运动达人出没的时间，但这几个月，几乎空无一人，人们都窝在家里，孩子、宠物也不见踪影。只有流浪猫东一只西一只的身影，它们眼神更加警觉，叫声也更加凄厉，因为食物少了。原来堆积如山的垃圾分类投放点，鲜见家庭主妇拎来剩饭剩菜。

所幸仍有善心人士时不时带给它们粮食，猫粮用泡沫盆装了，分到每个猫猫出没的角落。我也趁着晚上扔垃圾，或上午上班，把吃剩的肉和骨头带下去。

街坊之间杜绝了走动，平时时不时出故障的电梯也因人流减少而大大减少了上上下下的运行，毛病少了。电梯里外都配了纸巾，有的还配有牙签。电梯里偶遇邻居，大家也是默不作声，偶尔点点头，示意下。

有人听说我每天上班，还要到社区采访，关切地提醒我一定要注意做好防护，"你家里有小孩"。

我点头，致谢，又忍不住落泪。

可我还是不能停下脚步，停下笔，我强烈地想记录下我目睹过的一切，接触过的那些人这些事。

这期间，连续半个多月的失眠，让我似乎得了轻度的抑郁症。白天进入社区、驿站、卡口，采访一线抗疫事迹，回单位整理宣传稿件，上报，审核，推出，转发。下班后回家做饭，一家人难得享受这不急不慢、酒足饭饱的天伦时光。可到了晚上，常常上半夜酣睡，下半夜惊醒，满脑子都是那些悲情新闻、那些逝去的生命，那些身边社区人近乎"悲壮"的抗疫影像，如一幕幕电影，反复回放，泪水疯狂沾湿了枕头，辗转彻夜难眠。

第二天虽然难掩严重的黑眼圈，依然收拾好妆容，依然打起十二分精神，回到那个熟悉的街道、社区。

3月中，地铁有限度开放，这么多天足不出户，实在按捺不住，自个乘三号线跑去跟市作协一大帮人吃麻辣火锅，可君、小吴、李敏、赵姐、陈丽、夜哥……红岭路行人渐多，许多人不戴口罩，行人神色淡定。

巴登街一排食府生意不错，烟火重回人间，大龙炎这家火锅店居然要等位。

当天的火锅店生意火爆，客人大排长龙。

聚会一波一波来，唯美食和美酒不可辜负。4月跑去大康村一家阳江菜馆，吃鲜甜的海鱼，吃肥美的烧鹅，一群人，干掉3瓶洋酒，大醉。

周六去龙口水库看桃花，看湖水，晒太阳，听湖边凉亭大妈唱红歌，看游人渐密，春风来袭，桃花依旧。

失眠症不治而愈。

走过山川，看过风景，2020年的新冠疫情，让我年后到处看河流的计划延后。

　　封城、戴口罩、测温、消毒、洗手，进出小区、上地铁大巴扫码登记……默默配合抗疫情，默默待在家，不外游。

　　邻城的广州、香港已有大半年没光顾，春节看望老妈的既定计划也落空，唯有视频通话。

　　老妈说平时买菜都是老爸负责，大姐给他们送来口罩。老爸每次出街买一堆菜回来，回来马上全身衣服换下丢洗衣机洗了，自己进冲凉房从头到尾洗干净，老妈说，老头子真小心，他怕万一自己感染了，会连累整栋楼的街坊。

　　我说，小心驶得万年船，讲究卫生终究是好事。

　　老妈说，等晚点你们再来吧，还留着从老家带回来的酸笋、菜干、甜酒、辣椒酱呢，都是你表嫂给的。

　　春节到现在还未能回去探望母亲，有时视频通话，问母亲这段时间宅在家干嘛，母亲说大年三十后一个多月没出过门，除了做操，就是追剧和看小说，每月收到的《小说选刊》和手机"品读春秋"，是母亲最爱的消遣方式之一。

　　约了一年仍未能成行的沙井之行，我就特意选在端午前后这些天出行，约沙井的老段去看茅洲河，他说被抽调到辖区的健康驿站值守，没有半个月恐怕回不来。友人说还是等等吧，现在疫情防控比较严，哪家酒店旅馆估计都不敢接待客人，就算接待，估计也要审核重重。推己及人，不想麻烦老板，也不想万一被隔离就麻烦太了。

　　这个时期每天走社区，探基层，一口气可以暴走三四个钟头。

　　这一年的际遇，必将永远刻下烙印，不可磨灭。

宵夜记

深圳的城中村楼房大部分由本地村民所建，俗称"农民楼"，密密匝匝的农民楼大多三层起，五层六层七八层的居多。在寸土寸金的福田罗湖南山市区，大多起到十几二十层。楼宇之间"亲密接触"，楼间距大多不过一米，窗口对窗口，阳台对阳台，伸手可及，跨栏可过，因此这些农民楼被戏称为"握手楼""亲嘴楼"。楼与楼之间那条"三尺巷"其实宽不过一米，两人同时迎面而过，也只能侧身而过。

飞檐走壁的大盗，可以轻而易举从这栋楼跳到那栋楼，从这个阳台跨过那个阳台，然后幽会小女朋友去了。

毗邻而居的小情侣，在阳台，或者房间的窗口，约上晚上去哪家过夜，或去哪家影院看戏吃宵夜。

两人还能伸出脖子，来个亲亲，再伸手递个面包，递一支红色玫瑰。

城中村楼下对面这排大排档，有重庆烤鱼，有麻辣烫，有海鲜粥，有牛肉火锅，有沙县小吃，还有烧烤串串，配上一支冰冻珠江啤或青岛啤，正啊！每次吃完宵夜，我都心满意足。

我最大的心愿是每天在家里捣鼓美食和美服，扮靓。然后找一家足浴店好好按按脚、搓搓背。推油最舒服，简直可以灵魂出窍。

最爱还是这家潮州佬的砂锅粥，虽然我来自粤北地区，从小比较口味重，但来深圳近30年，味蕾早就习惯了广东水、珠江粮，口味基本被本地化了。就说这家潮州砂锅粥，店里有粉有粥，有粿条米粉海鲜粥，还有麻叶、打冷、普宁炸豆腐、大肠咸菜等潮州小吃，都是我爱吃的下粥菜。尤其是老板炒的豆豉花甲，那才是最惹味的。

那些鲜美的花甲肉，就像女人的唇。

"烈焰红唇，给人抚慰"，这是梅艳芳唱的。

我能把一大盘花甲吃完，能干掉一大碗潮州番薯粥。

这些离乡外出做生意的潮汕人特别能"捱"，能吃苦，经常半夜三更还在守着自家的士多店，而其他店都打烊了。

就像小巷里的这家日杂店，老板娘带着三个几乎一样大的孩子，每天不是买菜做饭送孩子上学，就是守着店子卖香烟、零食、饮料、日用品，不见停歇一会儿。出货、进货、谈生意都是男主人负责，女人守住店就好了，女主内男主外嘛。

我有事没事就下楼跟潮州老板娘"吹水"，还喜欢抱她的小儿子，捏一捏宝宝肉乎乎的小脸蛋。

南方的夜，愈夜愈妩媚，灯红酒绿，笙歌处处，秋季适合宵夜，夜凉如水，来一扎啤酒，点一个鸡煲或牛肉火锅，再来一碟河粉，干炒牛河也可，河粉下火锅也可，最后上一份麦菜或生菜，吸净肉汁，吃得满身大汗，那叫一个爽。

夜幕降临，马路上的电动车骤然多了起来。

这几年制造业不景气，工厂撤走，工人也走了，主管、经理、客户、老板都少了，连着大排档的生意也萧条了许多。

回想 20 世纪八九十年代到二〇〇几年头些年，满街的大排档生意火爆，来吃饭喝酒的除了打工仔打工妹，还有不少老板经理也来帮衬，鸡煲、炒牛河、海鲜粥、烤生蚝卖得最火。

每家工业区门口卖炒粉的小摊档也是食客如云。

那时候连着收购废品的也发大财，据说有一个福建佬包下一家大型五金塑胶制品厂的废品回收，每年净赚 500 万！

所以千万不要小看一个捡破烂的，其貌不扬，换了一身马甲分分钟就是一个千万富翁。

现在的工业区门口，门可罗雀，流动摊档也消失无踪。

我还寻思着原本熙熙攘攘的工业区、街头怎么这么冷清？

这些年，发现自己生活了 20 多年的这个南方城市少了很多大排档，剩下的生意也清淡了许多，以前的光景可不是这样的。我住的这个社区，原有的几家餐厅也是人气锐减。

我不知道这些曾经红火的街边大排档怎么说没就没了。我很怀念以前的旧时光。

听蔡姐说，城管把它们拆了，说要迎接全国文明城市评比。除了大排档要关停，沿街的超范围摆卖，自建的檐篷、铁皮房、摊位都要取缔。

蔡姐还说现在政府查处违法建筑都用上无人机了，那些想连夜或节假日偷偷盖起来的私人建筑在无人机的"扫视"下，瞬间"见光死"，无所遁形。

怪不得整条街一下安静了下来，原来熙熙攘攘的街头巷尾干净整洁了许多。看着倒是挺赏心悦目。可我总觉得少了点什么。

我仍然怀念现炒现卖的大排档，喜欢那种红火、人声鼎沸、锅碗瓢盆奏出交响曲的情景。

外卖没有这种新鲜食材的味道，因为看不到厨房，看不到厨师的身影。我喜欢看着大厨、服务员、收银员忙到"晕坨坨"的身影，还有那位老板娘"靓爆镜"的模样。

周六这天，我来在一家装修精致的湖南常德菜馆里吃晚饭，我一个人点了一个双椒鱼头、一个小炒肉。店里多是年轻人在用餐，热闹非凡。

我愈发怀念那段生猛、火辣的打工生活，但又不愿意再回去。人总是爱怀旧的，可能是年岁渐长了吧。

这么多年在深圳，我像一只风铃，无风无浪时默不作声，待风吹过，会叮叮当当作响。我是一个外冷内热的人，孤身一人闯荡江湖，来去如风。我是一个长情和念旧的人，不轻易离开一个人和一个地方。

陈老板的企业是家族生意，他千辛万苦打理着这个千人的厂子，做的是五金模具，可这些年制造业没落，让他进退两难。他跟我说，他不想让生意败在自己手里。他说，企业不要打什么民族化这张牌。我们做企业的人，千万不能把自己的民族化提得很高，叫什么民族企业，其实世界上绝不会因为是民族企业而为你付钱，网民叫好但是他是不会付钱的。看热闹的人很多，是因为你是好产品。

我问他那些工人怎么办，他说不强求，愿意跟去的核心团队有三分之一，其余的离职了，工人只能到当地重新招募。当地的人工比深圳要低一截。他说要求他人做任何事都要顺水推舟，顺势而为，不能强人所难。

我常去量贩式 KTV，因为便宜、亲民。平时喜欢约上几位同事去村里的这家 KTV 唱 K，夜总会消费太高，单单房价就上千，还不包服务生的小费。我去过几次罗湖大富豪夜总会，那都是香港老板请的。那些夜总会歌舞厅的客人挥金如土，动辄一晚消费好几千，甚至上万。

大富豪夜总会确实很豪，从装修到音效舞台，再到门口那一排排国色天香的咨客小姐，以及在店里来回穿梭的小姐，都让我大开眼界，呆若木鸡，原本对自己还有点自信的内心瞬间崩溃！起码在身高方面自己就被她们甩几条街了。

我去过几次之后就不想再去了。这地方纸醉金迷的，不是我们这种平头百姓光顾的地方。我还是去对面街的宝乐迪算了，自助式的，玩得自由自在，最重要的是不用端着装着，而且价格低廉，消费超值。

蔡大姐要搬家了，她来跟我告别：妹妹，我在这里住了十几年，以前找活干容易，随便收个废品都赚钱，现在行行难，不干了，回老家。听说现在河南郑州发展得也不错，回去看看，不行的话，或者再回来去宝安、龙华那边看看有什么门路。

"蔡大姐，以前经常到你家蹭饭吃，你包的白菜饺我最爱吃。"

"你自己保重自己，有机会再见啦。"蔡大姐拍拍我的肩膀。

蔡大姐说这个城中村，近段时间出了不少人命案，有家人电动车充电时自燃，整栋楼烧死 9 个人。周边几栋楼的租客全搬走了。

蔡大姐还告诉我一件八卦消息：你知道吗？贤荷小区昨天有一男一女死于煤气中毒，一个卖淫女，一个嫖客，听说两人在洗鸳鸯浴时死的，用的是那种直排式热水器。唉，可惜了，都很年轻，那个女人家里还有一儿一女。

区内还接连发生几个起外卖小哥出车祸的事件，都是违章逆行或车速太快。死伤皆有。

都是20出头的年轻小伙子。

连续发生了这么严重的安全生产事故，搞得全市都来进行安全生产大检查，现在出门分分钟会被扣车。

茂盛街整一条食街被夷为平地。

连着我最爱得这家潮汕砂锅粥也消失了。

拆迁后，食街的大部分废料被清理走了，零星堆着几袋打包好的废品，遗留下几张广告牌，丢在马路拐角处。我看到一个是"重庆烤鱼店"，一个是"紫金八刀汤"，还有一张只剩下一个"饭"字，一张有一个"鸡"字。

再也看不到老板娘忙碌地走来走去，看不到那个有点微胖，身形高大长得像发哥的潮州老板，听不到他讲带点潮汕口音的白话和普通话，跟食客寒暄吹水的开心样子。

还吃不到隔壁四川夫妻开的麻辣烫了，还有一对东北父子开的饺子店。我是这几家店的常客。

20年前，我从粤北来到深圳，后来辗转到了深圳关外这个乡镇。

一住就是20年。如今深圳也没有关内关外之分了，每个区都发展得很好，个个都是区域中心，你追我赶的。

房东是个世居本地的客家人，人人叫他康哥。康哥的白话和客家话自由换频道，很溜，只是普通话有点"普通"。

我记得，这间两室一厅的居室，我住了20年，前后只加租 500。

所以这栋楼的租户基本上没有搬走的,大家都成了老邻居,比老家的邻居还熟络。

看着楼上楼下的小孩,从出生到长大,从读幼儿园到读小学中学,回老家高考,大学毕业后再回来。或者初中毕业高中毕业出来打工的。看着一对对小情侣从热恋,到分道扬镳。从劳燕分飞,到恩爱夫妻。更多的是 20 年来相濡以沫的老夫老妻。

就像那对开大排档、主营宵夜的潮州夫妇。晚上宵夜的场景仍历历在目。

"老细,整碟炒螺。"

"好嘅,靓女,即刻来。"

老板 40 出头的样子,中等身材,穿一件白背心,衬一条"孖烟囱"(粤语大短裤),脚下趿一对人字拖。

老板问了句:"要不要加碟牛河?我给你多加点牛肉和韭黄。"

我现在理解这句话了,人挪活,树挪死。也终于明白了为什么以前的广东人、福建人这么多人下南洋,到欧美加、东南亚谋生。

因为心安,即是归处。行囊落下的地方,就是故乡。

有潮水的地方,有太阳的地方,就有华人,就有烟火。

有移民的地方,就有乡愁。

有烟火的地方,就有宵夜。

台风记

虽然我来自粤北山区，但我从不惧怕台风。

都同属南粤大地，都位于五岭之南，但因为纬度和经度的不同，粤北家乡的风在四季里呈现出不同的气质。粤北地形以山地丘陵为主，河谷盆地分布其中。深圳等珠三角地区濒临南海，河流众多，水系发达，属于亚热带季风气候，粤北和珠三角有异曲同工之处，也有泾渭分明之妙，连着庄稼收成，族群性格，也是分明的。

很多人说深圳没有冬季，只有夏季，我觉得深圳的冬季也很有个性，当然大多数时间为暖冬，尤其是近 10 年里，深圳的冬季几乎没有跌破 10 摄氏度以下的。但也有那么几年的冬季是超级冷的，2008 年南方冰冻雨雪，2016 年飘雪结冰，以及个别年份的寒潮。在特别冷、特别长的冬季里，长达一个多月都维持在 10℃以下。我每天可以精力十足，花心机搭配，把衣柜里全部 20 多件大衣穿了个遍，连着长靴、围巾、手套、保暖内衣、棉秋裤，连外穿的大棉裤也穿上了，绒帽、毛线帽也戴上了，走在街头，北风呼啸，觉得自己就是个超级酷女郎。

说回台风。在深圳定居近 30 年，我已经习惯了有台风的季节。没有台风，总觉得日子里少了些什么，就像少了故乡的春耕、夏闹、秋收、冬藏一样。每个季节、每种节气都赋予我们丰沛的精气神，赋予我们成长的基因和生命的密码。

记得第一次在深圳迎着台风在街头狂奔，浑身被湿透，孤苦无依的情景。那是我大学毕业到深圳务工的第一年，其间我经历了无数个台风，也经历了无数的挫折，经历了无数个失眠、苦苦思索的夜晚。我的青春、我的成长离不开深圳的艳阳、台风、秋雨、寒潮，离不开这座城市的风雨兼程，历经 30 年深圳台风洗礼的我，如今内心变得更强大，更豁达，更从容，就像这座城。

风雨夜归人

台风对很多人来说是恐惧，是灾难，是惊天动地，大灾大难，世界末日，但气象学家却给台风起好听的美丽动人的名字：杜鹃、海棠、麦莎、玛利亚、榴莲、海伦、珊瑚、珍珠，多么时尚、富有大自然气息，让人产生美好的遐想。但台风一来，美好的遐想顷刻荡然无存，台风肆虐时横风横雨、乌天黑地的情形与那些美丽的名字真是大相径庭。这种撕裂、割裂、反转、逆袭，带给我震撼，也让我越发爱这座城。

我喜爱台风季节，喜欢它的率性鲁莽，呼啸而来，坦坦荡荡，自由自在。台风雨能涤荡城市污浊的空气，带来碧空如洗。能一扫三伏天的酷热，给人们带来清凉舒适的好天气，带来一周的好心情。最重要的是，它给大地带来充沛的雨水、潮湿的气候，冲积出肥沃富庶的三角洲地貌，使处处河道纵横，桑基连片，一派鱼米之乡的美景。

台风过后，雨打芭蕉的岭南水乡让人神往，荔枝累累、树菠萝喷香的果实流金溢彩。河道、水库是满满的，滋养着越来越膨胀的都市人群，给他们带来必需的生活用水，使这座城市长流不息，生机盎然。

天灾固然可怕，但有时人祸更甚于天灾。唯有心中祈祷风调雨顺、国泰民安。

每次台风来，我都欢呼雀跃：啊，大台风啦！下大雨啦！小时候唱的童谣"落雨大，水浸街"，今天仍能激发我的童心。卷起裤子，趿着人字拖，吧哒吧哒沿街踩水玩，一辆大巴呼啸而过，溅起大片水花，躲闪不及，"惨"变落汤鸡。

台风雨来时马路总是处处塞车，路口红灯闪烁，喇叭声鸣个不听，人们都急着返家，到处挤成一锅粥。雨水冲刷着车窗，通透明净。车外滂沱大雨，灯影迷朦。大巴车内的乘客却没私家车主那么着急，他们有的静静观雨，有的在小声议论着什么。台风已成为南方这块土地上的人们生活的一部分，没有台风，也许我们的生活会缺少一些色彩，一些杂谈，一些回忆。

身处台风季节的城市总是枝繁叶茂，花开不败。

经历狂风暴雨后的天空湛蓝如洗，夜空可观星星点灯，给深受大气污染困扰的人们带来不少惊喜，还有些许的欣慰。

在台风的日子里，街道上的人们步履匆匆，我想，他们可能大多都赶回家吃饭去了。台风雨过后的城市万家灯火，催促着都市夜归人归家心切，温暖了这座城市的夜空，也温暖了我偶尔寂寥的心。

"杜鹃"后

2020 年 7 月这两天，台风"杜鹃"过后，烈日当空，与街道水务中心的邹队驱车来到牛始窝水库，看山看水，看水库人家。

今天就是冲着"牛屎窝"这个名字来的。一直纠结的是，原本好好的"牛屎窝"，有着泥土清香、牛屎芬芳的一个山名，为什么偏要改成不知所云的"牛始窝"？还有一直沿用的一座山"余石岭"，被硬生生改成不知所云的"龙城公园"？

牛屎窝水库位于龙岗区富康路横岗中心学校西侧，湖面呈不规则走向，四周山坡布满了南方嘉木，植被繁茂，阳光透过树叶射进林子里，细细碎碎的光影仿佛在跳跃、起舞。

台风暴雨后的水库看似水位涨了不少，丽日当空下，水波盈盈。水库位于闹市的一隅，有黑白分明之感。

与水库管理员老刘和叶姐一家初相识，一聊，龙川人。保安员肖先生，退伍军人，北方人，不善言辞，一个上午，他陪我翻山越岭，穿越茂密丛林，欣赏密林深处的山塘美景。

高架桥在山塘上头穿堂而过，巨大的桥墩深深扎在丛林的土壤里。虽还未通车，但未来这里的静谧将一去不复返。

这里的一草一木，一只虫子、一条蛇、一棵野草，都得学会适应这种变化。包括人。

露水重，打湿了裙角，今天不知发什么神经，穿了条裙子上山，幸亏，临时换了双球鞋，否则铁定摔跤。

水库管理处位于南侧的一个小山坡上，屋后和两侧被叶姐开垦成菜地，地里种了莴笋、豆角、红薯叶、花生。山坡后，有几株南方竹和一些不知名的乔木。

叶姐说今年雨水太多，地里的菜长得不好，都被打坏了。

中午叶姐煲了一锅排骨眉豆粥，炒了自家种的麦菜和豆角，清清爽爽的又甜又脆，我一个人几乎把青菜全吃光。

管理处左侧的山坡上，一棵老樟树下，攥着一头黄毛大狗，大狗卧着，朝我张望，我跑上去逗它玩，大黄狗似乎与我一见如故，一见钟情，它乐呵呵地凑近我，嗅我的头发、脸颊，任我摸它的脑袋，我有点受宠若惊地与它来了个自拍大合照。

大黄狗咧着嘴，把脑袋凑过来，甩着大舌头，呼呼喘气，笑得见牙不见眼。

门口那头小白狗却冲我低声吼叫，喉咙咕噜咕噜地，似乎在警告我生人勿近，也不要靠近它的狗大哥或狗大姐。

吃完午饭后，我看到小白狗跑上山陪大黄狗聊天。

"杜鹃"这名字其实真的好听。

迎接"山竹"

此"山竹"非彼"山竹"。

来自热带地区的水果之王后"山竹"备受人们青睐，它是对应水果之王"榴莲"的，一个主大补，但食多湿热。一个主清热，专解湿热。

可 2018 年这个世纪巨无霸台风"山竹"可不是闹着玩的，民众早早收到各媒体发布的预告，说是"山竹"给东南亚的菲律宾造成巨大损失，所到之处，狂风暴雨，排山倒海，摧枯拉朽，墙倾楫摧，势不可挡，灾后到处颓垣败瓦，犹如战后废墟。

所以那天深圳市政府发布全市停工停课停产的通知,我们一家人也就安坐家中,或看电视里的综艺节目,或来回倒腾听香港商业电台和深圳898,24小时滚动播报最新台风状态。

央视、广东卫视、TVB、深圳卫视,各种新媒体都在滚动播报"山竹"的路径。各路记者兵分八路,聚焦东南沿海一带各大城市,报道这令全球关注、世人闻风丧胆的台风。

我把收音机调好,时而调到香港商业电台,时而调到深圳电台898。老公专事看央视,有时调到TVB。学校停课,女儿自然开心到飞起,一会儿画画,一会儿玩电脑打游戏,一会儿吃零食,一会儿睡觉觉,一会儿跟同学闲聊,问问功课,谈谈同学闲话,嘻嘻哈哈的,好不开心。台风估计也是孩子最喜欢的,停课,谁不喜欢呢,老师也喜欢,就家长发愁。

我忙着整三餐,贴面膜,听歌,看书,刷微信,看新闻。一个个搞笑视频、图片刷屏,动辄10万+。那个把窗户用包装胶布贴成"米""工""约麻将""约火锅"的图片为这个剑拔弩张的台风天带来一丝丝清凉和逗乐。管它什么妖魔鬼怪,洪水滔天,该乐还得乐。老广心态,深圳人秉性,淡定,无有使惊。

风暴眼渐渐逼近深圳,风力越发加大,我看到对面阳台有白色的东西飞出,码大个眼仔细瞅瞅,原来是毛巾之类的,居然还有一个塑料垃圾桶在我眼前掠过,瞬间不见踪影。

雨水开始变得瓢泼,随着风的方向,一会儿向东,一会儿向西,一会儿向上,一会儿打转。天上像被谁捅破了一个窟窿,一桶桶水兜口兜面、劈头盖脸。

阳台在颤抖,玻璃护栏似乎要被撕裂。我赶紧把阳台推拉门拉紧,但它仍然在哐哐作响。电视上,香港某家酒店的玻璃门窗被摧毁，一叠叠纸片、毛巾等杂物倾巢而出，漫天飞舞。深圳大梅沙某酒店一楼被海水倒灌，冲破玻璃门，海水涌进大厅，犹如《后天》电影里的片段。

我和老公都后悔没有为推拉门贴上胶布。

风凄厉地呼叫，雨水遮住整个天空，眼前只有风和雨。我透过玻璃门，看到对面楼宇的墙面，雨水猛烈地撞击墙身，然后如瀑布一样倾泻而下。

真担心这栋楼会不会被掀翻。

风力继续加大，天气播报说最高风力将达十七八级，为深圳历年最大量级的台风，曾经掠过菲律宾，被誉为"最恶魔"台风，已经不是非一般超强台风所能比。

家里大阳台上的铁质摇椅似乎力不从心，支撑不住了，随着风力，它步步后退，我和老公想去顶住，但简直就是螳臂当车，蚊子挡大象，毫无招架之力，我们瞬间全身湿透，赶紧撤回屋内。尤其是看了之前那个发生在中山一小货车车主徒手顶车身，被挂翻压住身亡的视频，就害怕。我们把阳台推拉门拉紧，眼睁睁看着这个庞然大物被"山竹"轻而易举地从阳台东侧，一步步推移至阳台西侧，最后被狠狠地掀了个"狗啃屎"，一头栽倒在地，铁脚卡在阳台护栏的缝上，不动了，估计死翘翘了。铁架子上的遮阳布被刮开，铁条变形，还好没散架。整个阳台七零八落，墙角的花盆被推倒，花泥倒了一地，扫把、晾衣竿、地拖、水桶四处滚，衣架散落四周，东一个西一个，简直一地鸡毛。

我们三人看得目瞪口呆，住这个小区十六楼近 10 年，头一回遭遇如此强劲的台风，简直太魔幻。想想那些海景房，如何抵挡？再想想那些四五十层楼的高层，顿时毛骨悚然。

女儿大呼小叫，兴奋不已，说好想出去玩水。

这"山竹"也太刺激了！

风暴眼过后是倾盆大暴雨，我想，这两天的雨，似乎把一年的雨都下完了。

我下楼到超市买菜，泽福路犹如一条小河，顺着微微北高南低的地势奔腾而下。河水没过脚踝，冲刷着马路。雨水很清澈，我踩着"河水"，蹚水而过，顺势玩一把，开心到飞起。

"山竹"过后，城市里大量的树木连根拔起，树枝被折断，横七竖八倒在马路上。

据说很多路边的大榕树是移植过来的，树根不牢，地动山摇，这不，别说这巨无霸级的"山竹"，就连稍微厉害一点的"杜鹃"也能把它们掀翻在地。

只是庆幸，深圳此次风灾面前，没有人员伤亡。

据说，经此一役，山竹被除名。

因为南， 所以北

杏花村被列入县里的旧改项目。

村子位于县城的中西部，因为村里地主多，明清以来该村一直是这个县的富裕村之一。

我的祖屋就位于杏花村的西北方，换一个角度说，我是地主的后代。在 20 世纪五六十年代，我是被归入"地主仔"一列的，我的母亲、姐姐妹妹就被当地人戏称为"地主婆"，这种称呼，带点蔑视，又带点羡慕，还带点酸。非常复杂的一种心理。

这天为了拆迁的事我特意从深圳赶回老家，那个位于粤西北的山区县，住着十几万壮、瑶、汉民系的一个山区县。

车子停在村子的后门。尽管我已旅居深圳 30 年，但我一直关注着这个祖祖辈辈沿袭下来的老村。

杏花村大部分是一些土木结构的泥砖房，有一小部分青砖大屋夹杂在其中，屋后还留有一小片菜地，一个近千平方米的大鱼塘。以前的地主是和农民混居在一起的，吃喝拉撒都在同一片土地上，朝见口晚见面，彼此熟络，哪个婆媳妇，谁家老人去世了，家家户户都晓得。

我在城市居住多年，今天的城市，就算楼上楼下也不一定叫得出名，可能十年八年都没有串过一次门，老死不相往来。

1

我是一个外向且喜欢呼朋唤友的人，在电梯里遇到相熟的人，通常都会寒暄几句，在狭小的电梯里争分夺秒聊几句家长里短。最喜欢撩宠物狗猫，它们胖嘟嘟的脑袋和脸蛋，毛茸茸的爪子，都会吸引我忍不住伸手去掐一下。遇到不相熟的人，我也会微笑着点个头，或帮忙按住电梯门的开关。电梯里的人形形色色，换得也快，原来楼下的那个胖妞心妍才相识没多久，就不见了他们家人的踪影。约莫两年后，电梯里遇到一位大妈，按了我家楼下，我问她是不是 1515 房心妍家的，她说是的，她是心妍的姑婆，说心妍是在内地出生的双非儿童，前年回香港读小学去了，父母一同陪了过去。

我说，怪不得不见心妍坐电梯上下学，原来做跨境学童去了。不对，不是跨境，是移居，定居 HongKong 了。

我跟隔壁的小马家毗邻住了近 10 年，互相串门也不过 10 次，每次都是因为女儿要去跟小弟弟玩，到点了我要接女儿回家才趁机过去坐坐，吹吹水的。我有时会突发奇想，万一楼下楼上哪家出了凶杀案我可能都不知道，更何况一般的夫妻吵嘴打架，包括虐儿家暴什么的，谁会去八卦呢？平时大家早出晚归各忙各的，回到家都累得瘫坐沙发上，哪里有精力管家长里短的，通俗地说，哪还管得了外面洪水滔天、世界末日。

深圳就是这样，大家都想方设法赚钱、买房、供孩子上学留学，样样要花钱，而且是大钱。

但有时想想，人与人这样相处，保持一定距离，感觉还不错。起码没什么人嚼舌头，是非也少，顶多就在微信群里发发牢骚罢了。

2

祖上这个曾经的村子，那些曾经厚实的地主屋和低矮的农民土砖屋，已没有几户人家居住，显得格外孤清暗旧。偶尔能看到一只花狸猫或黑猫跳上瓦背，嗖地一下遁入缝隙，不见了踪影。村子在周边高楼的衬托下，了无生气。天阴沉沉，来自云层的一些微光洒在屋顶，那些屋顶，因为年代久远，中间部分已经塌陷，有的墙根倒了一半，墙身爬满了青苔和藤类植物，墙角暗处，开出几朵臭草花。墙上，几株紫色的小花正迎风摇曳。有只黑猫路过，用黝黑的眼睛瞥了我这个不速之客一眼，然后甩了一下尾巴，"喵"了一声，然后跳去挨着的另一栋老房的断墙，不见了踪影。

村里原有的大枫树林也不知哪年哪月被人砍光光，原本郁郁葱葱的村子显得了无生气。没有树木，没有围墙，门和窗对着巷道，零星一两家人开着灯，门口停放着一部摩托车或单车，一些简单的生活用具，茶壶、水桶、洗脸盆之类东一个西一个地放着，屋檐下的麻绳子上，搭着衣服、毛巾、胸罩、内裤。偶有狗慢悠悠从屋前走过，低着头，好像有心事。几只花母鸡踱着方步，在泥地里扒拉着虫子。

父亲的那间祖屋，也列入旧改计划，连着整个村子，都给县里征收了，据说这里要建一个大型的商贸城。至于赔偿标准如何，有几个说法。我曾经打电话问过同宗的一个灯叔。

我问老村长，县政府拆迁办的人有来谈过吗？灯叔回我一句：侬毛晓得喽。

记忆中的祖父，身材清瘦，白白净净，在家时总是沉默寡言的，只有外出办事或走亲戚时，才一改木讷的模样，变得有点眉飞色舞，出口成章。

祖父会做很多农活，除了种田。他平时会捣鼓一些手艺，比如理发，比如帮村里的人写对联，比如做点小买卖。祖父还会养猪、种花，每到冬天，祖父就会把家里养了一年的那头大肥猪杀了，一半吃了，一半腌腊起来，留着来年肉菜匮乏的月份吃。

祖父最厉害的手艺是理发，他在屋子前花园搭了一间小小的"飞发铺"（理发铺），平时忙完农活，祖父就帮村里的男人"飞发"，每次收费一毛两毛。由于祖父手艺好，来帮衬他的人还真不少，收入可以帮补一下家里，这个收入也是祖父得以经常为家里"加菜"的资本。

除此之外，祖父还喜欢"沾花惹草"。祖父在花园里种些花花草草，最喜欢的是一株山茶花，他总是特别"伺候"这株山茶花，施肥、剪枝、驱虫，照顾得"无微不至"。山茶花每年都开出硕大的花，盛夏或初秋的夜里，祖父喜欢躺在花园的竹椅上，摇着大葵扇，一边纳凉，一边驱赶蚊虫，嘴里还哼着粤曲小调。有时，他会喊一声在一旁施肥种菜的奶奶：梅仙，抖下先，担张凳子来坐坐。

祖父生活非常节俭，一身粗布长衫补了又补，层层叠叠的补丁都不舍得换。一碗豆豉蒸五花肉全家人要吃好几顿，都是用来下饭的。父亲说，他和奶奶，还有一个大哥两个姐姐就这么吃的，他一勺子豆豉两筷子青菜就能干下一大碗白饭。

从小听祖母说她有时会接济一下村里的孤儿寡母，有时是给一小袋白米，有时是半斤肥肉。那时村里的人有地主，有农民，手脚勤快的一般能混个温饱，懒一点或家里人病痛多的，日子就难过多了。缺衣少食的多是底层的农民。那些大地主的日子就颇为滋润，基本上餐餐有肉，油水多。小地主家庭也能温饱有加。其实也都是勤俭节约、辛勤劳作加聪明才智得来的。

我的祖父母也是从祖上接下了这个家，一直劳心劳力地维持着这个日渐式微的家族。

3

回来这天，我在门口见到了灯叔，他已经70多岁，头发稀疏，灰白夹杂，身材瘦小，牙齿几乎掉光，说起话来，嘴巴一瘪一瘪的还漏风。我几乎听不清他说什么。

灯叔是我父亲同厅堂的兄弟，他的父亲跟我父亲的父亲是亲兄弟，年轻时娶了个隔壁村的女人阿月。灯叔自己身无一技之长，又手无缚鸡之力，干不了粗重的农活，老婆体弱多病，生了两个女儿后身体更是羸弱不堪，常年卧床不起，草头药不断，弄得家里常常弥漫着一股苦涩的中药味。家中大小事务都由灯叔操劳着，俗话说，夫唱妇随，家有仙妻家运兴，但灯叔只能单打独斗两头顾，加上父母早逝，又无兄弟帮手，家境每况愈下，导致灯叔脾气变得愈发暴躁，常常对老婆施以老拳。

对面屋住的堂弟阿宝的老婆秀珠看不下去，有时婉转说他几句：唔可以紧样嘎，佢帮你生儿育女咯！

灯叔扯着眉毛，抿着嘴半晌不说话。末了吐出一句：佢无鬼用，吃冤米。

灯叔的老婆帮补不了老公，只能忍气吞声，没力气去岭上砍柴割草，就偷对面秀珠堆放在墙角西侧的干柴。今天抽几根，明天抽几根，偶尔在村子周边找点柴火，才勉强顶上一天家里烧水煮饭的燃料。

秀珠是个手脚麻利的媳妇，身体强壮，每天都上山找几担柴火回来，从村外的吉水河挑几担水，把厨房里的大水缸灌满了水。秀珠除了养鸡养猪种菜，还把小孩老人照顾得妥妥的，她操劳家务，里里外外一把手，忙得脚后跟不着地，脚底冒青烟，整个家给她打理得"特特掂"。老公没了后顾之忧，工作起来也更顺心，从一个汽车站的司机，一下调到县政府的行政科去了，专事给县里的主要领导开车。后来因为工作出色，八面玲珑，还升到了车队长一职，手下管着车队的几十号人。官虽然小了点，但县政府里的车子都归他调度，权力可不小。每次出门在外，开着吉普，车上坐着县太爷，或者哪个局的局长，在外人看来，好不威风。

面对同屋兄弟的窘境，秀珠一半同情一半鄙视，她看不得男人打老婆，更看不得男人无能力养家。

她没跟老公讲阿月偷柴火的事，她只是稍微把柴火往角落里挪了挪。

4

我住的这个花园小区毗邻一个大型花木场，旁边原本是一个果场。十几年前周边还是一片荒山野岭，一眼望去，都是农田、菜地、鱼塘，还有沟沟壑壑、小溪小河。一个阳江来的花农租下这块菜地，建起了这片占地近3万平方米的花木种植场，里面种有大小叶榕、大王椰、香樟、勒杜鹃、铁树、木棉等一些景观植物，还有水仙、柑橘、富贵竹、万年青、鸿运当头、发财树、金钱树、吊钟花、蝴蝶兰、月季玫瑰、芍药、菊花、剑兰、桃树等常见南方花卉，专门供应迎春花市，平时给周边单位养护花草树木，当然这些花花草草都是自己的花木场供应的，这个阳江老板几年下来小有积蓄。

我喜欢花，没事会跑去湛江佬的花木场去逛，买些花，不买的话就当逛公园，跟老板闲聊。老板姓卓，老婆是五华的，20岁就嫁给了他，如今生了4个小孩，平均两年一个，用卓老板的话：我老婆的肚子从来都没有闲过，我也没闲过，我打几份工呢，白天看花场，晚上开滴滴，要不怎么养大这几个化骨龙？

我笑他："你老婆跟了你太辛苦了。"

卓老板嘿嘿一笑："没办法，我要生两个男孩，我们第一个是女孩，第二个是男孩，之后又生了一个女孩一个男孩。"

说完，他有点得意地笑了。

我问他："还生吗？"

"不生了，老人家年纪大了，带不动了。父母在老家，4个小孩都在家里念书。"说完，他把手机拿给我看，里面4个小孩，皮肤有点黝黑，面容清瘦，但还算皮实。

我一半妒忌一半钦佩："你怎么没给计生办的人捉住，你生这么多？"

卓老板更加得意："我两头跑，老婆肚子大了就跑回老家五华办准生证，家里的计生办都给我办了，办完又再跑回来，这边的计生办来查，我们没单位，他们也奈何不了我们，哈哈，只是叫我们赶紧回老家躲一躲，哈哈，然后等到快生了，我老婆直接回我阳江的父母家，在家里就生了。"

我笑他："你老婆那么辛苦，你要对她好一点！不过，你老窦老母更辛苦。"

他连连点头："系啊系啊。"跟着，他精神一振，更加得意："嘿，你知道吗，我老婆4个小孩，都是在家里生的，从未上过医院，没花一分钱呢，哈哈。"

我惊讶得张大了嘴："你老婆太好生养了，佩服佩服！"在我眼中，深圳、广州这些大城市，管来管去，就管住了有单位有户籍的人，至于那些流动人口，他们才懒得管。

自由职业者，无业人员，自己顾自己，跟单位一毛钱关系都没有。

有时候没有固定工作不见得是一件坏事，自由职业者就是自由。

5

这次拆迁，就给这个我老深圳碰上了。

我早在20世纪90年代初就跑到深圳谋生了。当时深圳还叫宝安县，我就住在离东门不远的布吉老村里，当时我住的这个萝岗村，孤零零的小村庄没几户人家，村里的人在70年代一半偷渡到香港去了，说是那边一个月可以赚1000元港币，这边累死累活顶多赚个二三十块钱，一对比，香港那可是天文数字啊，宇宙无敌的富裕啊。

可我是只旱鸭子，一块铁秤砣，见到水就头晕，一跳进深圳河铁定立马沉下河底，第二天铁定变成一条咸鱼浮上来，所以我一直没敢偷渡。

我住的这条村子，百分之九十以上的家庭都有青壮年偷渡去香港，留下的都是一些妇孺，我和一些外乡人很容易就在这条村子扎下根来，而且还很受欢迎呢，因为好歹我有大专文凭，比如写东西，比如还有点文艺，虽不能镇住一些偷鸡摸狗的人，但能镇住那些不识几个字的村民。

村里的老人妇女都喜欢我，说我有礼貌，嘴巴甜，喜欢讲笑话。讲笑讲笑，不讲哪来的笑，所以我赞成讲段子，最好带点荤带点黄的，那才有意思呢。只是讲段子需要技术加胆识，我还在不断摸索和学习中，希望将来能成为一位高级段子手。

80年代的深圳开始有港商来投资办厂，挣钱的机会多了很多。这些年，村里建了不少工厂，本地的农民做了第一批打工妹打工仔。接着，外地来的工人骤然多了起来，大多是广东省内的，韶关、梅州、湛江的最多，外省的多为湖南妹子和四川妹子，一个个青春逼人，心灵手巧，吃苦耐劳。她们每个月把挣到的钱寄大半给父母，让父母给弟妹交学费，给家里修房子。

村道上跑起了很多货柜车和泥头车，搞得整天尘土飞扬的。我七凑八凑弄了一点钱，建了一栋三层高的泥砖房，刚好建在一条沙石路边。房子后面是大片的农田，到了秋天一片金黄的稻穗。远处的丘陵山头多为果场山林，有很多老荔枝树和龙眼树，还有桉树，还有湖泊、小溪。

夜晚这里风清水凉，满天繁星，我经常在晚饭后到田野上散步，夜色中飘来一阵阵青草和野花的暗香，这种香若有若无，如深圳这座城，有时有点冷漠，有时有点热情，令人抓不着边际。偶尔碰到一两对小情侣在草丛中打野战，遇到这种情形，我会装着若无其事、猫低身子赶紧转身走人免得惊扰人家的好事。只是耳边还萦绕着他们的喘息声。

6

老家那个村子很安静，夜晚只有几声狗吠声，人们大多早早上床休息。灯叔的两个女儿已经出嫁了。剩灯叔一人独居，一人吃饱全家不饿，傍晚没啥事，他会泡上一罐茶，跑到门楼，坐在石板凳上，跟村里的一群妇女大叔吹水，讲点晕黄的笑话，讲到要点处，咧着崩掉几颗牙的嘴巴，笑得合不拢嘴。

相比之下，深圳的夜生活更丰富，夜总会、歌舞厅开得成行成市，宵夜店也随行就市，到处一片生猛喧闹的情景。那些夜总会里的小姐长得好看，比家里小院子里种的野玫瑰还要靓。

在我看来，深圳一贯热闹、生猛、人气旺，连着公交大巴也是闹哄哄的。这几年手机微信横行天下，车上的年轻人个个都是低头族，刷屏狂，两耳不闻窗外事，有几个小年轻有意无意把视频声音放出来，剧情里的打斗声、对白声、音乐声很是刺耳，常常令我不厌其烦，心里骂："耳根不得清净，也不戴个耳机，佢老母，吵死人。"

我有时忍不住说后面那位乘客："靓仔，唔该你把声音关小一点。"

我有点怀念家乡的那种宁静。

还有村子里那种安详。尤其是那个门楼。

不过怀念归怀念，真的叫我回去住，我又会强烈地不习惯，住惯了城市，偶尔回乡下小住，终归还是要回到城市里住。

人就是个矛盾体。

7

一眨眼二十几年，家乡的很多村子也遇上了拆迁、旧改。一般都是修路、起桥征用，大表姐阿芳老家古田村前面要修省道，把一块十几亩的菜地给征了，县里赔了 20 多万。

一直在县财政局工作的阿芳有点经济头脑，动员父母把钱拿出来投资。县里没啥企业，也没什么金融业服务业，可山区有的是崇山峻岭，丰富的森林资源和水利资源，水流落差大，适合发展小水电，于是阿芳就琢磨着投资小水电。投资小水电每个月也少则有一两千块的分红，多则上万，但也有亏本的时候，比如碰上旱季，碰上电价下跌。

昨天阿芳打电话问我借钱，50 万，我心想，亲戚借钱，肉包子打狗，老虎借大猪，有去无回。借钱的人成了大爷，被借钱的成了孙子，我婉拒，说是钱都投股票去了，拿不出来，手上只有流动资金几千元，要就拿去，权当送给你的利是钱，或者请你吃饭的钱。

还有那个表妹阿萍，初中毕业后南下广州做家政，攒了几万块钱，不想干了，想回老家休息休息，可坐吃山空，家里又没什么工可做。阿萍看中了县城市场开发的饮食一条街，也想付个首期，供一间 30 多平的铺位，然后租出去，以租代供。

阿萍想到这里，信心满满，对我说："姐啊，以后我就不用做了，可以做收租婆了。"

过了大半年，听母亲说起阿芳和阿萍，阿芳的小水电投资失败，老板还把她的入股卷走了，人也走了。

这事在我的意料之内，所以我就淡淡地应了一声"哦"。

可我最关心的是阿萍，估计也好不到哪里去，果不出所料，又是老妈报的料，开发商是一个远房亲戚，30 多岁的本地瑶胞妹，把一个铺位卖了几家，最后谁也收不到铺，然后瑶胞妹也是携款潜逃。后来人被抓到，瑶胞妹说自己也是受害者，要钱没有，要命有一条，如果报警，大家一锅熟，大家的钱，渣都没有，不报警，还有可能还钱。

阿萍不幸是那帮苦主之一。

最后谁也不报警，都指望瑶胞妹能把钱还上。

后来的后来。没有后来。我也懒得再问。像老妈说的，人有三衰六旺，成事在人，富贵在天，一切命中注定。

深圳这边的拆迁更见人心。我在深圳待了这么多年，认识不少深圳的老本地人，陈叔是其中一个。陈叔，宝安土著，荷坳村人，读过高中，做过教师，他对深圳的变迁深有体会。

陈叔眯着眼睛说，这些年来，本地居民被边缘化，内地城市的发展，一样去本土化。但没有外来人口涌入，深圳也没有今天的成就。

很矛盾。

历朝历代皆如此。

我有事没事喜欢找陈叔喝茶吹水，听这个老深圳"土著"聊他们的"威水史"。陈叔每次都有点得意："我们荷坳村，是深圳龙岗最早的原住民，从沙井分家出来，拖家带口迁往荷坳的时候，这里仲系荒无人烟之地，除了少数的土著之外，几乎还没有北方汉人移民过来，也没有如今漫山遍野的客家人。"

只是后面记录的人都有意无意抹去这段历史，或者，被篡改了。

陈叔呵呵一笑："不过啊，不论哪里人都要入乡随俗吧，无论是客家人还是现在的湖南四川江西湖北河南东北人，来了我们深圳，住下来，不就成了宝安人、龙岗人、深圳人了吗？他们的孩子，孩子的孩子出生在这里，就是本地人了，难道他们还说自己是哪里哪里人吗？他们还可以回到那个一辈子没回过，回去了也找不到几个亲人，那个模糊的、遥远的老家吗？"

我身边好几个湖南、四川、江西、湖北的朋友，生的小孩几乎都不会讲家乡话了，也吃不惯辣椒了，他们更喜欢喝老火汤，吃牛排汉堡包。

8

大运会是什么东西？听说很伟大，世界性的体育盛会，最关键的是，听说要扩充深惠路，还要建地铁，叫什么三号线，或者龙岗线。我喜欢"龙岗线"这个名字，二号线，放在哪个城市都可以，而龙岗线是我们独有的。

最让我激动的是我的楼房刚好建在路边。

我把一楼做门面出租，租给了一家饭店，每月租金有6000元。

楼上有两层，租给附近打工的工厂上班族，还有做生意的潮州人、四川人。

我对拆迁补偿一知半解，听村里的治保主任强哥说，按照拆迁补偿，我们业主可以选择现金补偿，也可以选择回迁。比例高低各不同，地段最重要。

村里开始有人来登记资料，说是要征求意见，如果有90%以上的签名率，就可以向当地镇政府申请旧改。

相比新闻爆出的内地暴力拆迁的新闻，深圳这地方几乎没有这方面的爆炸性新闻，双方都是慢慢谈，竟也能谈下来。政府的工作人员能把那些移民国外和港澳地区的业主一个个找回来，然后约他们喝茶，边吹水边聊补偿的事。

我发现本地的原住民并不像外界说的那么难搞，他们大多重利益，大多还讲道理，有大局观，不喜欢胡搅蛮缠。

最重要的是，他们爱惜生命，一般很少以命相逼。像那个河南老头被区长叫去的挖土机给挖死的个案，在深圳根本不可能发生。

这种"贪生怕死"有意思。也许对他们来说，命比啥都重要。

这一点我倒是很赞同。我觉得老广整体还是通情达理的，这可能跟他们的文明程度有关，毕竟毗邻港澳，欧美的华侨也多，大家耳炫目染，自然没那么蛮横和保守执拗了。所以他们能把握住改革开放的最好时机，赚到第一桶金。

就像黑暗从来不是主题，钱不是万能的，人生有很多活法。我的要求是，赔偿方面走中间路线，随大流。

我常常想，这种事放在我家乡，会是一番什么景象，什么结局？想想都有意思，我忍不住笑了出来。像猪一样的笑声。

人生两大美事：灯下看美人，酒后观明月。我个人觉得，人嘛够吃够用就好，整那么多事，一天到晚瞎折腾的也真够累的，那些满天要价的钉子户我也是打心眼看不起。赔这么多钱，你承受得住吗？老广有句老话，人一世物一世，吃多少用多少是命中注定的，一个人还能天天山珍海味，看不吃出三高糖尿病癌症我就不信！一个人，还不是睡一个房一铺床，难道还能住上几十套房啊？况且房间太大还带凶呢，人的气场不够呗。

有个老乡在福田中心区买了豪宅，主人房40多平，还带一个20多平的洗手间，住了半年身子骨就扛不住了，整天发烧感冒胃痛病病一堆，人也瘦弱不堪，脸色蜡黄，工作也不顺心，老公的物流公司老亏本，原本投进去的100多万不到半年全打了水漂。

想想真是命，不认命不行。所以我该干嘛还干嘛，继续按摩、旅游、喝茶、吃饭、打麻将。比我富的那些土豪去按摩给小费1000，我就给500，比我富的欧洲游南极游，我就中东游日本韩国游，比我富的喝千年普洱我就喝百年十年普洱。他们开200万的路虎我就开50万的宝马。

我的生活品质可能比不上他们，可我觉得我比他们快乐单纯一些。这样不更好？塞翁失马焉知非福嘛。

那天小区拆迁办的老蔡来征求我的意见，我一口答应了，随大流，听政府的。

深圳的政府一般不坑老百姓。

我觉得我是一等良民，大大的好。我不喜欢对抗太多，妥协也是一种不错的生活态度，至少我不会以命相抵。

动不动就撒泼脱裤子，玩自焚跳楼，喝农药，想想都觉得不可思议。

老家的村子拆迁，同村的远房亲戚仲强发了微信朋友圈，说是县民政办的领导进村慰问五保户，还说过几天国土局的干部就进村动员了。

我们村回迁那天，新建小区一片张灯结彩，锣鼓喧天，"拎包入住""精装带全屋电器"的广告牌摆满了小区的过道。

同村的90多岁的陈婆婆把头发梳起一个发髻，还夹了一个带暗花的发夹，在家人的搀扶下，也来参加入伙典礼。

我也实现了"农民上楼"的夙愿，媒体宣传最喜欢报道的素材，喜大普奔！

当晚我抽空到市场买了一棵"巨大"的发财树，加一盆金钱树，一盆蝴蝶兰，好看得很。广东人嘛，求个意头，花开富贵。

可惜还不到春节，还没有桃花卖，不然准抱一盆桃花回来。

我希望我继续走桃花运，还有财运、狗屎运。我最希望我能活100岁，因为我怕死。我想看到自己老了还能风流快活，潇洒人生。

我又想起了家乡老村墙角下那一朵花，不起眼。开在角落里，暗暗地开放着，有一缕清香，自由自在。

晚上吃完入伙饭，我在阳台铺开茶座，冲了一壶工夫茶。电话响起，是国外的大哥打来的，说跟我商量在老家修祠堂和建房子的事情。

大哥有点兴奋，说他跟村长混熟了，村长希望他能回去修好祠堂，给村里的后生一代树个榜样，勤劳致富，勇于进取，不要再整天无所事事混日子像个二流子似的。要整点名堂出来，光宗耀祖。

一说到光宗耀祖，大哥就来劲。

这个事情我也支持，我提高嗓门，大哥，修祠堂我出 10 万。

大哥在电话那头嚷嚷："花这个钱值，有意义。"

夜 歌

生于 20 世纪 70 年代初的我，从小除了擅长唱歌，还会画画、跳舞、讲鬼故事、唱粤曲，用现在的话说，打小就一"文艺女青年"。

家乡是壮、瑶、汉杂居地，记忆中，家乡的人爱唱歌，他们在田间地头，村头村尾，戏台祠堂，红事白事，都要唱。有人说，汉人长文字，非汉人长歌舞，这个我认同。

母亲说我才几岁时，常独自一人依着门栏，稚声稚气，专注地、扯着嗓子唱大人听不懂的儿歌。

小时候，在粤北的县城长大，依次读过托儿所、幼儿园、小学、中学，因此无法避免地学了必会的"红儿歌"："我们的祖国是花园，花园的花朵真鲜艳""红星闪闪放光彩，红星灿灿暖胸怀""东方红，太阳升，中国出了个毛泽东"……

后来我的歌风突变，唱"小城故事多，充满喜和乐""浪奔浪流万里滔滔江水永不休""小河弯弯向南流，流到香江去看一看"……

但我还唱"1979 年，那是一个春天，有一位老人在中国的南海边画了一个圈""我们唱着东方红，改革开放富起来"。

《草帽歌》《排球女将》《拉兹之歌》《热情的沙漠》《我心永恒》《富士山下》……

我就是在这样一个新老交替、咸甜夹杂的年代成长起来的。

我热爱传统国风，更喜欢现代潮流。

用老爸的话讲，我们这一代深受港台和西方腐朽文化的毒害，听的都是一些靡靡之音。

什么邝美云，哀哀怨怨的。什么徐小凤，声如老牛。什么汪明荃，娇娇滴滴的。什么陈百强、比安、谭咏麟，不知所云。

老爸给家里置了一部进口三洋录音机，双卡的，用现代的潮话说，非常拉风。

后来老爸迷上了毛阿敏，老妈喜欢杨钰莹。大哥超喜欢哥哥，还有谭校长。哥哥即张国荣。谭校长即谭咏麟，那个永远说自己25岁的乐坛巨星。

哇！

我喜欢黄凯芹、陈慧娴、谷村新司，还有毛阿敏、陈明。还有很多、很多……喜欢唱歌的人多喜欢夜色，夜里唱歌最有感觉。喜欢夜，星空，月色。喜欢很多关于夜的歌、夜的故事，那种撩人心扉的感觉。

其实，我曾经做过跑场兼职歌手。在深圳，跑场曾经属于高收入一族。

我学会了唱《白天不懂夜的黑》《朦胧夜雨里》《夜太黑》《一千零一夜》《夜机》《月半小夜曲》《夜来香》《夜上海》《军港之夜》《想你的夜》《夜色》《冷雨夜》《今夜你会不会来》。

都是关于夜。

　　用同场键盘手炮哥的话说，哪一首不是脍炙人口、经久不衰？喜欢在夜里唱歌，夜色能滋生出许多不一样的故事，还有传说。

　　古代有林冲夜奔，亡命水泊梁山。现代夜奔，让人联想到情人私奔、欠债者逃债、走私者夹带私逃。夜奔者无一例外无不是一地鸡毛，狼狈不堪，或者死得很难看。总之都是杀人越货，亡命天涯。

　　老广称之为着草、走佬。甭管谁，犯了事，不想被逼供，被凌迟，就必须走得越远越好。

　　出来混总是要还的。

　　这里我说的夜奔，是指那些夜夜笙歌，夜夜奔走于夜场的歌者、舞者、乐者。

　　从入夜开始，从这个场，奔赴那个场，来来往往，一直到凌晨、到破晓。歌手白天不懂夜的黑，为的是追逐掌声，追逐名利。

　　他们是一群衣着光鲜的从艺者，大多声色艺俱全，有的还身怀绝技，不但能说会道，还能歌善舞，能吹能弹，在年方二三十时，夜夜精彩。

　　他们昼伏夜出，你方唱罢我登场，万家灯火明明灭灭之间，有着另一种意味的夜奔。

　　这一群跑夜场的夜奔人，与歌舞厅、夜总会、酒吧、酒店等各种夜场密不可分，相依相偎，共荣共生。

　　他们左右逢源，八面玲珑，因此有的人捞得风生水起，成功转型。有的人则兜兜转转，蹉蹉跎跎，青春流逝，最后回归尘埃。

夜总会，我把它理解为"夜里总约会"，这个称谓太有风情了。这是一个动听妖娆的名字，有风花雪夜的味道，还有关于男欢女爱。

20世纪90年代，我从粤北山区初来深圳，一下迷上了深圳的灯红酒绿，璀璨夜色。最常去的歌舞娱乐厅是H岗大厦歌舞厅、L湖大富豪夜总会，还有松柏同心KTV夜总会，L湖金龙玉凤歌舞厅。

在深圳，要数L湖的娱乐业最火爆，这有赖于一河之隔的香港带来的巨大客源。

这里，灯红酒绿，娱乐厅多过米铺，街头美女波涛汹涌，人们惊呼：全中国顶尖美女都来了深圳！

20多年后的一天，我路过这家N多年未光临过的同心KTV夜总会，惊觉当年红极一时的夜场，如今变成了洗脚城。这座曾经喧嚣、炫目的KTV夜总会，经过20多年的光景，已面目全非，连着金色的招牌也是灰头土脸，一片破败，跟20世纪90年代的火爆不可同日而语。

原本成群结队出没于此地的各色职业者，包括那些跑场者，已难觅踪迹。

另一家闻名深圳东部的H岗大厦歌舞厅，早已改头换面，变成一个大型购物商场，不再有娱乐歌舞厅，只有当下最流行的自助式KTV，消费也是平民化的价格，一两百元即有交易，装修环境也尚算高档，只是酒水小吃欠佳，美女欠佳，帅哥欠佳，贴身服务欠佳。

这样的消费场所，除了点单有人接待，其余几乎一切自助，服务自然与曾经动辄千元房价、消费分分钟过万的旧时夜总会天差地别。

那个年代，深圳、东莞及珠三角的夜总会，连着服务生也是一等一的俊男靓女。

这些醒目、勤快的孩子主要来自省内各县乡和内地各省份，大多初中毕业或中途辍学，他们带着迷惘、兴奋、满怀憧憬地来到广州、深圳、东莞这些娱乐业发达的城市谋生。

再高一个层次的咨客、嘉宾、小姐则多来自国内各省市，鲜有国际人士。不像今天，来自全球各地金发碧眼肌肤胜雪的演艺人员满街都是。夜场把她们的身高、容貌放在第一位。要特别强调的是，男嘉宾要价更高。

服务业最重要的是嘴巴甜，甜出蜜糖来，加上手脚麻利，礼多人不怪，生意自然兴隆，财源滚滚来。

他们满怀忐忑、懵懂，不知所措，初来乍到，凭着十七八岁的青涩乖巧模样，凭着超强的适应能力和学习能力，加上职业化的训练，造就一身职业化的殷勤服务，再配上富丽堂皇的装修、摆设，原装进口的视听设备，聪明伶俐，舌如巧簧，耳听六路，眼观八方，怎不让客人宾至如归？

很多小姐转行成了艺人，也有艺人转行成了小姐。

那样的年代，经济起飞，精明人士日进斗金，一掷千金，一群男女常混迹于酒池肉林，醉生梦死，不死不休。普通人则为三餐一宿奔波忙碌，锱铢必较。

20 世纪 90 年代初，我南下深圳，经历过当时最辉煌的歌舞娱乐时代。那时，在深圳普遍月薪为 250 元到 350 元、550 元居多。

那时的物价，也是畸高，除了房价，什么都贵。我曾经买过

4元一斤的青菜。

那时跟一群搞文艺的同事供职于深圳原关外某镇的一家事业单位，属于临聘人员，月薪450元。

为了改善生活，早日奔小康，我们一群文艺队员每个月都到夜场跑跑场，唱歌兼跳舞，兼乐队，想办法赚点外水。

我们属于最基层的歌手、舞者、乐手，每个月一般可以赚个千把块。那些人气高的歌手，跑得勤的，月薪可轻松过万，最少的也能到手七八千。

今天虽看来不咋地，但当时的年代，当时的房价，还是非常具有诱惑力的。相比单位那一点鸡水一般的250、450元工资，万元薪水绝对是动人心魄、轰轰烈烈的高收入。冲着这一点，更坚定了我们跑场的决心、信心、恒心。

金钱的力量不容小觑，金钱绝对能激励人心，鼓舞士气，勇往直前。

跑夜场最大的吸引力是薪水高，最大的弱点是旱涝不保收。有可能这个月拿1万，下个月拿5000，再下个月，分分钟被新人取代，分文不得。

有可能某一天你突然被老板通知明晚不用来了，换了新团队了，薪水一个月或两个月后结。还有可能遭遇的是"乐头"（乐队领班）携款而逃，薪水自然打水漂，当月辛苦的跑场白干了，可怜的跑场者只能"得个桔"（白干）。这是让人最郁闷的。

当时的同事阿卢就吃过这种哑巴亏，辛辛苦苦在场上表演翻跟斗两个月，某日乐队领班却忽然失踪，天天夺命追call也无济于事，此人好像人间蒸发。随之蒸发的，还有一群跑场艺人的薪水，据说有十几万。

那几天，看到阿卢喝酒喝得醉醺醺的，脸色阴沉，一言不发，跟女朋友吵架、打架，对同事也一副爱理不理的嘴脸。

我有时会很八卦地去开导阿卢。有一次阿卢喝醉了，说自己又失恋了，我安慰他："又不是被拖数（欠薪），失恋算个鸟。"

那时鲜有人上门去找老板讨薪，也不见被欠薪者跑到歌舞厅门口、老板写字楼堵门、上访，威胁跳楼之类的，他们只是默默离开，自认倒霉，然后转身找下一个场，继续唱，继续演，继续游走夜与雾。

当村庄消失了，围着火堆跳舞唱歌的习俗也消失了，我们转而聚居于城市，于是，有了歌舞厅，有了夜总会、酒吧。有了通宵的夜色、美酒、佳人，人们开始另一轮狂欢。

平头百姓除了关心柴米油盐、灯油火蜡、锅碗瓢盆、衣食住行外，还有关于愉悦，关于倾诉，关于仰慕，关于一厢情愿等精神层面的东西，有时令人深陷其中，不顾一切。

种种癖好可能源于远古神秘的风水，源于人体器官的需求，就像那些至今仍存于世的原始部落，那些偏于一隅的村落，他们墙头上挂的牛头骨，脖子上挂的雕爪子，篝火边跳的圈圈舞，只有族人能听懂的祭祀歌和诵经，岩石上的文字和画。

到今天的各色夜场，以及那些跑夜场的艺人，在某个程度上满足了人们的某种需求。

东莞的夜总会很红火，娱乐业发达，因为那里台商多，还成立了全国第一家台商协会。

乐队决定去东莞发展。可我不想去东莞，我想留在深圳。

在香港，在深圳，在北京，在珠三角、长三角、京津冀、长株潭、成渝，众多大大小小的城市，必须是城市。这些烧钱的，具有感官刺激的，能放松、放纵、放肆的场所，自然能落地生根。

20世纪八九十年代，歌舞厅、夜总会、驻唱酒吧兴起，这个行当从香港传入大陆，尤其是珠三角的广州、深圳、东莞等地，迅速火爆，迅猛生长。

歌舞厅、夜总会、酒吧，它们的从业人员给人的印象总有点扑朔迷离。我短暂从事过娱乐歌舞厅的跑场唱歌，虽夜夜与歌舞相伴，但大多时候无风无浪，只是与行业内的人有了接触，也能一窥这个庞大系统内部的暗流涌动与利益冲突。

还有关于风水轮流转，关于三十年河东三十年河西的命数，目睹那些曾经年轻、青涩的歌喉是如何历练成型，蝶变成仙，最终如何一步一步蝶变成为演艺圈的大姐大、大哥大。

深圳及珠三角经历了港澳台娱乐业最辉煌的30年光景。毗邻香港的广深及珠三角地区，最早接纳这一股热潮，歌舞娱乐行业兴风作浪，牵线、搭桥、引进，闭塞的人们如海绵般迅速接纳了这一股歌舞厅文化。

当时深圳及珠三角一带的年轻人每周必追TVB翡翠台的"劲歌金曲"，每年一度的"劲歌金曲"，"香港十大中文歌曲""叱咤音乐流行榜"等激动人心的颁奖典礼。

不可否认的是，那时确实留下了一批脍炙人口、经典优秀的流行音乐，这些音乐深深影响了我们这一代的世界观、审美观、价值观。

那些美丽的面孔、曼妙的舞姿、宛如天籁的歌喉，曾深深震撼我们初出茅庐的心。也曾目睹过歌舞厅里滥竽充数、粗言秽语、半老徐娘、英雄末路的人。

这些看似鱼龙混杂的歌舞娱乐厅，其实卧虎藏龙，多少英雄豪杰都出自这里。当下不少当红明星原本都曾混迹于广州、深圳的歌舞厅里，有做驻唱的，有跑场的。

杨钰莹、毛宁、张咪、陈思思、陈汝佳、吕念祖、陈明、张行、凤凰传奇，都曾是夜场的歌者，后来都大红大紫。

听说当下大热的凤凰传奇中的女歌手玲花就曾在深圳六约某歌舞厅驻唱过。

果真英雄莫问出处。

歌舞厅的舞台上，灯光迷离，旋转灯、激光灯、镭射灯、追光灯，台上台下，此起彼伏。游历过这样的场所，蜻蜓点水般掠过，然后上岸，但那是我青春岁月中不可磨灭、无法抹杀的经历。

身边的旧同事中，有多人曾从事过该行业。他们大多兼职做乐手、歌手或舞者。当年我和他们一样，年少轻狂，初生牛犊，天不怕地不怕。一颗红心，只为爱好，为梦想，为赚钱，为好奇，为八卦，更为改善拮据的、潦倒的、不济的生活。

我仍记得他们，那一拨有着歌舞天赋的同事，至今大多各自天涯。

陕西周至籍同事阿卢、阿平，广东兴宁籍同事阿明、阿清、阿强，湖北武汉籍同事阿杰、老杜，安徽芜湖籍同事阿辉，江西宜春籍同事阿华，湖南衡阳籍同事阿丽，有的擅长跳霹雳舞，有的擅长唱流行歌，有的擅唱民歌，有的打架子鼓特别棒，有的弹贝司超级厉害，有的弹键盘出神入化，有的演小品惟妙惟肖。

早期的歌舞厅文化，模仿是基本功。同行里，有模仿张学友的，有模仿童安格的，有模仿崔健的，有模仿宋祖英的，在我看来，这也是一种天赋。而我的优势是唱通俗歌，尤其是粤语歌，曾荣幸地被人称为：H岗陈慧娴。我的拿手歌是《逝去的诺言》《红茶馆》《飘雪》《千千阙歌》。

每晚赶场，忙得天旋地转，急匆匆赶到了场子，一头扎进更衣室，三下五除二换演出服、补妆、整理头发。常常场上的乐队已响起前奏，演员还在手忙脚乱地换鞋子，抹口红。

他们一边扯好衣服，一边拿起麦，一边往场上跑。此时出现在客人面前的，是一个改头换面、艳光四射的"明星"。

此时，鼓手会稍微多敲几下鼓点，好让歌手多点时间准备。

担心高跟鞋走路不便，不小心会"扑街"。

随着激烈的鼓点、强劲的音乐响起，歌手、舞者轮番上阵，舞台上顿时一片莺歌燕舞。那些穿着火辣、浓妆艳抹的性感舞者，更是惹得全场轰动，气氛一下子煽动起来。

歌手除了会唱歌，还要会调动气氛，让客人"嗨"起来。

很"嗨"很"嗨"的客人自然会感到口渴，口渴了自然会点酒水和饮料。这样场子的消费额自然会水涨船高，顺势带动小费、小吃的营业额。还有鲜花、雪茄、抱抱熊的推销也是旺旺的。

那些着装统一齐站一排迎候你的靓女，是酒吧聘请的"咨客"或"推广员"，凭着巧如簧舌，口吐莲花，能让你高高兴兴猛掏腰包多多消费。

消费得多，她们自然乐意陪你聊天、跳舞、饮酒，大声猜码，喜笑颜开。

带旺的，自然还有娱乐场所周边的人排档，专做宵夜的店，生意火爆，常常半夜两三点还是人声鼎沸，也常常惹得楼上和对面街的住户投诉。

夜店散场出来的姑娘，妆容精致，穿着细高跟的鞋子、包臀短裙、大露背吊带裙、辣裤，蹲坐在小矮凳上四平八稳地继续喝酒吹水。他（她）们最爱点的宵夜是生炒牛河、砂锅粥、炒田螺，外加几瓶珠江啤或青岛啤，嘉士伯也好。

晚上收工后，乐队通常去一家潮汕大排档吃砂锅粥，放虾那种。一大碗吃下去，浑身冒汗。

同事阿卢的杀手锏是翻跟斗，客人也喜欢看，但客人更喜欢听粤语歌，连着 DJ 和主持人，歌手都要会唱，会讲白话，否则老板不满意，因为客人大部分都是香港人。

他们在大陆办厂，赚得盘满钵满，也缴了很多税和租金，让很多打工仔打工妹能寄钱回家，也顺势带旺了珠三角的歌舞厅、夜总会、娱乐城、大排档、零售业、出租屋。

劲歌热舞，那时歌舞厅最流行的当属港台歌，童安格的《其实你不懂我的心》《神秘耶利亚》，姜育恒的《再回首》，齐秦的《驿动的心》，陈百强的《一生何求》，李克勤的《红日》《护花使者》，谭咏麟的《爱情陷阱》《朋友》，张学友的《吻别》《遥远的她》，草蜢的《热情森巴舞》，梅艳芳的《梦》《妖女》，徐小凤的《随想曲》《风雨同路》，叶倩文的《祝福》《情人知己》，陈慧娴的《千千阙歌》《人生何处不相逢》。除了这些一线歌手，连带着那些港台的二三线歌手也来内地跑场赚快钱。

我们曾与江欣燕、梁雁翎、李乐基等同台演出过，他们只是二三线歌手，但他们的出场费动辄几十万，而且还现场满座。

我们兼职跳舞的只有 50 元、100 元的演出费。但我们只羡慕，一点也不妒忌恨。我们高兴有这样的机会与这些"明星"一起同台表演，一起合照留念。

我们还曾经与宋祖英、吕继宏、蒋大为等著名歌唱家参加同一个晚会，现在想想都是激动人心的。

想起这首关于夜的歌：

> 想问天问大地
> 或者是迷信问问宿命
> 放弃所有抛下所有
> 让我漂流在安静的夜夜空里

娱乐歌舞厅，离不开音乐、舞蹈，还有酒。

酒吧、夜总会也不例外，殷勤的服务、养眼的装饰和从业者，美酒夜光杯，一夜鱼龙舞。彩袖殷勤捧玉钟，当年拼却醉颜红。

夜幕降临，暮色四合。暗黑和灯影交接，喧嚣嘈杂了一天的街道、写字楼、商场、菜市场渐渐沉寂了下来。此时，沉寂了一个大白天的歌舞厅、夜总会、酒吧，如惊蛰时节的银环蛇，开始苏醒，开始爬行出窝，开始吐信子，感触外界的光，准备一场同类的狂欢。

昼伏夜出的歌手们开始准备出门。路上，华灯初上，家家户户开始做饭、吃晚饭。阿卢则随便啃一个陕西肉夹馍或馕，他琢磨着坐什么车去。

那时的交通太不便，交通工具奇缺。有时夜深，中巴收班了，他得搭乘摩托车回宿舍。

一部雅马哈小型女装摩托，常常穿行于街道和社区的大街小巷里。

见到路上有阿Sir巡查，车手就发挥高超车技，"呼"的一声钻进胡同里，进了一家洗脚屋，把车停靠在门口，熄火、进屋、洗脚。

那些交管巡逻员有时会一路跟来，发现车手进了洗脚屋，也无可奈何。

平日熙熙攘攘、车来车往的马路上已经安静下来了，路上空荡荡的，只有夜总会、娱乐歌舞厅、酒吧、发廊、洗脚屋还在营业，服侍着那些喜爱夜生活的人。

偌大的马路上只有摩托仔兜着摩托车呼啸而过，还有零星几部大货柜车轰鸣而过。

夜色阑珊，风雨夜归。各行各业中，有夜场端茶水的服务生、谈生意的商人、执勤警察、值班医生、赶货的流水线工人，还有一群行色匆匆的跑场艺人。

不同的职业，目的只有一个，都是打工，终极目的，就是赚钱、养家。

阿卢经常要去B吉L岗村的一家夜总会表演一个霹雳舞和唱几首劲歌流行曲。时间大约为半小时。他负责上半场，下半场由另外一位女歌手负责，专门唱梅艳芳歌曲的。

有时我闲着没事，会跟着阿卢一起去，算是捧他的场。阿卢会提前帮我点上一杯鸡尾酒，颜色发绿那种，有时点一听嘉士伯。

这家夜总会很大型，装修也很"豪"，有着金色的大门，白色的巨大罗马柱子，雕花的窗户和栏杆，处处发出一种沉郁的贵气。厅内，屋顶如巨大的苍穹，拱形的走廊，镶嵌着暗红色的玛瑙色瓷片，两边站着一排身高、相貌皆出众的女咨客。她们着低胸曳地的白色或粉色长裙、开高叉的旗袍。

也有着学生制服的，以此满足一些另类男人的特殊嗜好。她们脚蹬巨高的高跟鞋，有的长发披肩，有的挽起高高的发髻，唇上涂着鲜红的唇膏，浓密的假睫毛能架起一支铅笔。不管胖瘦，皆乳峰高耸。她们脸上永远挂着职业化的微笑，有点冷傲，有点拒人千里。

有些跑场歌手为了迎合一些客人的要求，也会卖乖，讲些半咸半淡的段子，只要把客人逗笑，哄开心了，老板就满意。

只是大多数女客人不太喜欢，现场被逼洗耳，也是无可奈何。但夜场里，也会碰上一些立场颇为坚定的演员，他们牢牢把住卖艺不卖乖的底线，除了跟客人唠唠嗑，讲些家长里短，笑骂一些社会丑陋面，或者再自嘲一下之外，其余一切免谈。

要赢得客人欢心，把客人变成熟客，关键还是凭借出色的歌艺、舞艺、吹拉弹唱，才能换来长久的尊重和喝彩。

对于常年混迹于鱼龙混杂的江湖道场的演艺者，他们自然练就了一双慧眼，流氓、地痞、良家妇女、平民百姓、官场中人、大款、黑白两道，一眼能看穿。

阿卢的拿手好戏是霹雳舞、现代舞、抽筋舞，其中翻筋斗最有看头，他精瘦的身段瞬间爆发出炸裂的能量，令我万分佩服。

阿卢还能唱摇滚歌曲，崔健的，唐朝乐队的，反正总能把气氛搞得很嗨。但在我看来，他除了吼还是吼，节奏感不太好，总抢拍。

阿忐也会跳现代舞，还会跳民族舞。他跳的新疆舞、蒙古舞身姿曼妙，动作标准，一看就知道是舞蹈科班出身的，除了个子矮了点。

他们的舞蹈颇受工业区打工仔、打工妹和村民的喜欢。每次下乡表演，场子都被围得里三层外三层，气氛热烈。

那时深圳乡镇的文化生活很枯燥，不但文化设施奇缺，连着文化人才也是稀有动物，因此文艺队的队员都能吸引许多热爱唱歌跳舞的打工仔专程找上门来拜师学艺，要学霹雳舞、民族舞、流行歌。

阿卢是个浪子，整天喝得醉醺醺的，说话也颠三倒四的总闹笑话，但性格质朴敦厚，讲义气。常见他半夜喝得酩酊大醉回来，挨个宿舍敲门，口齿不清地喊："小明，小明，快起来，陪我喝酒去。"

阿卢其貌不扬，身材精瘦，有点像《十五贯》里的娄阿鼠。但就这长相，也深受众多女孩子的仰慕和青睐。皆因他性格随和，出手大方，常常一掷千金，也常常月光。

总见他的宿舍里有女孩子造访，有名义上跟他学舞的，有暗恋他的，有攀老乡的。跟他拍拖的女朋友走马观花似的，一茬一茬的来来去去。

印象最深的是一名湛江妹，没有多么貌美如花，但一身高挑身材，英气勃勃还是颇有气质的。

这个湛江妹来头不小，自己是一名退伍女军人，父亲是部队高官，家境富裕又高大上。也不知她看上阿卢哪一点，不顾父母的强烈反对，死心塌地跟着阿卢。

两个人一会儿爱得要死要活像糖黏豆，一会又吵得不可开交像水扣热油，常见他们打打闹闹吵架拌嘴，也不知是真是假。湛江妹对阿卢管得严，没事就跑去阿卢演出的夜场探班，名义上是关心，实质估计是怕阿卢跟哪个夜场妹子搭上。

后来他们好一阵，坏一阵，最后的结局是两个人和平分手。湛江妹遵循父母之命回了湛江，阿卢在深圳混了几年后，也回西安创业去了。

阿卢这家伙，有点能耐，做的还是娱乐行业，开了一家文化公司。据说包下了西安市一家大型的夜总会的演出经营权，与众多明星有来往，生意颇为红火。

看来阿卢天生就是吃歌舞厅这碗饭的。

新来的舞蹈演员晓燕说她最喜欢听辉哥唱歌，说他像臧天溯。

陕西仔阿辉是个摇滚歌手，有着天赐的高亢嘹亮的嗓音。最要命的是，他的歌声还带有很深的沧桑感，长发、络腮胡，有点腾格尔的范儿。

那时深圳不是很流行北派的摇滚，而阿辉又不会唱广东歌，在歌舞厅不是很受待见，阿辉也因此有点郁郁不得志。

也可能因为他的"酷"，吸引了"涉世不深"的小女孩们。

倒是有妻室的阿辉恋上了同单位的女歌手阿华。阿华未婚，也对阿辉痴迷。

两人经常一起跑夜场，日对夜对情愫暗生。当时阿辉的老婆阿敏在单位的书店里做销售，他们有一个长着天然卷发、像天使一样的女儿，阿辉视女儿如珠如宝。后来阿辉跟阿华恋上后，与老婆冷战，对女儿倒是依然疼爱得很。

晓燕虽然有点失落，但最让晓燕恼火的是，阿辉的老婆阿敏当着同事的面，跟3岁的女儿说爸爸不要你了，要那个华阿姨了。这样一来，原本活泼可爱的女儿顿时变得不爱说话，脸上满是心事的样子，完全没有了之前的天真无邪。跟爸爸也没有了之前的亲热劲。

我们看在眼里，心里也不是滋味，但同事的私事，我们都装着不知道。

有时晓燕会在练功房里说一些阿敏跟孩子的事，有时会一声不吭拼命压腿下腰，练功练得狠。

下班了我叫她去饭堂吃饭她也不去。

那个叫阿华的女同事，总是心事重重的样子，有时还见到她偷偷地哭。一双含情脉脉的泪眼，我见犹怜。

后来阿辉抛下尚未离婚的老婆和年幼的女儿，与阿华一起失踪了。单位领导说他们没辞职，工资也没领，直接走掉了。

也不知他们跑夜场的工资有没有领。之后隐约听晓燕说阿辉和阿华一起去了海口的一家夜总会驻场。

后来阿辉跟老婆离了婚，跟阿华结了婚。晓燕没事就逗阿辉的女儿玩，给她买玩具和水果啫喱。几年后，又听说阿辉跟阿华离了婚。总之我们有点搞不清。问晓燕，她说她也不知道。

再后来，再也没听说他们的消息了。他们虽人在江湖，但江湖上再也没有他们的传说了。

晓燕还告诉我，还有那位最会跑场的同事阿清也要调走。

阿清是一位阳光帅气的兴宁男孩，性格开朗，嘴巴甜，会搞搞新意思，会活跃气氛，而且还不带黄那种。关键是阿清的粤语歌唱得特别好，能歌善舞，是歌舞厅里最具人气的歌手之一。

他的粉丝从六七十岁的大妈，到10多岁的小姑娘、打工仔、打工妹，一网打尽。

每次在村里或工业区演出，阿清总是接花最多的那一位。

在夜场，也是女粉丝给小费最多的。

一年多后，阿清被深圳市团市委下属的某文化中心相中，调去了大家乐舞台担任 DJ 和歌手，还经常与一群文艺青年混在一起。那时候，能调去市里，很是让我们一班同事羡慕流口水的。

几年后，阿清又被调去了宝安某街道办一事业单位。再过几年，官至基层科长一枚，可以说彻底与跑场、文艺界圈分道扬镳、划清界限了。

论跑场经历，最丰富的自然要数武汉美女阿红。阿红同样打两份工，白天在乡镇幼儿园上班，晚上跑场。

阿红天生丽质，身材曼妙，长得明艳动人。加上她八面玲珑，嘴巴甜得漏糖，在跑场的年月里拉拢了一群粉丝，人气很高。

很多粉丝专程从香港过来捧阿红的场，给她小费。阿红的收入水涨船高，老板喜欢她，当地领导也喜欢她。

当地镇政府的领导看中阿红的才能和颜值，想留她下来搞文艺为小镇争光，遂把她的户口关系从内地迁了过来，还安排她进了幼儿园做幼教教师，不久还给她分了一套两居室的福利房。

不久，与阿红分居两地的老公也从内地调来了深圳，阿红一家大团圆结局。阿红从此没再去跑场，专心留在小镇上做她的幼教，不久还生了一个可爱的女儿。

原本在内地歌舞剧院任键盘手的老公不但在镇上谋得一份体面稳定的工作，还重操旧业，也跑起了夜场，到歌舞厅弹琴，炒更赚外快去了。阿红一家人的生活是芝麻开花节节高。

有时会在一个十里春风，凉风有信、秋月无边的白天或夜晚，想起一些陈年往事。

有时会在客厅微黄灯光下的微醉时分，有时在街头驻足的某一瞬间，忆起那些共事过的同事和他们的一笑一颦，他们曾经的哭与笑，苦与乐。

温润如玉的阿波，舞蹈编导，来自江西歌舞剧院。

高大威猛的阿文，吹萨克斯的，来自武汉歌舞剧院。

待人彬彬有礼、能一口气吃 10 个快餐饭盒的胖子小刚，吹萨克斯的，来自湖北歌舞团。

娇小玲珑的阿莉，唱民歌的，来自湖南民族歌舞团，队里最具实力派歌手。

跳现代舞超有范的阿明，来自兴宁歌舞团，最拿手的节目是《护花使者》，载歌载舞满场飞的。

这些来自专业文艺院团的演员，大多是碰上内地歌舞剧院改制下岗，投奔深圳来了，最早进入乡镇文化站的文艺队。一时间，深圳云集了众多颇具实力的演艺人才。

另外有一群同事是文艺界的"初哥"，即刚从学校出来的，如我，本来读的是中文系，却鬼使神差进了文艺圈，如今转行回归文化专业，业余咬文嚼字，搞搞文学创作，策划下文艺活动。

阿兰，梅州妹，艺校毕业，被我们称为"小邓丽君"。

劈腿、下一字马超厉害的阿丽，辽宁舞校毕业即来深圳捞世界。

河源妹阿燕，幼师毕业，会跳舞也会演小品，聪慧勤力。

梅州妹阿云，温婉娟秀，有林黛玉的影子，总是独来独往，也是少数不跑夜场的队员。

还有吹笛子的阿凡，打架子鼓的阿星，弹键盘的阿强，贝斯手阿波，吉他手阿秋……

这些年来，貌似经营性娱乐场所大为萎缩，但此消彼长，每个行当总有它生存的方式，就像以前的抢劫偷盗少了，网络诈骗却多了。

盗亦有道。道可道，非常道。

娱乐场所以更多元的方式发展着、生存着。

迪士高时间，DJ 如精神领袖，引领全场人步入舞池，扭动、大笑、尖叫、拥吻。

此时的客人们放弃矜持与冷漠、傲慢与偏见，与相熟、不相熟的人一起笑、一起碰杯，点头致意，眉来眼去。

曲终人散后，人群各自散去、各自归位。

有对上眼的，约了下半场，楼上就是酒店。不过那通常都是一夜而已，他们有的甚至连对方的真名也不知晓，顶多报一个英文名"Amy""Aaron"。之后，谁也不认识谁，打死不再联系，严格遵守游戏规则。

以前的夜总会、歌舞厅，是可以通宵营业的，后来管理部门基于治安、噪音等问题，限定了 2 点前关门打烊。于是，那些通宵达旦"嗨皮"，乐不思家，玩到天空鱼肚泛白的玩家，不得已要另觅战场了，继续释放多余的柯尔蒙、雄性激素、肾上腺素。

于是，马路上多了飙车党，多了街头游荡的夜猫子。

生活中，我们喜欢谈论八卦，谈论明星轶事。可这些经营性歌舞厅的演艺人员，却几乎很少人关注。他们脱下华服，卸下彩妆，只是普通的路人甲一名，大多依旧为人妻，为人夫，为人父，为人母。

一度名声不佳的夜总会、酒吧，逐渐淡出市场，取而代之的是行业规则要求更严格的娱乐经营场所。

许久没光顾夜总会，有时，会有点心痒痒。

也许，迷恋那些撩人的夜色，还有夜色下的美人、美酒、美乐。

酒吧怎能没有女人？形形色色的人怀揣不同的目的和欲望。老板希望她们成为顾客来此的一个诱饵，至于后果如何，另当别论，只要不闹出人命案，一切皆可为。

狂欢者希望借她们制造暧昧的气氛，然后自己也释放出荷尔蒙，互相吸引，互相追逐。泡吧族希望和她们来上一段哪怕一夜倾情的故事，谈谈情、跳跳舞，白玫瑰黑玫瑰，夜半轻私语。纯粹的猎艳者只是为了搜寻下一个目标，事后不记得谁是谁，从此相忘于大街小巷……

藕虽断了丝还连，轻叹世间事多变迁，来呀来个酒啊，不醉不罢休，愁情烦事别放心头。总有那么一些忧伤的故事每天在上演。

也有动了情的，终成眷属的。更多的，无疾而终。那些甘心或不甘心做小三的，纠纠缠缠，剪不断，理更乱。

那些着装性感，浓妆，眼神不定，晃来晃去的黑衣女子，可能是"陪酒女"，她们的笑和柔情是用金钱计算的。

那些拿着手提电话、穿梭于客人之间并不时在本上记下什么的，可能是"妈咪"。

此外，还有舞女、歌女、卖烟小姐、啤酒小姐、吧女……

后来，衍生出酒托，诱饵当然还是妙龄女子，有办法让那些猴急的男人掏出几百几千，消费几杯低劣的红酒、小吃。

到不了手的男人跑去报案，说自己被骗。

　　如今夜总会歌舞厅的行情，因"八项规定"的出台而"黯然失色"了许多。许多艺员转行开文化公司、培训机构去了，继续从艺，随行就市，改走"平民化"路线了。

　　资本雄厚的夜总会老板也投资文化创客园，游走于商界与政府之间，大小通吃，获利不菲。

　　夜场、K歌、宵夜和酒，一种年轻人荷尔蒙泛滥的狂欢，最终变成有故事的回忆。

　　灯光、酒、音乐与夜色也相得益彰，水火交融，如鱼得水。

　　夜场的种种是非，让我想起电影《狄仁杰之通天帝国》里的鬼市，中过蛊毒的人，白天不能出来示人，只能夜晚游走。白天的话，会激发出体内的蛊毒，阳光照射下，身体瞬间起火，身躯顿时灰飞烟灭。

　　挥慧剑，斩情丝。一首香港武侠片主题曲的歌词在夜里响起。

　　午夜之后，城市的夜景多倚靠这些夜店的霓虹，以显示它的经济实力和繁华程度。至于美，或不美，好，抑或不好，皆由心生。

　　夜未央，总有那么一些人，夜奔在车马稀落、烟火已冷、夜色阑珊、映衬空旷无人的街。

中
辑

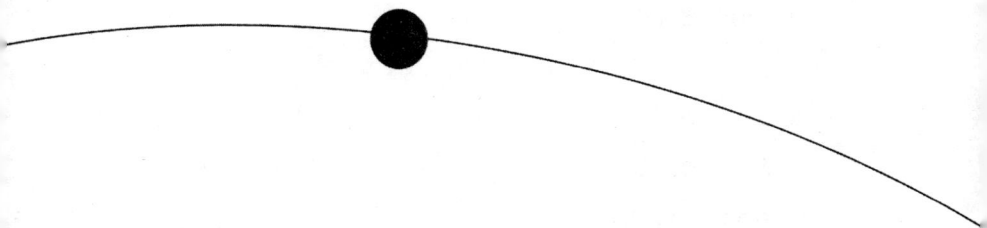

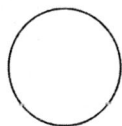

想开心应该去街

六约·永宁二巷

密集的村抱在一起

分享小雪节气

今天艳阳高照

咄咄逼人的热度

是大汗淋漓的告示

特意着粗布麻裙

舍弃高跟鞋无惧沙石路扬起的灰

只为走遍整个村子

走遍那些咯脚的路

修路工来自四川

与他搭讪 say 哈喽闲聊家常

问他几时开工几时完工

他露出一口黄牙说不晓得

会车处排起长龙

一进一出的默契

在延续在来来往往

巷道里垃圾桶孤单身影

没有分类

伫立桶的身旁陪它合照摆一个姿势

留个微笑给一串香水

身后各种电线扭曲

互相搭讪

花枝招展的模样

电线切割的蓝天如一张张书页

灰色的墙体不亚于光鲜城区

连共享单车也来凑热闹

东倒西歪自由散漫慵懒的模样

炒菜香气四处游荡

灵魂嬉笑怒骂似北方乡村演的剧

绿裙子也大步流星横扫舞台

扬起的围巾

掩住了姑娘的笑容

巷子里，处处藏着吻和汗水

还有拥抱

埔厦路

这条路源于一个村庄
村庄的农田原本种水稻、红薯、花生
山上种荔枝、龙眼、柑橘
养鸡鸭,养猪
水牛来犁地
这个伙计还是少年的伙伴

村子的老屋变成握手楼
种水稻的田地建起了工业区
工业区旁竖起一幢幢花园小区
人们不再种荔枝龙眼柑橘
吃的大米红薯花生都是外地火车拉过来的
空运的泰国丝苗米

路笔直、干净
绿化树高大笔直遮住了天上的日头
红绿灯像星星一闪一闪
白天黑夜都不收工
就像厂里的打工妹打工仔

午后,放工时间,六约埔厦工业区路,蓝白相间的工业厂房,在湛蓝色的天空映衬下,迎着霜降后明晃晃的日头,依旧残留着大工业时代的霸气。

路上鲜见二三十年前深圳工业黄金时期工人成群结队、鱼贯而出的热闹情景，街头人流稀少，只有公交大巴载着寥寥数人，私家车倒是不少，在路口等着红灯绿灯黄灯。午饭时间，路边这家常德牛肉面店里，进来三四位穿工服的男青年人，点了烧鸭饭、鸡腿卤蛋青菜饭，两位女士点了牛腩面、酸辣粉，我点了牛杂粉，湘味，汤底有点辣。旁边还开着东北饺子店、糖水店、客家菜馆。

埔厦工业区、六约工业区、排榜工业区……原来分布在深圳版图众多的大型工业区，在城市化、地产化狂飙突进的围攻下，短短二三十年的时间，以迅雷不及掩耳之势土崩瓦解，烟消云散。有位做实体的朋友手下经营一家五金塑料电子厂，工人100多人，每天忙到飞起，起得比鸡早，睡得比狗晚，除去生产经营这一块，每天、每周、每月应付安监消防、劳资纠纷、治安管理都让人焦头烂额。一年到头，盈余100来万，貌似不错，但老婆是全职太太，没事就去看楼买楼，转手后，少则赚几十万，多则几百万，这天价的楼就是这样左手过右手，右手过左手诞生的。

没有了实体，也许这个城市离衰落也差不多了。没有实体，那些光鲜亮丽的写字楼不过是浮云。

以前谁做厂谁是老大，现在谁搞房地产谁是老大。

茂盛路

四联村，旗下拥有茂盛路、四联路、红棉路、排榜路诸多这路那路，它们四通八达，三横四纵，围成一个四联村。

这是曾经的一个古老村庄，如今目光所及，到处是拆迁的景象，大片的、密密匝匝的农民楼已是人去楼空。轰然倒下的砖头、瓦砾、钢筋、水泥，堆成一座座小山，破砖烂瓦呈灰、白、黄等各色，物体大小不一，上面被罩上一张绿色的尼龙网，用来防止瓦砾和石块滚落马路伤及路人和汽车。一个月，两个月，六个月，一年，时间又过去了一匝，瓦砾上不吭不声，从没有泥巴的水泥粉末里，长出一簇簇茅草，爬山虎，南瓜苗，牵牛花，喇叭花。最厉害的当属爬山虎，它的手脚如蜘蛛侠，节节进攻，一寸一寸地攀上隔壁这栋尚未拆破的农民楼的阳台，试图入侵客厅、房间、洗手间，它们仿佛长在人体大腿上的毛细血管，四处扩散，占据人体最机能的部分。

这么贫瘠的废墟上，它们依然长得这么理直气壮，昂首扩胸。

远去的村庄，未来的城，也许指日可待。

茂盛路上曾经最有名的华侨新村别墅区，早已没有了当年的光鲜亮丽，变得有点沧桑落魄。当年繁华喧闹，如今人流稀落，一排门店大面积"执笠"（倒闭），整条街，几乎三分之一都贴上"旺铺转让"的白纸黑字，或红纸黑字。

情义花店、齐齐标花店，华侨新村市场路边的几家鲜花店还在，连着水果店、肠粉店、内衣店、烟酒店一字排开，只是生意大不如前。

对面这家盛大百货楼下的量贩式 KTV 变成一家人力资源公司，当年横岗最有名的昌记菜馆也不见了踪影，估计不是搬迁就是倒闭了，想当年它是多么的红火，门庭若市，客家菜是它的主打，分量大、价格实惠、味道好，每天顾客盈门、生意兴隆。而今，众多的老店也逃不过城市改造，租金大涨，人工大涨，赚的还不够交房租付人工，落得老字号纷纷消失的结局。

茂盛路上一并消失的，还有茂盛工业区、排榜工业区、贤合工业区。而茂盛村口山边这个小小的、寒碜的、毫不起眼的土地庙，却毫发无损地存在着，且香火尚存。

也许，无人敢在太岁头上动土，包括那些拆迁队，在神面前，他们也有所忌讳、有所敬畏吧。

这些老村、老工业区、老店，我曾目睹它们从平地一声起，到发家致富，到今天的日渐衰败，再到未来的无法预测。她们以迅雷不及掩耳之势，迅速完成了它的原始积累，令世人震惊和刮目相看。

这些曾经陪伴我走过多年，给予我包容、悲伤、泪水、欢笑的老村、老街，将会永远刻在我的内心，包括物质方面以及精神层面。但也许，今天、明年、大后年，我们将永远告别它。也许，这个城市的未来，再也不需要这些老村、老工业区、老店、老人。

排榜路

那座有着高大牌坊门楼的排榜新村，是横岗最早建起的居民统建新村，居民都是本村居民，外地人是不可以住的，房子也不得出租，不得转手销售。紧挨着老村的是密密匝匝的农民楼、小产权房、工业厂房，如今已全部列入旧改。靠近马路的一楼店铺还有一家木材店、一家药店，只是生意清淡，楼上的出租屋全部被清空，门框、窗棂也消失无影。

　　距排榜新村步行约 5 分钟的排榜市场，旁边同样是横岗赫赫有名的四联小学，小学旁边是四联幼儿园，幼儿园旁边是老四联村委会，如今变成一家国企建筑公司，之前是一家金融公司，后来据说被清理掉了。这个片区的楼房大多是三四层高的楼房，楼宇外形简单粗暴，灰头土脸，没什么设计感，一看就是 20 世纪八九十年代的产品。关键还是楼房的容积率太低，估计离旧改也差不远了。那座有着几百年历史的排榜老围屋已经坍塌得差不多了，也被列入危房，路人不得而入。但从古村落调查档案里看到的图片，那张高围古村的金色镂花木雕散发出的贵气依然还在。

　　人气最旺的还属排榜市场和四联小学，每逢上下课时间，这条马路必定水泄不通，交警叔叔也要出来维持秩序。排榜市场已经被改造过，之前的污水横流、坑坑洼洼、蓬头垢面，如今稍有改观，市场门口这家烧腊店的香味总是飘出街边，是一条诱惑的街。记忆中这是一家经营了 10 多年的潮汕卤水烧腊店，做的都是街坊的生意。

　　我站在茂盛路与红棉路交界处，等着过马路。一群过马路的人，隔着对岸站立，外卖小哥可不管三七二十一，大斜插，遛弯，大回环，左右逢源，才不管那些红黄绿的指挥呢。他们的时间就是金钱，晚一分钟分分钟被一些难缠挑剔的客户投诉，绩效分分钟不保，一天算白干。想想回去还要面对房租、水电煤气管理费，孩子的学费补习费奶粉尿片就令人窒息，还是急急走为上。

　　生活就是一场鏖战，岁月静好也许只属于少数人。更多的人在俗世洪流中如一群鲶鱼，陷入深潭里，挣扎求全。

松柏街

松柏老街是一条很老的街，住的大多是横岗最早的一批城镇居民。再往里面是红花街，深入进去，绕着老粮仓走一圈，映入眼帘的是斑驳发黄、发黑的墙身。墙身被一字排开喷上大大的"拆"字，墙头干枯的风信子在随风摇曳。很多年前我们就听说这个片区被纳入了旧改，只是10多年过去了，一直不见动静，不知是拆迁环节卡住了，还是开发商易主了。

拐来拐去的小巷里依然还有形形色色的店铺在经营着，旧货回收、佛具祭品、理发美容、快餐宵夜、厨具日杂、豆腐包子、烧腊卤味、服装鞋帽、蛋糕果茶、电器维修、水果鲜花、干洗快洗、药店凉茶。店里店外的老板、伙计、行人多是本地人和周边省份的人，白话、潮州话、客家话充斥耳边，同时夹杂着四川话、河南话、湖南话、东北话，整个社区犹如一个小小的诸侯国。一条原本略显凌乱、肮脏的街面经过几次突击运动式的卫生大检查，已显洁净、规整了许多。原本摆得老出的摊档也被收进了屋内，不许超门店经营。

曾经生意火爆、夜夜笙歌的同心宾馆夜总会新颜变旧颜，呈一片破败之势，招牌不是少了边就是缺了角，蓬头垢面，邋邋遢遢。原本出没于此地成群结队的灰色职业者已难觅踪影。

那家叫"洪记"的广式烧腊店的生意似乎还是一如既往的好，约两平米宽的店，摆着一个一米五六的玻璃柜门，两盏红顶挂灯发出晕黄的光，倒射着不锈钢台面的各式卤味，杆子上挂着烧鸭、卤味、猪头肉，色香味俱全，诱惑着路人的味蕾。每次都见小小的窗口前排满了老街坊，不到 7 点，那一排油光滑靓、肥美无比的烧鹅、烧肉、叉烧就售卖一空。

老街里的街坊，每天仍一如既往地淡定从容，时不时约上几位老友喝茶、吹水，聊起一些陈年往事，大多是好汉不提当年勇。还有那些关于年少时追女仔的搞笑事，年少轻狂时干的一堆糗事。

沙河路

车子驶入龙岗大道，接着拐进六约路，进入礼耕路、牛始埔路、勤富路、沙河路。沿路能看到伟达高、品胜、柏怡、中和盛世、伯恩等制造业大型企业，还能看到和顺通充电站、高宝中集六约堆场，路上稀落的人流。

沙河路北侧，硕大的集装箱仿佛一座巨无霸占据了半个天空，赤橙黄绿青蓝紫的货柜箱子犹如一幅巨型的油画布，颇具视觉冲击力。

沙河路旁是货柜区，高高垒起的货柜箱色彩斑斓，整齐划一，工人们在指挥调度一辆辆出出入入的大型货柜车，动作轻车熟路。货柜车往厂区、往龙岗大道、往盐坝高速、往盐田港驶去，尤以深红色为多，夹杂着绿、黄、灰，如巨型的积木，在墨绿色的丘陵山林间，穿插出一种动漫、卡通，又不失工业化的美术色彩。

牛始埔路沿线，装设几个巨大的高压线塔，夹杂在密集的农民楼间，像变形金刚擎天柱、大黄蜂、威震天降临人间。想当年，遍布深圳的各个工业区就是深圳的超级领袖、劳动模范。

经过繁华热闹的六约牛始埔村，七拐八拐，沿着富勤路一路往南，车窗半敞，习习凉风拂面，晚霞瑰丽，沿途目睹大片的工业区，偌大雄伟的工业厂房楼宇依旧顽强地经营着。

一路之隔，呈现出迥然不同的生态景观，沙河路北，厂区林立，车水马龙。沙河路南，山峦叠翠，林木葱茏。

六约北和南，偌大的社区里，充满老工业化气息的大和工业区，有点像香港、日本、台北的旧工业区。

晚上8、9点，我还在六约市场游荡，这里依旧一片喧嚣，卖鱼卖菜卖宵夜的，人们起早贪黑，辛苦营生。突发奇想这条街会不会重现黑帮火拼、劈友、浩南哥、山鸡哥出山的电影桥段。

六约市场前面一块小广场，中间变成停车场，广场舞场地捉襟见肘，跳广场舞的大妈大叔各自分了七八支队伍，东一块西一块，见缝插针地自娱自乐，音乐声震耳欲聋，互相斗力。

已是12月，北方地区的严寒季节，深圳依旧十几二十度的温暖气候。街道、社区、水库，绿树婆娑，翠叶叠加，小鸟啁啾。

接近春节，路上行人愈见稀落，街道显得清净了许多。

在路边一家陕西凉皮店，老板在做煎饺，一股浓郁的韭菜香直钻鼻孔。我点了凉皮和煎饺。老板熟练地搅拌着凉皮，里面有青瓜丝、麻油、辣椒。老板说这些天工人陆陆续续放假了，附近的工业区很多都歇业了。

时不时有一两个打工模样的小年轻人来买煎饼煎饺，老板问他回老家吗，小伙子说不回。

禾田街

禾田路、龙福路、愉园路、白灰围路，周边盘踞着几个大楼盘。

这些楼盘地段好，售价不菲，入住率高，人口密度也大。城区显要位置两旁分布着西餐厅、银行、影城、粤菜馆、连锁超市、连锁西饼店、连锁药店、女装店、日式料理店、儿童培训机构等，无一例外都是灯火璀璨，装修高档，客似云来。在后面靠近市场的这条吉福路，却与之形成强烈的反差，如一个西装革履的白领，或一个青春靓丽的都市女郎，对应着一位衣着朴素的村妇、一位沉默寡言的乡下老汉。这条路上，沿街一排下去的店铺多为土特产店、儿童服装店、裁缝店、小吃店、物流店、鞋店、粮油店、理发店、凉茶店、干洗店、烟酒店、家政店，店面普遍装修朴素，灯光昏暗，人流量也不大，有点静谧，做的是小本的、微利的小生意。

夜晚的路口，摆摊的小老板们陆续出动，一部米通机器"噗噗噗"作响，一条如香肠大小的淡黄色米通鱼贯而出，一位年近五旬的老板按约一尺长折断，装进大塑料袋里，地上的透明袋子已经装满了，但顾客寥寥，只有两名女士在一旁帮忙装袋。这种传统的食品在花样百出的新式零食面前迅速萎缩、式微。路口一侧的一部小型人货车摆卖一车的柑橘、柚子之类的水果，原来一同摆卖的那个新疆小伙和他的一车哈密瓜已有一年多未见了，之前是这里的常客，如今满大街的水果店，竞争惨烈，看谁能撑到最后、挨到最后、笑到最后。

　　壹克拉楼下这条街人行道宽敞、人流量大，受到很多"走鬼"的欢迎。一入夜，跳广场舞的，练溜冰的，卖玩具的，卖头饰的，卖服装的，卖文具的，卖长沙臭豆腐的，如深潭的鱼、山洞的蝙蝠，依次游出、飞出，"流窜"至城市的每个角落，占据每一条热闹的街，各自领了自己的地头，再使出浑身解数吆喝着自己的生意，就看谁生意好、赚得多。

　　夜里，路边的几个大型垃圾桶偶尔能见到几只硕大的城市老鼠在埋堆觅食，全然不管周边人来人往，视人类透明。地板洒了块状、滴状或喷射状的污点，果汁？咖啡？汤汁？周六、日这条街做促销的商家搭起绚丽缤纷的舞台，音响放出巨响的音乐声和主持人声。教滑冰的画地为牢，用彩旗扎的长绳圈成一个大圈，几个戴安全帽、着护膝的小孩在障碍物间穿来穿去，有的颤巍巍不敢迈步，有的"吧唧"一下摔倒了再自己爬起来，憋着小嘴不敢哭出声来。家长在圈外或紧张、或淡定围观，年轻的小教练也绝不会上去扶起，"起来，往前，俯身，重心放低"。卖凉粉的小贩拉着板车溜来溜去跟城管的打游击，车头小喇叭放出没有后鼻音、方言浓重的播音：凉粉、豆发（花）、茶叶大（蛋）。卖头饰发圈的撑起一个雨伞模型，上面挂满花花绿绿的发夹。近年来，这条街的走鬼档生意日渐萎缩，那些大喇叭的叫卖声也逐渐销声匿迹。这些街头小贩，无法与资本强大、大小通吃的网购、电商、连锁店、旗舰店竞争。小贩们怎么是对手呢，不是。

　　没有街边小贩的点缀，这个城市，不够好玩。

土洋村

　　土洋东纵纪念馆景区内一棵树龄超过 200 年的古龙眼树，听解说员说它至今每年仍能结出大串的龙眼果实，就觉得颇为神奇。我们看完纪念馆内的图片展，挤在龙眼树下这张石板凳休息，乘着树荫，呼吸不远处海风的清凉。龙眼树的翠绿，衬托着眼前这栋两层高的百年教堂，有时光穿梭之感。

趁着夜色来临之前，我们跑到沙渔涌观海，看晚霞伴着潮水，海鸥飞处，渔光点点，这里曾是东纵北撤之地，如今被列为红色基地，前来朝圣和仰望的团队络绎不绝。傍晚，沙渔涌天边的晚霞染红了一片海水，金灿灿的晚霞和着洁白的浪花，撞击着岸边的巨大岩石，惊涛拍岸，岩石沟壑纵横，仿佛被千万把利刀刻过或锯子锯过。在海那一边，沙渔涌海滩正大兴土木，堆满砂石泥土瓦砾，挖掘机、泥头车机器作业轰隆，尘土飞扬，司机驾驶着工程车，工人戴黄色安全帽，身着橙色工衣，在工地上来回巡视。沙滩上几对年轻新人摆出各种亲昵的姿势，收腹，挺胸，扭腰，配合摄影师摆拍婚纱照，不厌其烦地拍了又拍，安可来安可去的。我脱下鞋，赤足走在沙滩上，脚下这片原本米色的沙子渗入一层灰黑相间的颜料，貌似油污。眺望远处海面，七八艘船舶驶入驶出码头，有几艘停泊在码头旁，不知是进行油田作业，还是准备出海捕捞？这片海水并不算洁净，水质带点浑浊的灰。领队小钟说自己本是个钓鱼爱好者，平时周末喜欢来大鹏这边钓鱼，可这些年深圳的近海基本无鱼可钓，只能零星钓到一些墨鱼仔、河豚、虾子之类的"小杂毛"，海洋渔业基本归"零"。

曾经大名鼎鼎、备受吃货追捧的"沙井蚝"，近二三十年来也只能舍近求远，不远几百里跑到湛江、阳江一带"异地"养殖，长成了再运回深销售。商家老板觅一处热闹喧嚣的街，搭一个大红大绿的舞台，请了醒狮、唱歌跳舞说唱的，办一个商贸加美食加文化的"金蚝节"，烹制出花样繁多的食品，当中有老广中意的"烤生蚝""蚝仔烙""姜葱炒生蚝""炸生蚝"，兼卖粤菜必备的调味品"蚝油"。

山厦村

山厦村有一个出名的红色景点，山厦革命历史纪念馆。这个馆的原址原本是一座宗祠，如今变身纪念馆，古色古香衬托红色展览。时光倒转，宗祠保留尚好，展览却不太相契，有点突兀之感，也许就像男与女，人与人，需要时间磨合。

村内道路狭窄，拐来拐去，地势局促，村内的建筑物显得凌乱，老屋多颓败。

这么大型的工业厂房，在深圳愈趋少见，很多工业区都被列入旧改被拆除，或被围蔽起来，看不到里面要建些啥。没围起来的，可看到巨大的"拆"字喷上墙面，门、窗、大门被拆卸一空，只剩下一个个大大的"口"字，这个口里面漆黑一片，围墙外的我看不清里面的动静，口字似乎欲言又止，只能"哑口无言"。在山厦村采风，秋日气息渐浓，天清气爽，村内路上行人稀落，整条街只有我们这一群人在兴高采烈地参观，大声说笑，热烈合照。路上偶尔经过一两个骑单车的外来工，也是神色匆匆。据说该村已全部列入旧改，逢工作日，街上一片寂静。

村内北侧的社区工作站服务中心，保安员认真地给我们量体温，服务台的几位社区工作人员耐心地回复几位居民的问询，好听的本地白话飘荡在洁净的大厅内。

沙井老街

一程山，一程水，来也匆匆，去也匆匆，就这样风雨兼程。在深圳，这么多的庙宇、古塔、宗祠、老屋、老店，散落在千年老镇，散落在沙井大街后两侧的古老村落里。

2020 年端午前夕，与文友楚桥、老段、点墨组成的四人帮，一路玩，一路走，一路吃，沿街参观了天后古庙、洪圣古庙，为亲爱的人祈了福捐了香油，跪拜念叨少不了。浏览了陈氏宗祠、潘氏宗祠、江氏宗祠、龙津古塔，感受庙堂与市井、小桥与流水、戏台与棋局，了解诸路神仙与贩夫走卒如何和谐相处，如何相互依存、相处甚欢的处世哲学。

永兴桥片区有着浓郁的岭南气息，那些屋檐画了彩绘的民居，麻石铺就的桥面，当铺、商号、炮楼、文创店、榕树、簕杜鹃、桂树，川流不息的游人，桥头桥尾摆卖的凉粉、果茶、钵仔糕诸多岭南小吃，像极了小时候最爱逛的圩市。我和点墨一路来大快朵颐，吃了一碗又一杯，拍了一张又一张。桥上的风景是人，桥下池塘里的莲花盛放，水清幽幽，是更美的风景。

老段说他曾写过一个小说叫《胭脂巷》，就是源于沙井老街的故事。点墨调侃老段，你可以再写一个《烟花巷》啊。

那些只能两人侧身而过的窄巷，那一栋栋紧挨着、可以握手亲嘴的农民楼，那近到可以听到隔壁老王家拌嘴声的窗户，那一座接一座、一座比一座富丽堂皇、气宇轩昂的宗族祠堂，那些街头斗殴的古惑仔，那些风情万种的女子……是能滋生出离奇桥段、风月片段的。

说不准就是一部沙井版的《上海滩》，变身《沙井街》或《××帮》，或者来个复制版的舞剧《凤凰往事》，再来一首成都版的歌曲《沙井》。

四人行必有我师，我们互相取艺名，点墨说楚桥就是乔帮主，虞姐说老段就是段王爷，楚桥说虞姐就是俏黄蓉，老段说点墨就是小郭芙。

沙井也是古代宝安县的开基族群的聚集地之一，曾经商贾云集，富甲一方。横岗荷坳村的陈康适就是宋朝时期从沙井兄弟分家迁徙过去的，为龙岗区最早的开基立祖之人，也是龙岗区最早有记载的朝廷官员盐场官。

福永凤凰古村气势颇大，宗祠在前，民居在后。宗祠前有池塘，池塘栽有睡莲。古村修缮、管理皆不错，洁净美观。到了下午，居民汇到一起，打牌的，带小孩玩的，拍照的，玩滑板的，闲逛的，好不热闹。

凤凰古村属典型的岭南广府建筑，三横三纵或五六七八纵，民居有趟门。据说为祠堂题字的是一位番禺的进士。

唯一有点遗憾的就是本地居民全部被清空，外来租客也不得住，村落干净是干净，但无甚烟火气，有点可惜，这也是诸多古村落面临的难题。

青砖、飞檐、窄巷、阁楼、书室、彩绘、麻石路、池塘、雕栏，还有曾经的大户人家、千金小姐、富家公子，是可以衍生很多故事的，那些关于家族恩怨情仇，关于风月、关于爱情，都可以入小说，入戏剧，入诗，入心头。

还有断墙、庭园、厅堂，曾经的觥筹交错，迎来送往，终归归于落寞，人去楼空。看来这里可以上演一部岭南版的《乔家大院》。

塘坑村

大清早，逛街去。塘坑、茂盛、新光村。

塘坑村位于街道办旁，里面夹杂着农民楼和工业区，玩具厂、服装厂、五金厂还在，只是很多厂房被改成公寓，老房子进驻了文化公司或开成咖啡屋、美甲屋。

村里的田坑世居被修缮过，里面藏着一家文创公司，老屋被改成庭院，我听见一间小屋子传出麻将声和女人的大笑声，估计是赢钱了。

旁边挨着贤合村，再过去就是有名的茂盛村。

新塘坑、贤合、排榜、高围、新光、茂盛，都属横岗四联，多为广府围村，或广客杂居村落，现外来人员占大多数，五湖四海，皆为新深圳人新横岗人，或深二代。

物是人非，老屋村还是那个村子，人却不一定了。昔日热闹的村子，今日冷清了许多，卫生环境管理也随之大幅提升。

小小村子，五脏俱全。一条双向小马路，隔出两个世界。那边是市民广场、商贸中心、四星酒店、花园小区、政府机关，这边还是传统的古村落，最高楼是七层的自建楼。

路边一约莫 70 岁的老妇人在捡拾纸皮、矿泉水瓶等废品。平时经常经过新塘坑连心路这里，时不时见到她，有时见她带着小孙子，操北方口音，面容愁苦，满脸风霜。

路上碰到的不单单是人和车，还有宠物，一对夫妻模样的男女各牵着一只大金毛，一只深褐色毛发，一只金色毛发，体型庞大。

在连心路口等灯时，女主人把手握的青瓜塞给两只金毛，两只金毛老实地啃了一口。

新塘坑村里，在田坑世居门口遇到一只松狮，一只唐狗，我"热情"地招呼它们，想给它们拍个照，它们各自瞅我一眼，掉头走了。

三馆西路

周日，小雪，户外30℃＋。

跑去看红立方公共艺术馆展厅笠夫跨界画展，馆内冷气足，笠夫画雅致得不像话。特别喜欢那几匹神情各异、膘肥体壮的马，看得有点入神，只是观众不多，整个馆甚是安静。约莫20分钟后，观众一拨拨涌来，几乎清一色都是小年轻，也有家长带着孩子来看画。一群小女孩拥着主角笠夫先生在海报前合照，我远远端望着，转身，抓着一个路过的观众，给我照相。身后，是一堵用模型书套砌成的书墙，灯光斜照。

路经龙岗红立方天桥这一段，头顶上方处传来葫芦丝吹奏的《城里的月光》，夹杂着葫芦丝乐曲声。循声，过街，上桥，桥口，音乐声从此处飘出，一卖艺人在吹葫芦丝。卖艺人端坐小板凳，左侧摆一招牌，上写自己原是一名教师，因患眼疾，不得不辞去公职，后又患脑瘤，医疗费天价，只能沿街卖艺攒一点医疗费。

招牌上印有一教师资格证，盖章是怀化教育局。

这位苗族大叔，身材魁梧高大，穿着一件藏蓝色的衬衣，戴着眼镜，表情淡然。敞开的布袋里装着10元、5元、1元的纸币，几枚硬币。还有一张 100 元。旁边一张过塑的二维码证，欢迎支付扫码，微信支付。

大叔眯着眼，吹完《城里的月光》，接着喝一口瓶装水，再吹《敖包相会》《知道不知道》。

后两首是著名中国民歌。《城里的月光》有点忧伤，走心。

接近 11 点，路人愈发多了，一对老夫妻拖着一个小拖车爬楼梯上来，里面装了菜、日用品什么的，老太太摸出几枚硬币，躬身放进袋子里。

3 个小男生经过，一人折返，放进 2 元纸币。又一男孩子经过，跳着跑过，从腰包里掏出一张 50 元，放进袋子，笑笑，跑下楼梯。

大叔都点头致谢。

大叔把脚边小音箱的音量调大一点，又调小一点。小音箱约一本《辞海》字典大小，大概厚一半，便捷式，特别适合流浪艺人出门到处走，到处唱。

大叔换了一个大号葫芦丝，吹《月光下的凤尾竹》。大叔脚边还有一袋瓶装和盒装的药。

天桥是新建的，上盖一圈圈的拱形建筑，镂空透出点点光，那是太阳的光，能照亮人心。

逛街，是小时候母亲给我留下的"嗜好"。如今只要有空，我都会牵着母亲的手，或搭着母亲的肩膀，到处走，到处吃，到处买，逛广州、深圳、香港，那些大街小街、新村老村，走进亭台、庙宇、街市，观五光十色的人和景，聊一些尚记得的人和事。

一座小城，陪它走过 20 多年。今天依旧深爱它，就像那些曾经爱过的人和事。

喜欢这里勤劳忙碌的人，喜欢它不太高大上的小街小巷，喜欢看它每天一点一滴的进步，包括它愈发干净整洁的城中村，还有开了又关关了又开的店。

我想，就算某一天离开它，我依旧深深怀念它。

这座小城，能将我扶持至成长，能给我许配如意情人，能将我造成孩子的妈妈，能将我变成一文不名，或百万富翁，能将我住上高楼大厦。更重要的能给我机会认识很多大哥，并变成终身大哥。

这样那样的街、村、井、祠堂，村民自由出入，谈天说地，八卦贫嘴。街上有街头艺人，有流动小贩，有祭拜活动，有神灵可敬，有各色的人，各自忙碌，散开，又聚拢。那些街因各式的人和事变得活色生香。尽管它们多是寻常巷道，但那些街道却让原本寡而无味的凡人生活，因这些饭菜香、花果香、烛香，内心时而宁静，时而躁动。

滴滴出行记

坐滴滴超过 5 年，已是钻石会员，经常领取滴滴平台发来的优惠券、特惠券，也时不时打赏下司机，给个五星，几块钱，只是举手之劳，结局皆大欢喜。

然后继续拿优惠，继续领打折券。等车时间每次基本上不超过 3 分钟，常常人还在电梯里，还在路上狂奔，显示车子已到。

网约车绝大多数的司机都文明有礼貌，服务素质高，我是这样认为的，深圳的服务行业水平就是高。偶遇个别奇葩司机，如中途甩客者，牢骚满腹者，愤世嫉俗者，故意兜路者，一样米养百样人，行行出"状元"。

记忆中，曾在滴滴车后座捡过两部手机，都交给司机处理，猜想应该能物归原主。

一路滴滴，一路上听过许多没听过的故事，遇到许多不可思议的人和事。这也是我喜欢打车的缘故。

我喜欢尝试各种有趣、无趣的事情，邂逅、结识各色有趣、无趣的人。

衡阳哥

一上车，我就大喊："您是湖南人，师傅。"

司机哈哈大笑："是啊是啊，女士您真厉害，我是湖南衡阳滴。"

接下来这位衡阳师傅一路跟我聊，聊深圳，聊湖南，聊美食。我说我喜欢吃湖南菜。我是老广啊。

司机大赞："湖南菜香，下饭，老广能吃辣的不多，您是特别的。"

我问他来深圳做滴滴是专职还是兼职，他说是兼职，正式职业是一家制造业工厂的主管，只是现在实体企业不景气，订单不多，只是维持而已，自己收入也大减，但40多岁了，不好转行，闲时就出来兼职滴滴，赚个零花钱。

儿子也成家了，在供楼，压力大，自己和老婆帮忙供，老婆还帮着带孙。

一路过红棉二路、三路，坳背路，进入求水岭隧道，路两旁种了黄花风铃、木棉、夹竹桃。出隧道右手边是荷坳新村别野（墅）区，20世纪90年代末建的居民统建楼，依然簇新，豪气。衡阳师傅瞄了一眼，继续紧盯前方，告诉我，这是深圳本地人的村子，豪宅。我笑答，我知道，我在这里工作了20多年。

在我这么多年的滴滴路上，遇上爱聊天的滴滴师傅中，有河南师傅、湖南师傅、四川师傅，他们有情绪，爱倾诉，小小车厢内，适合天马行空的闲聊。

况且，乘客下车后，谁也不认识谁，几乎没有回头率，就算有，一波一波、上上落落的乘客，谁也不记得谁。

校长哥

今天要去宝安参加一个文学活动。运气好，这次叫的车是一部豪华版雷克萨斯。

司机一看就是个知识分子，西装革履，金丝眼镜，关键是，谈吐不凡。

果不然，大叔说自己是一所职业技术学校的校长，今天要去龙华那边开会，顺路赚点油费，顺路还能有人陪着聊天，高兴。

校长大叔特能砍，上至国际大事、国家政策、深圳教育、拆迁、房价，小至八卦明星、美食购物，一个多小时的路程，他讲了一路。

路遇塞车，机荷高速上，我们的车一边龟行蚂蚁行，一边又扯到二胎、三胎。他说自己 50 多岁，刚生了个二胎，是个儿子。去香港生的，入了港籍。

"老婆很年轻。我是二婚。"他说。

车内冷气很足，座位宽敞，我有点昏昏欲睡。

到站，校长夸我："跟您聊天很愉快，您很有思想，有气质。"

"您也是，校长先生。"

川妹子

晚上在龙岗文化中心大剧院看演出，散场后约 10 点，跑到对面站台，叫了车。

一分钟后，一部白色丰田到步。拉开车门一看，呵，女司机。

女司机待我一上车，按部就班吩咐："您好，尾号 5656，去 MM 小区。请系好安全带。"

然后她自顾自地说："你这个短途，我都不想接，是平台看我近，硬派给我的。"

我顿时有点惊讶，不知如何应答。

"是的，我是短途，你就当顺路好了。"

"唉，你们这些关外地区，单太少，挣不到什么钱，平时我都很少在龙岗这边跑。不像南山那边，单多得接不完。"

"关外？现在还有关外？难道龙岗不算深圳的？"我有点不解兼不满。

"我在龙岗接的客人，比不上市里的，没礼貌，经常大呼小叫，还喝酒，喝醉那种，发酒疯，有时还呕吐，搞得我的车臭气熏天。"

"不过您还算不错。"

我问："您哪里人？"

"四川的。"

美女司机继续吐槽："你们这里的人不守规矩，开车乱来，过马路乱来，我们市里的人就不会。"

我有点啼笑皆非。

"龙岗这地方，就是偏僻，送完你这一单，我回市里了，休息了。"

"宝安也是关外，是不是比龙岗更文明些？"我故意问她。

"宝安？差不多吧，好一些，就是电动车太多，到处都是，路口常常一堆扎在那里。"

我心里想，说不定你住的还是城中村，只不过一句含糊的"市里"，就滋生了这么一大堆的优越感。

"那你承认龙岗的电动自行车规矩一点，少一点吧？至少，马路要宽敞一些，停车方便一些吧。"

"到了，女士，您慢走。"

潮汕哥

运气还是好到爆棚，这次叫的车是一部小中巴，拉货那种。车子的颜色大致灰白色，车身蒙了一层灰尘。车门也是往后拉那种，很重，呱唧呱唧响了一声，车身颇高，我"跳了"上去，后排座位全被拆了，堆了一堆电子元件之类的东西。

我乐乐呵呵地上了车。

怪不得，司机是个潮汕小伙子，一听口音我就知道。

这部车是用来拉货的，兼载客，今天我就跟一群货物同处一车。

小伙子态度很好，我也一改坐后排的习惯，跑到副驾位，因为我听到车里放的是粤语流行歌。

这个我喜欢。

司机看我无丝毫一点嫌弃的样子，很高兴，忙着收拾座位上的细软，把东西塞进前排的抽屉里，还拿水给我，我婉拒。

我问他干哪行，他说帮家人看厂，自己负责送货，顺便开了滴滴业务，顺路载个客人，赚点油费。

我说："你这种车也能上滴滴平台？有无客人嫌弃？"

他说："车龄不超过 10 年都可以，肯定有客人看车后取消的。"

我说："我看过新闻，滴滴车型五花八门，有乘客叫过中巴、大巴，甚至货柜车的，被誉为滴滴界最威风的车型，上了热搜。"

潮汕小哥哈哈大笑："这个有意思。可惜我的车比较寒碜，经常被客人飞单，不过我有最多的车载歌，都是流行粤语歌，我喜欢谭咏麟和张学友的，很多客人喜欢。"

我说："我也喜欢，你放来听听。"

"我喜欢滴滴，让市民多了交通出行选择，多了优质服务体验，多了眼观六路耳听八方的际遇。多了共享的机会。"

他说："要感谢滴滴平台共享的开发者。"

我说："好像也是你们潮汕人，好像姓马。"

惠东哥

这天要赴约，到光明那边，特意穿了那条黑底碎花的丝绸长裙，有点低胸，有点"飘逸"的一条美裙。穿着显得有点臭美。

天气酷热，在小区门口站了两分钟就满身冒汗，特意戴了一副暗红色的墨镜，来抵挡下灼热的太阳紫外线。

一部黑色丰田接上了我。师傅是一位大约五旬的大叔，我听他口音，应该是老广。

果不然，惠东人，在深圳定居 30 年。

我转换频道，跟他白话吹水。想着路途遥远，要跑近乎一个多小时，还有可能塞车，遇上一个老广，讲讲自己一直个肯去的母语，在深圳这个地方，也是难得的。

惠东大哥看我白话讲得溜，大赞说："我以为你是香港人呢，白话好正。长得也正啊，气质好，广东女人当中很少有你这么身材好、气质好的，尤其是你戴墨镜，简直杀死人。"

"哈，你孤陋寡闻吧，谁说广东女人少靓女，是你的朋友圈少靓女而已，我身边就一大群广东靓女啦。现在的靓女，非外省女人专属，丑女也非老广专属啦。"

"那是那是。女士您是哪里人？"

"老家清远地区，来深圳定居30年。也是老深圳。"

"我太太也是清远的，清远那边很多旅游景点，尤其是温泉，很有名，今天我老婆带儿子去清远泡温泉了。"

"那你怎么不陪你老婆儿子一起去？"

"陪儿子还可以，陪我老婆？才不要呢，她那个样子，我看了都饱了，她哪及你漂亮。"

我心里呵呵。原本对这位惠东大叔的一点好感顿时消失殆尽。之后一路戴耳机听歌，沉默。

五华哥

晚9点，忙完手头烦琐的一堆工作，长吁一口气，赶紧点击下单，滴滴3分钟到了街道办西门。

入夜，路灯大亮，白色的车子从君贤路南驶来，停在街道办西门路口，上车，与司机打招呼，他回头瞅我。司机的客家口音特别重，大概来自广东河源或梅县一带。

寒暄起来，瞄了几眼司机侧脸，肤黑，宽脸，大鼻，阔嘴，小眼，留平头，有畲瑶混血特色。

　　师傅，我回龙城。师傅应着，车子右拐，出君贤路，出连心路，再左拐出龙岗大道，约一个站的路程。

　　此时师傅电话微信铃响，听到司机与对方用客家话呱呱讲了一通，听出来对方是私下点单，估计是熟客，估计司机以前做过蓝牌车。对方让司机送自己回河源和平，并约定在哪里接。

　　滴滴师傅回头跟我说："家里有急事，你前面路边下车可以吗，不好意思哦，但起步车费 13 元就不退了，你自己坐公交或另外叫车吧。"

　　我呵呵一笑："你家里有急事，我理解，但半夜你甩客，还不想退款，貌似哪里都不合理吧。"

　　他开始死皮赖脸："我把你放在前面力嘉路口站台，你自己搭公交回去得了，我赶时间去接人呢。"

　　我干脆撕破脸："你接客回和平，是个大单，少说也要上千的路费吧，当然看不上我这几十块的，得，我下车，您还我车费，我也不投诉你。"

　　他软磨硬磨："哎呀，我都送了你一站了，起步费当然不退了，要退，只能退 5 元。"

　　然后他递过来一张 5 元的纸币。我收了。下车。

　　投诉他？算了，劳神、激气兼气急败坏，犯不着。

　　新生的滴滴，自然不能免俗。

　　地域黑，在利益面前，人最容易原形毕露，放眼全世界、全中国，每行每业，哪里都有一小撮。

　　与同事说起这事，同事愤愤然，我肯定投诉他裤都甩（裤子掉）。

　　我说，当做善事啦。呵呵。

借助网络平台，滴滴、优步、神州等网约车得以遍布神州各地，打破传统的士一统天下带来弊端种种。如今被乘客叫夕阳产业的士行业，因网约车的出现，因为有了竞争，就有了进步，有了让无数人得以享受到快捷、便利、安全的出行。

那些来自全国各地、各行各业的网约车行业人员，他们早出晚归，辛苦赚钱养活家人，供楼供教育。专职司机每天开工 10 个小时以上，甚至要忍受少数奇葩乘客的刁难、无理取闹、无厘头投诉，忍受烈日，疾风暴雨，塞车塞到吐的种种日常的、突发的、偶遇的人和事。他们有的沉默寡言，有的滔滔不绝，但他们绝大多数都恪守职业道德，用专业的服务精神和良好的职业道德，把每一位乘客安全送抵目的地。

至少，我的大部分出行，是心情愉悦的，眉飞色舞的。

街坊 N 章

在深圳定居近 30 年，遇过无数形形色色的街坊。

先后住过港资企业纸品厂的集体宿舍，一排排的大宿舍，摆的是上下铺那种绿色铁架床，8 人一间，公用厕所和洗澡间在走廊两边，每天大小二便和洗澡都得排队。我睡上铺，与一群来自五湖四海的工友共处一室，女工友们多为本省县乡的农民，十七八岁出来打工，坚韧、勤勉、节俭，常常让我自叹不如。

也住过单位的单身宿舍，一人一个单间那种，自己买的席梦思床和衣柜，单位只配一张书桌和一把椅子。也是集体共用洗手间和淋浴室，每晚都要排队，与性格迥异的各色同事相处，有时需要"斗智斗勇"，有时需要"难得糊涂"。

"单飞"租房后，自由度大涨。租的是一室一厅，再也不用排队上厕所等沐浴。房子是一梯 4 户，楼梯房，4 户人家挨得紧紧的，开门能碰到隔壁家的门，竹门对竹门，木门对木门。邻居家的饭菜香、吵架声此消彼长，倦怠疏懒的低物管服务常常会招来第三只手，有时连挂在门口的旧雨伞也会不翼而飞。

两年后，舍小房，奔"大房"，这是单位分的福利房，在年满 28 岁那年机缘巧合分得。两房一厅约 75 平，南北朝向，简装那种，自己买了沙发、大床，装了冰箱空调洗衣机，还养了只小橘猫。后来大改进精装修，换了全套家私电器，厨房也是开放式的，住得舒服自在，一人吃饱全家不饿。只是楼上邻居在阳台种菜、养鸡，平时给菜施肥浇水动作"豪迈"，泼墨式的，洒到我的阳台居然闻到尿味和粪味，还时不时飘下纸巾、香蕉皮、瓜子壳之类的垃圾，上去婉转提示后情况稍有好转。

一年后，与老公相识、结婚后，住他的两室一厅，房子在龙岗中心城，我则每天早出晚归奔波两个街道间。婚后，依然不改初衷，常与对面邻居家走动、吹水，互赠家乡特产。有时还去同一小区的同事家蹭饭，吃湖南菜，香得很。

生娃后，两室一厅明显不够住，就顺势买了这套位于龙岗中心城的一个大型花园的一套单元，当时楼价尚未暴涨，尚在十分合理的价位上。小区毗邻龙岗实验学校，算是学区房，孩子上学无需过马路，路途不超过 5 分钟，楼上楼下的距离。一眨眼，住这个花园超过 10 年。这 10 余年间，邂逅、结识多位邻居，谨以此记之几位印象深刻的，以及记住很久以前的那些左邻右里。

那位长得酷似 TVB 某前男星的湖北男人

第一次见这位男邻居，是在小区的电梯里。

我礼貌性对他点头微笑，他微笑着向我们问好，讲的居然是白话，感觉好亲切。我按 16 楼，他按 19 楼。当时他推着一部赛车型的单车，看他身形健壮，长相俊朗。跟他搭讪，也许因为他长得帅。

　　第一眼，觉得这位男邻居甚是面熟，拍了下脑门，哦，像魏骏杰，香港 TVB 一位挺有名的前男星，曾演过多部脍炙人口的电视剧，《陀枪师姐》《醉打金枝》《金装四大才子》《神雕英雄传之南帝北丐》等，所演角色正面阳光，演技颇好，加上形象高大俊朗，人气相当不俗。只是后来与相恋 9 年的女友滕丽名恋情告吹，劈腿小 20 岁重庆女大学生张利华被媒体和市民称为"世纪渣男"，导致形象大跌，近几年回内地居住后惨变胖大叔，八卦杂志也爆出其妻出轨的花边新闻。

　　这位酷似魏骏杰的邻居却很奶爸的样子，时不时在电梯里见他带着五六岁大的女儿，抱或牵一只棕色毛发的小泰迪下楼。他太太也甚是优雅，打扮时尚加高雅，常见他们读小学的女儿扎着复杂和好看的辫子。我自叹不如，因为我女儿基本上自小到大都是清汤挂面，或随意扎个马尾巴，哪样简单来哪样，不像这位湖北麻麻那么手巧和耐心。

　　这位酷似魏骏杰的邻居是位"70 后"，比我还小几岁，健谈开朗，有时还会赞一下我，夸我有气质，把我搞得甚是窃喜。常见他在电梯里与美貌妻子、可爱女儿、呆萌狗狗一起外出，其乐融融的样子。他说他还有一个大儿子，已经上大学了。

　　男邻居好像姓郭，湖北人士，白话讲得很地道，还有点港台口音。看他晒得黑黑的肤色，可能经常骑车的缘故吧。郭先生告诉我，他之前一直在惠州自营工厂，做电子行业，这几年实体制造业不景气，工厂经营困难，自己也基本处于半退休状态。平时每天在家带带小女儿，溜溜狗，骑骑车，享受家庭生活。他说有空就回惠州看看工厂，大多时间骑单车到处溜达。

　　"你的体能这么好，太厉害了。"我对他赞不绝口。

2020 年疫情，头两三个月，大家基本关门闭户，深居浅出，足不出户。电梯里基本见不到这家人了，尤其是这位酷似魏骏杰的湖北帅男人。10 月的某一天，与楼下一位女邻居相遇等电梯，寒暄几句后，她蹦出一句话——"19 楼的老郭心梗去世了。"

老郭？19 楼？是那位遛狗的男士吗？我吓了一大跳，连连追问，女邻居说不知道，只知道他住 19 楼。我说这么久没见到他，以为他回老家，或者回惠州看厂子去了。

接下来的几个月，就再也没能碰过这位长得酷似魏骏杰的邻居，也碰不到他和他的女儿、太太、狗狗一同搭乘电梯。

有一两次在夜晚，我楼下散步回来，在楼栋门口木凳上歇息看手机，见到他太太回来，黑衣黑裤的朴实打扮，完全没有之前的潮范模样。见她脸色有点憔悴，我抬头朝她笑笑，她对我微微一笑。然后，我们各自低头走开。

媛媛的东北粑粑和广东麻麻

"媛媛是我的闺蜜呢。媛媛真的好可爱，我好喜欢她哦！"

这是女儿跟我说的，一说起媛媛，女儿顿时眉飞色舞，简直一脸的沉溺。

小屁孩也有闺蜜，这个第一次听，现在的孩子跟我们以前大不一样。

每次在楼下碰到媛媛，女儿都开心得大叫，然后大扑上去，与媛媛抱在一起大笑。我和媛媛爸妈只能面面相觑，然后捂着嘴偷笑。

媛媛跟女儿同岁，大几个月，同校同级不同班。媛媛住我们家楼下三楼，几乎同一时间搬过来这个小区。那时媛媛1岁多，白白胖胖、粉雕玉琢的一个小女孩儿，我第一次见就喜欢得不得了。媛媛每次见我都阿姨长阿姨短的唤，嘴巴甜。我们一起楼上楼下住了10年，媛媛个头蹿得老快，一下变得牛高马大，12岁身高已经一米六几，皮肤一如既往的白净，只是多了几粒青春美丽痘。

媛媛爸爸黑龙江人，姓曲，这个姓让我一下想到《笑傲江湖》里日月神教长老曲洋，还有他和刘正风合奏的那首名震江湖的古曲。曲先生微胖，皮肤白皙，说话轻声细语的，每次都见他笑眯眯的。他叫我宝瑜妈，我叫他媛媛爸，或曲生。媛媛就是他的心肝锭，他简直把媛媛宠成了小公主。有一次我们陪孩子在楼下的泳池游泳，我在岸上，让女儿自己游，曲先生带着媛媛游，旁边一个男孩子调皮地往媛媛身上击水，曲先生立马黑着脸，严肃地训斥那个男孩子："一边去，讨厌。"

媛媛妈妈是广东东源人，姓蓝，长相带一点畲瑶特点，肤白眼大，气质温婉。在我印象中，她爱老公，爱孩子，对媛媛要求高，管教相当严厉。

媛媛就是集中了父母的南北基因，聪明、漂亮、健康、性格开朗、人见人爱。

几岁的时候，就见她骑着一部高头大马的单车到处遛弯，我有点担心她会不会驾驭不了这部巨无霸单车，会摔跤导致损手损脚，可是一转念，哪个小孩不是滚打摸爬才健康成长的。

相比媛媛，我的女儿就没这么大胆，到了初一才开始骑大单车。媛媛和女儿友情深厚，分校后仍然经常来往，除了交流功课，还一起过生日，女儿常为送什么礼物而发愁。

每次我和媛媛妈妈俩谈起孩子，都是"苦大仇深""一匹布这么长"的牢骚。我说，我们家，虎爸羊妈，你们家，虎妈羊爸。

媛媛妈说，这种结构也挺好，黄金搭档。

嘉灵妹妹和她的养父母

嘉灵一家住我们这栋楼最高层的复式单位，家里除了有"粑粑麻麻"，还有爷爷奶奶，还有一个哥哥，哥哥小名"松松"。

其实嘉灵是领养回来的。

嘉灵的养父小刘是深圳某派出所的负责人，也是我的清远老乡，长得阳光帅气，见我就叫我"虞姐"。嘉灵的养母是龙岗某医院的一位行政干部，梅州人，长得甚是清秀白净，文雅大方。我女儿小时候曾跑到嘉灵家玩，回来很"神秘"地告诉我，嘉灵妹妹家装修很豪，大鱼缸养的鱼颜色很特别，肯定很贵。

刚开始我以为嘉灵是小刘夫妇亲生的，但转念一想，小刘夫妇都是公职人员，只能生一个，按嘉灵的年龄，应该是2016年前出生的，还没赶上放开二胎。有一天我跟嘉灵奶奶八卦了一下嘉灵的身世，嘉玲奶奶告诉我嘉灵其实是名弃婴。几年前，尚在襁褓的嘉灵被父母遗弃在派出所门口，被小刘领养了。听说嘉灵的生父母是来自外省农村的一对打工青年，由于未婚先孕，加上居无定所、生活窘迫而被迫抛弃尚在襁褓的女儿。嘉灵从被遗弃，到被收养，从另一个角度，可以说从地狱到天堂的现实转变。

嘉灵妹妹长得非常漂亮，肉嘟嘟粉嘟嘟的，大眼睛长睫毛，头发又黑又顺，妥妥的一枚小美女。小刘夫妇对她视如己出，奉为掌上明珠。爷爷奶奶也是劳心劳力帮忙照顾嘉灵。每天爷爷奶奶接送嘉灵上幼儿园。爷爷那部单车把子上挂着一部小音箱，远远就能听见以前那个年代的老歌在放声高唱，整个小区都显得喜气洋洋、又红又专。爷爷很健谈，奶奶很爱笑，老两口整天乐呵呵的，典型的老广性格。每天晚上我几乎都见奶奶带着嘉灵在楼下玩滑板车。哥哥松松也喜欢这个毫无血缘关系的妹妹，大多时候都让着妹妹。嘉灵性格活泼好动，聪明伶俐，能说会道，有时甚至有点刁蛮。有一次在电梯碰到松松，说起妹妹，松松有点无奈，老爸老妈爷爷奶奶把妹妹宠坏了，还经常欺负我，要不是看她女孩子，我才不让她呢。

前两年，嘉灵到了读小学的年龄，小刘夫妻给嘉灵找到百合外国语学校的学位，那是深圳许多家长趋之若鹜的珍贵学位，"千金难求"那种。因松松已上高中寄宿，小刘家人决定搬到学校附近租一套三居室的房子，现住的这套大单元房子放租或卖掉。

那年起再也没见过嘉灵，还有小刘这良善的一家子人。

港漂儿童心妍

心妍住我家楼上，来自湖北，是香港籍跨境儿童。

在心妍上小学之际，她父母决定迁居香港，心妍因而常住香港，自此我就再也没见过她了。

一个小区住了几年，印象中心妍是一个小胖白净的女孩儿，文静内向，极少见她跟邻居的孩子玩。而心妍的爷爷则健谈许多，常常见他带着一只棕色泰迪出去溜街，也不牵狗绳。泰迪叫豆豆，女儿每次见到都要撸一撸。

有几次问心妍爷爷关于心妍的情况，爷爷说心妍在香港一家公办学校就读，成绩特棒，每次考试都是前三名。心妍参加港区各种比赛常能拔得头筹，会拉小提琴、弹钢琴，也是学校乐队的佼佼者。

问起我家孩子的学习，我说班上排中间，心妍爷爷严肃地说，那不行，必须得排前三。

心妍到香港上学后，几乎就没回过这个小区，连着她的父母也几乎消失。倒是爷爷还时不时回来小住一头半个月，平时过香港住上 7 天。到期回来，再续签 7 天，再去住上 7 天。

之前他们一家人在的时候，因着他们家阳台漏水，染到我们家阳台天花一片水迹，久了就掉皮，白白的一层如雪花飘落，跟心妍妈妈说了下，他们叫装修师傅来看了，整了下，情况稍微好转一点，但几年后，情况又反复，估计是他们阳台防水没做好，偷工减料造成的。

上半年某一天瞅到心妍爷爷回来，抓紧跟他说了阳台漏水的事，他说回香港跟儿子儿媳说下。

2020 年这年，已几乎不见心妍一家人回来，连着豆豆也不见了，听女儿说，前一段时间豆豆走丢了。

一直记得心妍小时候的小胖妞模样，只是几年过去了，心妍也十二三岁了，女大十八变，估计我也不太认得出来了。

2019 年、2020 年，是 HongKong 的多事之年，但愿心妍一家在香港平安、顺利。

阿财的晚年生活

阿财是一只小型的白色田园犬。

阿财的主人家住我家小区隔壁这个叫"罗马公园"的小区，家人在路口开了一家日杂五金店，一眨眼，这家店开了有十二三年了。

在我搬来他们隔壁小区时，这家店和阿财就在了。当年阿财还是一只小狗狗，每次女儿经过都会叫一声：阿财阿财。

阿财大多时间独来独往，除了是老板的"铁粉"跟屁虫外，阿财每天还会非常负责任地守着这个五金日杂店。店老板是一位五六十岁的大叔，听口音是粤东那边的客家人，带着儿子儿媳孙子，一家人经营这家家族店，起早贪黑做街坊的生意。我有时帮衬买扫把、买地拖、买塑料管之类的日杂东西。常见阿财独自一个溜达马路，女儿有时会提醒阿财："过马路看车啊。"

一眨眼，女儿十几岁了，阿财也已是老人家了，当年它身上茂密的毛发变得稀疏斑驳，眼眶周边长了一圈褐色的眼圈，不知是眼屎还是得了眼疾，看上去眼神浑浊，全无当年的虎虎生威。阿财的皮肤也变得松弛拖沓，腿脚也不太灵便，脚步蹒跚的。大多时间见它趴在门口晒太阳，或者陪着主人的几位客人在店门口喝茶、吹水，阿财就蜷缩在台下，静静聆听大人谈的话题。

女儿有次问我："阿财十几岁了，阿财会死吗?"我说："会的，狗狗十几岁相当于人类八九十岁了。外公 80 多岁了，外婆 70 多岁了，他们也老了，他们也会死的，爸爸妈妈老了也会死的。"

女儿沉默，黯然。

湖南媳妇

我们这栋楼一梯三户，邻居这两家媳妇都是湖南妹子。

　　她们的先生都是广东姑爷，一个梅州人，一个深圳龙岗人。阿珊的老公是生意人，住她对门的男主人小温也是做生意的。

　　两位湖南媳妇个子不高，都约莫一米五八，都长得水灵，都肤白貌美，都身材苗条。左侧这一家媳妇叫姗姗，秀发如云，长发及腰，年纪轻轻就生了一儿一女，在我眼里简直人生开挂，完美。可这世上是人生总有不完美，阿珊的儿子和女儿在学业方面都不算上乘，这没让阿珊夫妻俩少操心，时不时能隔着洗手间那扇窗听到阿珊的老公在吼孩子，有时简直叫咆哮，兼歇斯底里地大骂。平时细声细语的阿珊，偶尔也传出尖锐的声音，也是责骂孩子的。有时我会想，也许有一天我也会这样，甚至更甚。有时碰到阿珊，谈起孩子的学习，阿珊就叹气："唉，可能像我，我也不会读书。"

　　现在阿珊夫妻俩把儿子送到美国读书，女儿考到盐田一所民办高中。阿珊的两个子女性格乖巧有礼貌，每次见到我都叫我阿姨。

　　阿珊说自己最幸运的是遇到一个好家婆，两个孩子都是家婆帮忙带大的，所以阿珊没事就经常随老公回梅县看望家公家婆，小住几个星期，呼吸梅州客家地区新鲜空气的同时，还能吃上家公家婆乡下种的无公害有机蔬菜，糠谷虫子喂养的走地鸡，走地鸡生的蛋蛋。回龙岗时更是带回大包小筐的家乡农产品。

　　右侧邻居男主人小温的太太晨晨，也是一等一的美眉加潮范辣妈。常见她身着大露肩，泡泡袖，大喇叭裤，小短裙，长靴，小高跟，惹得我啧啧啧大赞。晨晨夫妻俩年富力强，三年抱俩。我叫她大儿子"小小温"，小儿子叫"小小小温"。大儿子像妈，小儿子像爸。大儿子嘴皮子滑，常跟我在电梯里大侃，小儿子内敛，怎么逗也不吱声，一脸的严肃。

晨晨的父亲是湖南一所学校的校长，母亲也是老师。晨晨告诉我，自己从小就是个学霸，在父亲的棍棒教育下，自己的成绩在年级从未跌出过前三。大学毕业后到深圳龙岗谋得一份气象局的文职，结婚生子后几乎全身心放在孩子身上，两个超级调皮的儿子让她身心俱疲。

有一段时间见晨晨做起了网商，常见她家门口堆满了大大小小的包裹邮件，目测不是服装，就是小家电、日用品之类的。湖南妹子就是勤快，闲不下来。

粗略统计了下，我这栋楼的住户，约莫一半为本省人士，其中多以河源、梅州、湛江、清远、潮州、深圳等地为主。外省人士多以湖南、湖北、广西、江西、河南、四川等地为主。很多是南北通婚，湖南对广东，广东对东北，湖北对四川，广西对广东，广东对江西。我相信，深二代、深三代、深 N 代必定青出于蓝而胜于蓝。

隔壁老刘

老刘是我们小区一家午托中心的老板。

午托中心离我家不到 3 分钟的距离。

我们全家人都叫他"老刘老师"，因为他家里还有一位小刘老师，即老刘的女儿。老刘老师术业有专攻，专做午托行业，一转眼做了近 30 年，经营范围基本上都在深圳龙岗地区，足迹已走过横岗、南湾、龙城以及东莞等地。老刘说曾经在东莞办过民办学校。

　　老刘说他在深圳虽创业艰辛，但一路走来都能遇到贵人，给他很多帮助，可以说办学道路一路顺风顺水，卓有成效。自己也是看着深圳和龙岗发生翻天覆地的变化。老刘待人"八面玲珑"，从村长、科长到局长，形形色色，老刘可谓"阅人无数"。他说办学校确实不容易，从选址、招聘、招生，到安全生产、食品安全、卫生检查、治安环境，再到办学质量、家长口碑，等等，哪一样都要亲力亲为。每天都忙到飞起，脚后跟不着地。

　　老刘也是"70后"，跟我同龄。他个子不高，背微驼，双颊有两抹高原红，长相显得有点着急。他老婆也是安徽人，体型偏胖，皮肤白皙，嗓门大，走路和做事都风风火火，穿着时髦，发型也是烫得卷卷的。

　　女儿有时跟我说："黄老师很凶，在午托里，经常拿着小棍子走来走去。"

　　我偷笑："对着你们几十个'化骨龙''熊孩子'，不凶一点，你们拆家了。"

　　老刘夫妻俩劳心劳力经营着这家午托中心，生意时好时坏，最多人时能招到四五十名学生，少时只有20多人。

　　我不知道他是如何维持下去的。

　　后来知道，午托中心的房子是自购的，每个月好歹能省下一万多的房租，顶两个人工资了。

　　老刘这个午托中心没有聘外面的工作人员，整个午托中心就自己、老婆和女儿三人在操劳，纯属家族企业，经常忙到没白天没黑夜的。

　　在我眼中，老刘夫妻可算"成功人士"。我指的不是他拥有多少财富多大的事业，而是他对子女的栽培，家庭教育的成功。

老刘夫妻育有一儿一女，儿子深大化学系毕业，考入深圳航空公司，是一名高大上的飞行员，如今年薪近百万。交了一个韩国女友，长得非常漂亮，性格温柔有趣，还没过门，就经常"爸爸妈妈"地唤老刘夫妻俩，还会做韩国菜，哄得老刘夫妻俩心花怒放的。

老刘的女儿毕业于华师外语系，毕业后一直帮父母的午托中心做英语辅导老师。小刘不但性格乖巧，而且长相可爱，有点卡哇伊的模样，深受小朋友们的喜爱。女儿也一天到晚都唠叨着"小刘姐姐、小刘姐姐"。后来，小刘姐姐去英国留学读硕士，毕业回国后考上深圳名校百合外国语学校英语老师，如今也是教务处主任了。

每逢新学年开学前后，有时经过龙岗区实验学校门口，偶尔见到刘老师举着一块招生的牌子，一站就是一整天。他还雇了几个实习生派发传单。有一次他的招牌被学校门口的保安没收，我看到他讪讪地走开，也不敢据理力争。到了下午，我又看到他跑到学校对面马路举着牌子继续招揽午托中心的生意。

第二天，我在学校门口听到一个校领导模样的人叫保安把牌子还给老刘，说学校无权没收别人的东西。

有一天去老刘家缴午托费，老刘老师亲切地喊了我一声"主席"，把我吓了一跳。原来女儿不知怎么跟他说，我妈妈是××区作协主席。

老刘跟我说他年轻时也是一名文学爱好者，喜欢写点散文传记之类的。他问我怎么加入区作协，怎么发表作品。我说只要有文章发表过县级以上刊物就可以了。发表文章要锲而不舍，多写多练笔。

这时他老婆在一旁用安徽话喝住了他，然后满脸堆笑地对我说："他瞎说的，别理他。"

老刘老师原本就两坨绯红的双颊似乎变得更红了，直红到脖子根上，他讪讪地搓着手，呵呵笑着。

然后他很认真地说："宝瑜越来越懂事了，她总是把妈妈挂在嘴上，她很爱你的。她爸爸太严厉了，有一次我批评他了。不过你们夫妻俩一个严一个松，这样挺好。"

"以后你们晚上或者周末没空，可以让宝瑜待在我们这里，你们尽可以放心。"

这学期开始女儿要转学了，一天我带女儿来跟老刘道别，特别感谢他这些年对女儿的照顾。老刘泡了茶，削了一盘苹果，洗干净一盆青皮葡萄，与我们相谈甚欢。

老刘说现在准备退休，干教育这一行干累了，以后到处玩玩，做点自己喜欢、以前没机会干的事情。他感慨地说："您是慈母，宝瑜爸爸是严父。你女儿以后会很有出息的，她很聪明的。"

手工人家

墙角的修鞋佬

周六去愉园市场，修一个掉了扣子的包包和一双脱了胶的皮鞋，跟修鞋师傅老刘聊得火热。

补鞋档约一平方米左右，龟缩在市场正门的一个角落里，档口摆了一架老式铁质缝纫机，那种手动的、非常有年代感的老机器。每次扎线，老刘都像摇纺车那样，一边摇一边把线扎进咧开口的"坚韧不拔"的鞋面里。老刘的档口还有一个扎鞋跟的"丁"字铁架，他把鞋子倒扣在架子上，用锤子把钉子"砰砰"敲下去，鞋跟就稳稳地钉住了。机器旁边有两个大铁盒，里面塞满了鞋跟、鞋钉、扣子、伞骨之类的小零件，一旁堆满了待修理的"旧伞"和"破鞋子"。

别看老刘的地方局促，显得很是寒酸，但这里胜在位置够显眼，也就是楼盘广告常说的"地段，重要的还是地段"，因此老刘的补鞋档的生意一直不错，基本上没见过他闲下来，而帮衬他生意的绝大部分是附近住宅小区的街坊邻居们。

我算下指头，也帮衬老刘近 10 年了。这么多年，跟刘师傅混熟了，常找老刘师傅修鞋修伞修包包。老刘手艺好，收费亲民，童叟无欺，深受街坊欢迎。

据说这种手艺在香港日本等地被列入非遗保育项目。

周末期间，常常见老刘忙得头都抬不起来，相当的"顾客盈门"。稍微有空一点，老刘就点上一根烟，一边哼着小曲，一边跟几位常来唠嗑的老哥老姐打牌、吹水，逍遥自在得很。

刘师傅来自湖南衡南农村，他说来深圳补鞋近二十几年，之前在南联那边做过，后来搬到愉园市场。老刘一年回一两趟湖南老家，家中有 3 个孩子，其中一个女儿和双胞胎儿子。他说因为后面生了双胞胎，两个当中有一个属于超生，被县里的计生部门罚了 4000 "大洋"。

说起这事，老刘一副很生气的样子，胡子翘起来，头发也似乎竖了起来。

我安慰他："4000 算啥，起码你老婆没被拉去引产就阿弥陀佛了，好歹多一个儿子，你应该开心。虽然辛苦点，但以后就好了。"

他连连点头："就是就是。"

老刘说自己自小家贫，三十好几才娶到老婆。如今老婆在家种田，大女儿读大学去了，两个儿子尚在当地读中学，家里全靠自己补鞋挣钱供他们上学。

老刘很健谈，人也长得高大精神，常见他跟隔壁摆水果摊的老板娘讲笑。老刘对一些年轻女顾客的态度特别好，对男顾客的态度似乎一般。

漂泊深圳，衡南哥说再干几年就回老家，不出来了。我看到他头发已花白，胡子也花白，皱纹爬上了眼角，背也微驼。

不变的是老刘的笑容，或发呆、蒙头酣睡的各路表情。每天与老面孔、新面孔、络绎不绝的顾客相遇、邂逅、对话，或只是匆匆一瞥，各自散去，但老刘依旧端坐在墙角，守着他的那部扎线车，那把锤子，那堆破东烂西，一针一线一锤子的手工。

离开时，我祝老刘生意兴隆，身体健康。老刘笑得合不拢嘴，连连道谢。

帮我修完包，老刘悄悄告诉我："你这个牛皮包包，是假皮。"

松柏街补鞋夫妇

离单位不远处的松柏街，靠近第一市场侧里弄小巷里有几家补鞋修伞的档口，我经常到那缝缝补补的，去多了，跟一对补鞋夫妇混熟了。如今过去多年，其他档口相继消失了，这对河南夫妇的档口还在。

他们的档口摆在两栋民宅之间一条狭长的弄口前，档口不大，但家当齐全，一个大木箱，一部扎线车，一把遮阳伞，几张小木凳，还有一堆配件，像鞋跟、鞋底、鞋面、伞骨、锯子、锤子、钉子什么的，林林总总，应有尽有。夫妻俩每天起早贪黑，风雨不改，1块、2块、10块地攒着钱。

男人是一个身材壮实、憨厚朴实的中年人，话不多，爱抽烟。女人身材比较矮小，两颊泛起黑红黑红的两坨，爱笑，我看到她牙齿白白的。两口子的缝补手艺高，扎孔、穿线、抹胶水、上钉等工序一气呵成，又快又好，附近几档都不及他们，加上夫妻俩待人和气，手脚勤快，所以生意特别好，常常忙不过来。女人颇有公关能力，嘴巴甜，姐姐长姐姐短的，见顾客等候的时间长，就跟顾客天南地北地聊天，要不就哄着"先坐一会儿，很快就好"，或者"你下班后来取吧"，总是笑眯眯的，客人都愿意帮衬他们。他们的收费低，补一双鞋，通常只收两三块钱，"工程"大一点的，也不过10块钱，有时修伞又补鞋，就只算修伞的钱，权当买一送一。看来，这也算是他们的经营手段了。

夫妻俩闲暇时也会谈天说地，喜欢逗隔壁手机店的小孩玩，拿个橘子给小孩，跟旁边几家小店的老板有说有笑。他们是河南人，和附近一带做生意的广东潮州人、客家人和四川人相处融洽，也许他们背井离乡出外谋生，已深谙远亲不如近邻、出门靠朋友的老道理了。

平时总是来去匆匆，很少关注身边这些小市民，觉得他们不起眼，与他们接触多了，发现他们能吃苦耐劳，待人和气，谦卑而快乐。像这对补鞋夫妇，一次见那男人买了根冰棍，自己只吃了两口，就递给老婆吃，自己又埋头补起鞋来。他们可能不太懂什么远大的理想、抱负、人生大道理，什么社会责任政治立场，什么修身齐家治国平天下，他们平凡如微尘，他们夫唱妇随，他们用自己的双手，自食其力，养活自己，养活家人，方便了街坊，让这个城区更富有烟火气和人情味。

在我的日常生活里，常离不开这些手工人。一次街道迎接省市卫生大检查，要求补鞋、摆卖这些行当都要歇业几天。那天我不小心在楼梯摔了一跤，把鞋跟给磕掉了，叫同事开车把我送到补鞋档，一看，补鞋档全没了影，只好问里弄后那家服装店的老板娘，才知道补鞋夫妇俩就住在二楼。我上去后，女主人开门见是我，很热情地帮我把鞋修好，只收了3块钱。

如今这种古老的手工日渐式微，在寸土寸金的城市里，靠一个补鞋档着实难以维持不断上涨的房租、物价和各种开销。随着年岁渐长，这些异乡人要不回乡，要不继续留守城市，最后客死他乡。这对河南夫妇如今除了补鞋补伞，还兼卖一些鞋垫、袜子之类的小商品，利润微薄，生活依旧艰难。

未来在哪里？我没能问及他们。

看来，也只能这样了。

缝纫女工吴姐

女人大多是"衣物控"，如我，爱锦衣华服，爱美食美妆，爱瞎逛瞎买到处疯玩。

我们这一群生于20世纪六七十年代的人，大多经历过物质的匮乏，有的甚至被饥饿折磨过的"艰难岁月"。到今天，产能过剩，物资过剩，像我家里有上千件衣服，4个衣橱已无处可塞。因此要时不时对衣柜来个"断舍离"，以避免衣柜"爆仓"，可有些衣服还未怎么穿过，或瘦身成功，腰身小了，裙子腰围变宽了。又或者海吃胡喝，肚腩跑出来了，小短裙拉不上链子，小西装扣不上纽扣，可衣服还是崭新的，不舍得处理它们，最好的办法，找市场附近的改衣档，找那些来自民间的裁缝女师傅，让旧衣换新颜。

位于愉园市场斜对面的这家"精致改衣"门店，我是它的常客。老板娘吴姐是位潮汕大姐，手巧得很，我那一堆差点被抛弃的旧衣物，经这位大姐的巧手，收一寸，放两寸，裁一截，加一截，改一改，熨一熨，又被赋予新的生命，让我再次把它们重新挂进衣柜里，重新搭配，重新出现在我的生活里，重新爱上它们。

中国自古讲男耕女织，我觉得这个词特别适合描述粤东平原的那个族群。潮汕男人大多在家耕种，或出外经商求学，女人在家做潮绣、做裁缝，个个心灵手巧，坚韧隐忍。印象中，大学同学里就有几位潮汕女同学的服饰大多裁剪得华丽和典雅，除了裙子上、衣袖上的刺绣，就是加了很多花边的，穿上身，总是那么温婉动人。

吴姐这家改衣店不大，约 30 平方米，呈长方形。店内几无任何装修，地板是老式的花瓷砖，天花板是年代久远的石灰板，墙面挂满了待售的各色衣服，都是些中老年样式的服装，套裙、旗袍、丝绒连衣裙、蕾丝上衣、西裤、休闲裤、收腹内衣裤、裤袜、保险裤，颜色多为深绿、深红、枣红、黑灰、驼黄、藏蓝，一眼看去，颜色浓烈，大红大紫大绿一看都是出自小城镇里小服装厂的货，全部不挂牌子。但细看，这些衣裙手工扎实，腰身也收得紧，这让我相信，这些服装是出自一群潮汕女工之手的。吴姐说，如今老家普宁的大街小巷大多是服装厂。做服装的多为普宁人，做潮绣的多为潮州人。

店里摆了几部制衣机器，吴姐一一介绍，这部叫呷车，这部叫平车，这部叫锁边车，这部叫挑角车，这么多跟裁缝有关的车，在我这个外行人来看都差不多。老板娘说功能不一样，它们分别用于过线、锁边、扎线、缝线。一旁的筐子里、架子上，堆满了一摞摞红、灰、黑、白、绿、黄色的扎线，台上一个老式熨斗。靠墙处一张一米六左右长的布艺沙发，沙发看来有些年份，只够一个人蜷着身子躺下，坐上去，感觉挺结实，吴姐说中午会在这里小憩一会。靠墙有两个全身镜，一个半身镜，墙上挂满了客人待改的衣服和改好的衣服，以及各种颜色的塑料袋、布袋。厨房里有一个双门冰箱，灶台上放置了几个锅，叠了几个碗碟。旁边一个洗手间，那种不带任何装修的简陋洗手间。

我八卦地问店租，吴姐说每月3000元。我说很低啊，看着很宽敞，吴姐说："是的不贵不贵，已经做了8年了。房东厚道，这几年都没怎么加我的租。"

吴姐属于那种大脸型的女人，厚嘴唇，头发浓密，留着短发，中等身材。我问她家住哪儿，她说住南联那边，晚上回去。老板娘跟我一样，也是"70后"，生于普宁。她自嘲因自小不喜读书，只喜欢做衣服，只对裁缝感兴趣，所以十五六岁时自己买了布料自己动手做衣服，1993年从老家来到龙岗龙东村开服装厂。

吴姐的语言能力超强，白话、客家话、潮州话、普通话，样样溜，我估计把吴姐送上火星或月球不出3个月，铁定会讲一口流利的火星语或月球语，可以在火星隔空喊话嫦娥吴刚。吴姐性格随和，语言频道能自由切换，跟街坊邻居混得熟，生意做的都是熟客，晚上七八点了，前来改衣服的客人还络绎不绝。这天在店里，来了几位客人，有一个老年女士给一件上衣加里布的，有一个年轻女士改短裤子的。我也是来改一条裤子的，放大两寸裤头。

吴姐改衣的收费中等偏上，改裤头收费30～50元，改裤脚30元，腰身放大或缩小50～80元，加里布80～100元，布料另计。

有人嫌贵，打算拿走不改，但犹豫了一下，又回头了。难怪市场有句话：一分钱一分货，人家值得。

吴姐育有两女一子，她认为一个家庭理想的孩子是 3 个，超过就搞不定了。但现在大女儿 28 岁了，还没有男朋友，说是不想结婚，看到身边太多失败婚姻的例子，灰心，怕怕。吴姐为此很是无奈和操心。

做手工的人，是孤寂的，一个人，守着这家改衣店。这么多年，我没见过吴姐的家人出现过。我也不便问她，她总是一个人，偶尔关门，说是回老家了。她的寂寞、愉悦、静默、悲伤、哀愁，我无从探究，我只是她的一个顾客。

城市味道

生于岭北，长居岭南，年近五旬，身已半百，每年体检，身体尚好，大毛病无，小毛病频发，如影随形。每年必犯的过敏性慢性支气管炎，源于自小生活在四季分明的粤北山区，幼儿时因大人时不时疏忽照料而落下的顽疾。成年后南下广州、深圳求学、求职，一南一北，气管剧烈收缩，每年逢季节变换，不大咳3个月老天绝对不会放过我孱弱不堪的身子骨。熬了这么多年，坚持食疗、药补、体能训练，最重要的是死磕乐呵呵，用 TVB 剧常用的台词：人最紧要开心。千锤百炼，斗智斗勇，百战不挠，我的身体，胜在够韧，够犟，挨得住，30 岁后基本上很少病恹恹的衰样。身体好不好，除了基因遗传，最离不开营养均衡、健康的生活方式。老人说的"百吃百得"，我看对头，百吃百毒不侵，身体机能自然正常运转。

如今我的体检三高占了两高，可我的养生之道，还是不挑、不捡、不嫌弃，酸甜苦辣咸，统统笑纳。兵来将挡水来土掩，去到哪儿吃到哪儿，味觉超好。从生理的角度讲，我应该有着良好的味蕾功能，吃嘛嘛香。如果忽然有一天对某一道菜产生质疑，那就是恶贯满盈、罪无可赦、死不足惜。在这个崇尚美食、美食当道的年代，感觉自己真是生得逢时、老天有眼。对于吃，似乎有一种病态的嗜好，不知自己前世是不是一条蛔虫。如今蛔虫转世，投胎成了一只猪。不管猪也好，蛔虫也好，美食当前，食不厌精，精神抖擞，势不可挡，勇猛直前。

如今的电视、杂志、报纸、网站，开设的美食专栏越来越多，城市人也越吃越精，天上飞，海里游，山里跑，陆地走，大厨们刀剑如梦，庖丁解牛，炮制满汉全席，令刁钻食客食指大动。中国八大菜，九大簋，全球美食搜罗，什么意大利菜、法国菜、日式料理、越南菜、印度菜、葡国菜、泰国菜、韩国料理、清真菜、地中海菜林林总总，单广东省内，就有由广州菜、潮州菜、客家菜三大菜系组成的庞大粤菜。再分细一点，湛江菜、中山菜、揭西菜、西江菜，还有新出的私房菜，琳琅满目，任君选择。对于我等一介平民，店面大小不计，关键够人气，够镬气，卫生达标即可。最最关键的是食物够新鲜，滚热辣，令人吃过"返寻味"。而以下尝过的一些特色风味小吃店就足够以上条件。这些藏在大街小巷、极富地方特色的小吃店是我常帮衬的，可它们几乎无一家能上那些美食小册子、入选米其林星标。

涮

旧时的广东人能吃麻辣火锅的不多，我算是其中一个嗜辣的老广，应属于小众人群。

离家不远处有一家涮涮锅物廉价美，环境优雅，用材新鲜，最吸引我的是它的调料，排了几排五颜六色的火锅调味品，芝麻酱、花生酱、辣酱、沙茶酱、麻油、花生油、蒜茸、葱花、芫荽、陈醋、白糖、酱油、指天椒，令人还没开锅就胃口大开。我常常趁配菜还没上来前就先吃上个半碗调料，把胃口彻底打开。小火锅一人一锅，丰俭由人，点套餐也可，单点也可，肥牛肥羊海鲜肉丸土鸡毛肚蔬菜蘑菇等，还有粉面饭，任君选择，不爱动脑筋的就点个肥牛套餐，多点心思的可单点一个雪花牛肉，再加一个毛肚，再加一份蔬菜拼盘，吃到撑肚子。肥牛在滚烫的麻辣汤里翻滚，一涮，就可夹上来吃了。碧绿的生菜在锅里滚一滚，沾着麻辣油，吃到嘴里辣到跳起。在这家店吃饭，找不到伴一个人去也可，大火小火完全自由控，自由吃，自由玩。

吃重庆火锅的感受，那简直丧心病狂，一上桌就令人两眼放光，跃跃欲试，再撸起袖子加油干。一边叹空调一边汗流浃背，呼噜呼噜，待七窍生烟，两眼翻白，四肢麻木，呼吸困难，才大呼过瘾，接着高呼救命，最后来个酒足饭饱，夺命狂奔。

川菜的特别之处在于它的那股麻辣味，不单国人爱吃，连日本人、美国人、意大利人也爱吃。有一次在香港旺角一家川菜馆吃饭，瞅见隔壁桌一群日本人围坐一桌，大快朵颐。那满满一桌的川菜，吃得满头大汗依然乐此不疲。看来真没说错，花椒的那种麻醉成分，吃了会上瘾。而不善吃花椒的人则说，两片嘴唇肿成香肠一样怕怕的。花椒养人，去湿气，怪不得川妹子长得水灵，细皮嫩肉。每次辣到飞起，依然痴心不改，卷土重来，再战江湖。

以前吃火锅在广东叫"打边炉"。小时候，一家人围着圆形的、用炭火加热的"边炉"，屋外寒风呼啸，屋内热气腾腾的温馨场景仍记忆犹新。现在也南北大融合，那种烧炭的"边炉"很少见了，多用了电磁炉，也多叫"吃火锅"。

形容音乐之优美动人称之为"绕梁三日"，形容食物之美味也可冠之以"绕喉三日"吧。在嘴巴淡出鸟的日子里，重庆火锅的麻辣香味会阴魂不散地从我的脚底下冒出来，直涌脑门，再回流喉咙，让人欲罢不能，像中了邪上了瘾似的，爱你爱到骨头里啦。

烧

广东烧腊名震八方，大排宴席里绝对少不了广东烧猪、烧鹅、叉烧拼成的烧味拼盘，一大碟金灿灿的烧味捧上桌，富贵逼人，艳压全场，绝对的硬菜。

粤人中，吃鹅的多以广佛、珠三角、清远和潮汕为多。广佛地区的烧鹅、碌鹅，清远的鹅煲，潮汕的卤水鹅，都是粤菜中的经典。烧味如今已平民化，烧腊店遍地开花，且大多开在街市和居民区中。粤菜就是这样，能屈能伸，高档酒楼里可卖出天价，市井酒巷中寻常百姓可当家常菜，千百年来维持着极高的人气，故能名扬天下，经久不衰。

烧味中我最爱烧猪和烧鹅，但烧猪稍贵，一般只在高级宴会、婚宴酒席中才能吃到，不过现在的烧腊店里也有烧肉出售。在清明节，一只烧乳猪的价钱可达千元。而烧鹅不同，粤人皆爱吃且吃得起。每家烧鹅店必把一只只油光滑亮的大烧鹅当头牌高高挂在橱窗里以招揽顾客，旁边挂着叉烧、白切鸡、烧排骨、烧鸭来衬托它，下面再摆上卤水鸭肾、猪耳朵、鹅肠、猪大肠等下水，价格都是一样的街坊价，人人消费得起。一个烧鹅饭配上例汤和油菜，通常只收二三十元。单点一例也只是三四十元，再配上一碟青菜，两人足够吃。嚼着香脆多汁的烧鹅肉，然后把烧鹅汁淋在热腾腾的白米饭上，香气扑鼻，令人胃口大开。装修工也好，白领也好，学生哥也好，退休大爷也好，不想做饭都会叫个烧鹅饭，或双拼叉鸡饭、鸡鹅饭，自由组合，方便、美味、饱肚、营养。家里临时来了客人没备好菜招呼，下楼烧鹅王店里"斩料"，半只烧鹅，半斤肥叉，回家再炒个青菜，大方又好看，待客一点不寒碜。

撞

饮食业内都知道"食在顺德，厨出凤城"，凤城即顺德，顺德大厨闻名遐迩，顺德美食更是天下闻名。我最爱的始终是——锵锵锵——炖双皮奶，还有——咚咚锵——姜撞奶，再咚锵锵——大良炸牛奶，已经不能再说了，味蕾开始苏醒，开始躁动，开始游走，开始流涎。

现在小区附近冒出了几家顺德双皮奶店，装修风格大抵接近。店面不大，古色古香。店内糖水品种繁多，最吸引女士和小孩，还有一对对甜得漏糖的小情侣，点个杂果冰香蕉船或芒果捞，你一勺啊我一勺，我一勺啊你一勺，喂来喂去的甜蜜蜜，让小小的糖水店里活色生香，古老和青春、传统和时尚互不抵御。

双皮奶和姜撞奶是我每次的必点，吃法多多，可以配上红豆、鲜果、雪糕、莲子、雪蛤、椰汁，让我吃着碗里的看着碟里的。双皮奶的动人之处在于它纯粹的奶白色，如一位明眸皓齿的少女，肤若凝脂，冰肌玉骨，透出鸡蛋清和水牛奶特有的馨香。

姜撞奶就质朴多了，用煮沸的水牛奶"冲撞"榨好的姜汁，不出5分钟，一碗弥漫着浓浓乡土气息的姜撞奶就大功告成。姜汁有保健的功效，加上水牛奶，暖胃又养身。顺德地处富庶珠三角，盛产水牛奶，故用奶做的美食就特多，除了双皮奶和姜撞奶外，"识饮识食"的顺德人还烹制出炒牛奶、炸牛奶、鲜奶窝蛋、鲜奶西米露、鲜奶龟苓膏等美食。传统的甜品和新派的甜品吸引了不同的人群，传统甜品依旧热卖，潮人一族的甜品名字起得好，摩摩喳喳、柚子蜜、兰香柠檬茶、冻柠乐，新老甜品相得益彰，使得客似云来，经久不衰。

记忆中，贫寒人家于甜品是奢侈的，饭都吃不饱，何谈甜品？甜品是属于达官贵人、小姐先生们的，是用来调剂生活、打情骂俏的，有风月的暧昧感在里头。你看看，那些什么莲子羹、红豆沙，都是些用来补身养颜的，一小碗，只配精巧的小勺子，端在不沾阳春水的纤纤十指上，送入娇艳欲滴的红唇中，那是怎样的一种淡定，小资情调。相对劳苦大众的粗瓷碗、大木筷，风卷残云一大碗干饭，青菜豆腐拌着，呼噜呼噜一碗青菜汤或一大碗稀饭瞬间碗朝天，吃饱肚子已经是阿弥陀佛了。

甜品，平凡生活中的一点点缀，多了，消受不了，少了，苍白些许。情绪低落时，来一碗，刚刚好。桃红柳绿中，来一碗，甜在心头，喜上眉梢。

生活的乐趣需要碰撞出来，人与人之间，同样时不时要擦碰出"爱火花"。

捞

有位河源籍的朋友在群里隆重介绍位于园J花园门口的大埔

捞面还有模有样地配上了图，让群内的弟兄们纷纷相邀去品尝。我刚开始有点纳闷，印象中客家人虽有一点中原人血缘，但早已完全融入南粤，早已习惯吃大米，并不特别嗜吃面食，这家捞面味道如何，有点疑虑，莫非浪得虚名？

店面不大，装修更普通，简单的白桌塑料椅，干爽明快。点了4个捞面，再点上4个猪杂枸杞汤，静候。一会儿，捞面依次端上来，一股新鲜的猪油味扑鼻而来，微黄的干面上撒上一点猪肉末、葱花和五香粉，里面夹杂着一些豆芽。店主吩咐要趁热捞匀才好吃，我们赶紧干捞了一番后尝了一口，很朴素、实在的味道，面条有嚼劲，咸淡正好，配上新鲜清爽的猪杂枸杞汤，营养搭配正正好。汤里的猪杂有五花肉中单剔出来的带一丁点肥的瘦肉，嫩滑爽口，还有猪肝和猪粉肠，味道鲜美无比。别看这家捞面馆门面小，但生意红火，中午一点多两点了顾客依旧络绎不绝，店老板在店里不慌不忙地张罗着，点餐、结账，从容而淡定。过了不到一年，听说店老板新开了分店，看来小生意也能做出大名堂，只要守住"味道"这两个字，坚持品质不变，和气生财，手脚勤快，童叟无欺，价格公道，财源自然滚滚来。

拉

中心城开了多家兰州拉面馆，但自己最爱帮衬的是 BH 花园这一家，交通方面自不必说，向右边是公园，向左边是银行，对面是菜市场和超市。一路走过来，先把拉面吃了，再带小孩去公园逛逛，顺带到隔壁银行把水电煤气存折打了，再穿过对面街市买菜，时间充裕的话还可到楼上的美容院做做"facials"，一天的时间轻而易举就打发掉了。

这家拉面馆每天顾客盈门，最受欢迎的自然是牛肉拉面。我每次逢点，每次都吃得碗朝天。面团是腕力十足的手掌搓揉的，面条是十指上下翻飞拉出来的。这种拉面的精髓之处，在于它完全没有市场上工业化流水线机械性的配送的冷漠感和味如嚼蜡的乏味感。看着拉面师傅"扎好马步"，全神贯注拉拨着手上的一小团面，从手腕这么大根拉到千丝万缕般细长，感觉像变魔术一样，一团普通得不能再普通的面团，在师傅的手中转眼变成一把金黄黄的、令人想一口咬去的细面。每根面用一筷子夹起，要站起来才能看到面的尾巴，用广东话说，好长情。面吃到嘴里稀里呼噜的，加上牛肉汤底，再洒上胡椒粉、葱花、蒜苗、茴香、芝麻、芫茜，热辣辣地喝下去，从胃到肚子都是暖呼呼的，每次先生吃罢，剔着牙，打着饱嗝的一副大爷的模样。

除此之外，拉面馆里还有许多经典小吃，凉拌卤牛肉是我的最爱之二。伴着陈醋和蒜蓉，再加一点干辣椒末，微辣中透着西北牛肉的那种甜鲜劲。牛肉中还带筋，嚼劲十足，我一人能吃一碟。此外，羊肉泡馍、刀削面、肉夹馍都深深吸引我的味蕾，他们做的西北菜手工好、味道正、价格公道，每次一家三口买单七八十元，顶多百来元，吃到肚子撑。店里从老板娘到小工、服务员，都是清一色的维吾尔族或撒拉族同胞，感觉更加地道的西北风情。听他们讲一口颇好听但一句也听不懂的维语还是回语或撒拉语，男女都皮肤白皙，双颊坨红，女的扎头纱，男的戴白毡帽，长得都如此好看。

女儿好奇地问我，他们家小孩难道不用上学吗？怎么总见他们在店里帮忙？我也不明白，或许他们也像潮州人那般，天生就有一种经商的秉性和血统吧。西北人千里迢迢南下谋生，从风沙肆虐的大漠来到雨水充沛的岭南，南北的巨大差异，真难为他们能适应和安身立命，起早贪黑养家糊口，为各地带去风格迥异的地方美食，保持食物原本风味的同时，还不断革新求变融入当地。那些开满全城的兰州拉面馆，走街串巷的核桃葡萄干板车，还有民俗文化村里能歌善舞的帅气新疆小伙，都勾勒出不善言辞的西北同胞辛勤忙碌的身影，沉默寡言而诚实经商，真希望他们在这个稍嫌喧嚣物欲的现代都市里，依然保持他们的纯真和朴实。

放眼神州，中华大地56个民族（可能还不止）能和睦相处，和衷共济，我想，饮食方面的碰撞、融合，最能化到骨子里。

另外一家常去帮衬的兰州拉面馆，男主人女主人都有着不错的身材和颜值。可我最喜欢的是他们的女主人，身材娇小，眉目如画，小小的脸蛋，光洁清秀。性格文静内敛，话不多，对老公，对孩子，对客人，总是微笑着，温温和和，低眉顺眼，细声细气。极少见她咧嘴大笑的粗犷模样，跟隔壁的客家面馆、长沙米粉店老板娘的风风火火、身材粗壮形成鲜明对比。

女主人衣着总是整整齐齐的，带着撒拉族女人的多角帽，两根长辫子总是扭得错落有致，在好看的腰身后轻轻地摇曳着，有一种百合的幽香。

每次见我这个熟客，她必微笑颔首，不卑不亢。有时见她训斥孩子，用的也是低声部，从不见她河东狮吼，发悍妇状。

作为两个孩子的母亲，女主人身型依然保持如少女般，腰杆挺直，不见臃肿发福，也许这跟她长期操劳厨房，手脚不停，不做"葛优瘫"有关。

　　我偷偷问女儿，这位老板娘长得好看不？女儿应，可以，不错。

　　店老板约莫 30 岁，高大英俊的模样，有着西北人典型的纯朴憨厚。

　　最拿手的还是他们的"首本名曲"招牌菜，当家花旦：拉面和刀削面。而且十几年如一日出品稳定，从不见失手，一看就是手工切出而非中央大厨房配送。

　　店老板主打拉面和刀削面，看他一甩一拉一糅，一团原本貌不惊人、灰头土脸的面团在他的绕指柔下，蝶变成一把散发着和田玉般淡黄色的面丝，令人神思飘忽。

　　刀削面的做法则稍微简单些，男主人把揉好的面揉捏成小枕头般大小，左右胳膊托着，右手操一把小刀，斜对着热气腾腾的大锅，嗖嗖嗖，小李飞刀的技艺，把一根根如手指般大小的面片削进锅里。生的拉面和面片丢进沸腾的开水锅里翻滚、烫熟、起碗，再浇上清亮的牛肉汤，再撒上一撮青翠的大蒜苗和葱花粒，一碗令人垂涎欲滴、伸长脖子也要等待的拉面、刀削面就由他们的儿子，一位约莫 10 岁的小男生端上来。

　　我在这家拉面馆隔壁小区居住了八九年，看着这个男孩长大的。男孩长着一头微卷的头发，浅棕色的眼睛，白净的皮肤。每年见他蹭蹭蹭地蹿高一个头，从一个流着鼻涕的萌娃，瞬间长成了表情酷酷的、不苟言笑的小伙子。我相信，这位自小就帮父母端面端菜收拾桌子送外卖的帮手，经耳濡目染，相信未来定是一位出色的生意人。

　　男主外女主内，他们普遍生育两三个孩子，对孩子，从不溺宠，七八岁就要帮忙父母招呼客人、端碗端菜、收拾桌子、帮忙送外卖。

小小店面，除了拉面、刀削面，店主还能轻松做出几十道地道的清真菜。女主人刀工一流的凉拌三丝，青瓜、青椒、胡萝卜，全部手工切出，基本大小长短一致。洋葱牛羊肉盖浇面饭，一如既往的汤汁浓郁、肉鲜面香。凉拌牛肉，切出厚度一致、呈半椭圆形，摆放如一朵花，浇上陈醋、辣子泼油，让鲜美多汁的卤牛肉在舌尖绽放。

在兰州拉面馆吃饭，需要耐心，等他们一道一道地做，一道道地上，才能吃到真正的西北菜。美味是需要等待的，慢一点，不着急，美味才回敬尊敬它的人。

在我看来，手工制作的食物味道更正，不仅有温度，还有工匠精神在里头，十几年如一日地揉、拉、削、切、拌、炒、烤、煎、炸，必成精品名菜。

诚信经营，童叟无欺，是拉面馆普遍恪守不渝的经营理念。所以西北人把生意做到了全中国、全世界。清真菜风靡全世界。

敢闯敢拼，吃苦耐劳，凭着实打实的手艺，拉出一碗碗清香的拉面，烤出无数串喷香的羊肉串，做出一个个浓香的肉夹馍。

他们的适应能力不亚于南方人，在我看来，北方人中，走南闯北能力最强的当属这一群撒拉族人，一群平和友善的撒拉族兄弟。

煎

清晨，路旁的巴西异木棉开得红粉菲菲，天空透出微蓝，云层逐渐散开，阳光斜斜地从东面的 JX 花园映照过来，禾田路上已是熙熙攘攘，人头攒动。卖菜的超市，卖早餐的西饼店、点心店、肠粉店顾客盈门。连药店也早早开门了，店员趁城管人员还没上班，赶紧摆出一摞摞口罩、消毒水、板蓝根、枸杞、红枣干之类的促销品，吸引顾客，先来个开门大吉，"早起的鸟儿有虫吃"，勤劳的商家总是最会捕抓商机的。而那些家长、学生、环卫工、外卖小哥也是最忙碌的一群。对面的实验学校路口塞满了私家车，大人骑着电动自行车、载着孩子呼啸而过。有的手里提着一袋小笼包，有的一边喝着牛奶，一边啃着面包，沉重的书包压得他们小小的身躯似乎有点吃力。他们等着左右前后的红绿灯，穿过斑马线，抵达目的地。

古代有"豆腐西施"的传说，可惜我没见过。现代有"鱼蛋西施"港姐谭小环，我在电视上见过。而我认识的一位"酱香饼西施"，就在我家门口对面马路上的一家包子店，经常见。

这家卖酱香饼的早餐店就在禾田路上。由于经常走这条路去对面的海关大厦办事，或到清林路的公交站台候车，这条路、这家店是必经之路。

这家点心店的生意可是相当好，它的招牌点心是"土家酱香饼"，外焦内软，混着芝麻、肉末酱，金黄色的模样，香气溢满了整条街，大卖！

老板娘模样俊俏，身材苗条，估计也就20出头。每次见她忙得手脚不停，一会儿切饼、打秤、装袋，一会儿掀开蒸笼给顾客看，然后手脚麻利地装包子、馒头、花卷、烧麦之类的点心，还要兼着收钱、找零，或者指导一些顾客尤其是年长者如何使用微信支付。她总是笑意盈盈、细声细气的，我特别喜欢看她眉眼弯弯的模样。

　　大卖的还有她的葱油饼。酱香饼和葱油饼都最好现买现吃，趁着它们还有热度和余温，赶紧大嚼，满口的香。用竹签扎着吃，吃完一小袋，盛惠3元。常见店门口排着队，挤满了顾客，且多以年轻人为主。这些超市食品契合当下城市的快节奏，都市人大多来去匆匆，吃也匆匆。

　　女儿上小学以来，每天准备早餐就让我和孩子她爸"操碎了心"。这不，每天琢磨着做早餐，既要考虑营养，又要想着法子变出花样，让孩子吃得开心，吃得健康，然后长高长大，身体棒棒。除了牛奶鸡蛋、饺子馄饨、米粉红薯、玉米豆浆外，包子馒头面包蛋糕估计是最方便的早餐，也是最受家长青睐的早餐了。

　　这家店估计是个家庭店，只有三人，一男一女两个年轻人，估计不是兄妹、姐弟，就是夫妻，还有一位母亲模样的老年妇女。年轻男人负责揉面团做包子馒头，老年妇女负责收拾、打下手。老中青结合，完美。

　　小小的店面，点心品种十分丰富，除了招牌的酱香饼、葱油饼，还有包子、馒头、花卷、烧麦、小笼包、肠仔包、粽子、玉米、茶叶蛋、红糖糕、茶叶蛋、咸鸭蛋，单单包子就有猪肉、酸菜、青菜、豆沙馅的。还兼卖真空包装的八宝粥、银耳羹、矿泉水、酸牛奶、纯牛奶、豆浆、醪糟米酒。老板娘身躯瘦小，却精明能干。

　　这种家庭作坊，做的食物全是自家的手艺，自产自销，做的食物无不带着手感、眼神、力气，经一连串的蒸、煮、煎、炸、卤，一大笼、一大筐、一大盘、一大张，来了，热气腾腾地从厨房端出店面，引来顾客争相购买，你称一斤，我要两个，他切五块，土生土长的食物卖相一般，比不上酒楼里盛在白青瓷碟子中的好看。老板把煎饼包子卤蛋馒头直接塞进一个个纸袋，或一个个透明胶袋，扎好递给顾客，顾客接过，有的掏出来边走边吃，有的挂在单车头一溜烟跑了赶着去上班上学。这些普通的食物，味道实诚、正宗。肉包子和烧麦是我的最爱，个大、皮薄、汤汁多，味道鲜美，不像那些大商场超市里的工业化流水线来的冻品，千篇一律的味道，吃多了，有点索然无味。

现在店铺租金年年上涨，很多点心店支撑不下去，往往关门或搬迁至更内街一点的地方，只求维本，能养活全家，保存手艺。

我仍"一厢情愿"地希望这些街坊小店能日复一日、年复一年地开下去，就像这家卖包子的老板娘，这位人靓嘴甜的"酱香饼西施"。

淡淡似流水

生活静静似是湖水，

全为你泛起生气，

全为你泛起了涟漪，

欢笑全为你起。

生活淡淡似是流水，

全因为你变出千般美，

全因为你变出百样喜，

留下欢欣的印记。

——《涟漪》陈百强唱

三件套

20世纪80年代初，家里已经拥有全部老三件，居然还有瑞士梅花手表、电烫斗。后时期老三件，大哥则用上了大哥大和本田摩托，当时我只有BB机。

那时的出行工具除了单车，就是摩托车。最厉害的要数"11

路车"。同事明浩有部摩托，常见他威风凛凛地驶进驶出，很是令我们只有一部破单车的同事们羡慕。当时的口头禅：搏一搏，单车变摩托。

20世纪七八十年代的"老三件"：三洋收录机、东芝彩电、日立冰箱、五羊或高威洗衣机、凤凰或永久牌单车，不知对不对。90年代"老三件"：摩托、大哥大、BB机或电话机，这个是我自己心中的"老三件"。

立马又有老同学老同事跳出来澄清加补刀：七八十年代的"老三件"是上海手表、缝纫机和凤凰牌自行车。退休老同事老严也走出来讨论，他认为比较流行的说法是：六七十年代"老三件"，或称为"三转一响"，手表、自行车、缝衣机+收音机；八九十年代"老三件"，收录机、摩托车、BB机+大哥大。因全国各地说法有所不同，城市与农村提法也有差异，但多数是以上的提法。

街道办的新同事小欧说，以前的凤凰单车还要入户办证，就像今天的小汽车上车牌。广州的老同学黄俏也跳出来嚷嚷：仲有哩三宝，医生、司机、猪肉佬。

今天我眼中的新三件：汽车、无人机、机器人，而空调、微波炉、吸尘机等小家电已够不上了。

2019年回老家小住，翻出了几张老式花布床单，几个搪瓷杯和碗碟、一个机械闹钟、一叠陶瓷碗碟。家里还摆放一套木制老沙发、木制大床、木制衣柜，年代均超过40年，老妈不舍得扔。这些老物件，泛着岁月的发黄的光泽，犹如时光穿梭机，把我带回并不遥远的三四十年前。

家里曾有一台蝴蝶牌缝纫机，距今已有近40年历史。那时母亲年年给我做新衣裳，给我车出很多不同款式的衣服、裤子、裙子、头饰。衣服裙子多带蝴蝶结和花边，之前我还写过一篇散文《我可以缝缝补补》，曾发表在某报副刊。

初三时老爸给我买过一个上海的还是广州产的手表，表带是真皮的。小学开始穿猪皮和牛皮鞋，还有帆布白鞋。初中开始用皮书包。

家里的洗衣机是威力牌，只有洗涤功能，没有脱水功能。老家的冬天滴水成冰，我们从小要帮着母亲做家务，从冰冷的洗衣机水槽里捞出衣物再拧干晾起来，冻得手指刺痛、通红。

近期横岗在征集老照片，令我玩心大发，也顿发"思古之幽情"。在书房翻箱倒柜倒腾一个晚上，翻出一大叠20多年前的老相片。这些久违的，深藏于柜子里，差点被遗忘的，已略显发黄的老相片，勾起我无限的回忆。这些"珍贵"的图片绝对菲林版，绝对无P，无美颜无美图秀秀，是如假包换的"正版+"。

二三十年前的一群小鲜肉小鲜花，在岁月面前，被一把锋利的大锯子慢慢磨、慢慢锯，处处留痕，沟壑遍野。弹指一挥间，在深圳已定居30年，堪称大半个深圳原住民。

他们说，当年的我们，胸口藏着一头小鹿，眼里藏着一只小兔。这一群意气风发的小伙伴原是横岗镇文化站的文艺骨干，有的依然在，有的已随风而逝……

20世纪90年代，横岗镇及整个龙岗、宝安乃至全深圳的文艺圈，文艺气氛浓郁，文艺人才辈出。记忆中，横岗镇每年都在辖区文化广场、村委会、工厂篮球场、学校大操场举办大大小小的新春文艺晚会、圣诞晚会、歌咏比赛、青年歌手比赛、交谊舞比赛、运动会等，各种文化活动你方唱罢我登场，好不热闹，常常引来万人空巷，现场水泄不通，堪比过年迎春花市的盛大场景。

20世纪90年代，横岗文艺队送戏下乡慰问演出，进村进工厂进部队，现场火爆，人山人海一点不亚于当下的巨星演唱会。关键是当时都是现场乐队伴奏，乐手歌手自己记谱记歌词，现场演唱绝对考唱功。演出场地更是简陋，条件艰苦，大部分都是村里篮球场的水泥地。队员们一起装台、一起卸台，自己化妆、抢妆，夏天身水身汗，冬天北风呼啸，候场时裹着军大衣缩成一团，一上台又龙精虎猛。那时凭的是年轻气盛，身强力壮，抗冻、耐寒不在话下。那时候的演出服质量也杠杠滴，有的自己做，有的到市场裁缝店定做，款式也不比现在的差。

多年后大家各奔西东，各安天命。

青　春

花落长安，旧城已无旧少女。

今天没事又在家里倒腾，又翻出一批读大学和初涉社会的"老物件"，这些泛黄的、带霉斑的"宝贝"能勾起一串青春记忆。

一眨眼，居然从广东民族学院毕业30年了，居然定居深圳30年了，居然在横岗工作生活也有27年了，一切都"恍如昨日"。

红尘来呀来，去呀去……

记得当年一入校，就被各种老乡会、社团、艺术团拉进去，除了上课，就是到处玩，呼朋唤友，宵夜啤酒沙河粉。

以前个个勤奋练字，比谁的字好，硬笔字、毛笔字，随手拈来。对外联络基本以书信为主，家书、同学、恋人，不管多远多近，都用书信往来，有时附上个人相片，这些所产生的费用，比如信纸、信封、邮票、冲晒，都是从牙缝里省下来的。

那时候，考个大学真是难，许多品学兼优的农村同学多去考个中专，比如师范之类的，因为国家有补贴，毕业了还包分配，能迅速帮补窘迫的家，为弟妹补贴一点学费。

当年未满18岁的我还曾担任过广东民族学院中文系舞蹈队队长，记得里面有一位本科班的男同学姓赖，听说现也在深圳龙岗任职。

中文系这一届有几位老师和同学离世了。每每想到这些逝去的师友，有灵魂出窍的感觉。

韶华已逝红颜老，风韵犹存岁月香。读大学，就是蝴蝶飞过沧海的一瞬。

人生在世，亲情、友情、爱情，绕不过的，终究殊途同归，为一个"情"字。

如今流行的同学、同事聚会，除了叙旧，还是叙旧。上两周初、高中同学于广州小聚，一群人，来自清远、深圳、佛山、广州，20多人，有老夫老妻近30年的，有换了夫或换了妻的新加入圈子的新人。有同一个院子、同一家医院出生，至今仍在，完全超过青梅竹马年份的。有小学、初中、高中、大学都一起上的超级同学加发小。在预定的酒楼包间里，当一个个同学陆陆续续、如鱼游进，期待的期待，惊喜的惊喜，最后汇成岁月的河流，在这个南方的夜，南方的城市里，琳琅的鲜花、酒、食物，觥筹交错，高声喧哗，半醉半醒。

近年流行回忆杀。岁月是把杀猪刀，皱纹、白发、色斑，不再那么挺拔的腰身，不再那么清脆的笑声。笑中有泪，我们只能说祝福的话，因为，没有更好的话可说。唯有可以再续的，是约定几时再见。

这一群"60后""70后"，生得逢时，除了没赶上二胎，其他的好事情几乎都赶上了。上帝为我们关了一扇窗，又开了一道大门。如今人人奔五，当中一半女生都已退休，个别已成外婆。男生有的秃顶，有的变肥佬，有的瘦成麻杆。年少轻狂时，大碗喝酒，大块吃肉，如今，都说要减脂降糖去嘌呤，不再那么无所顾忌、海吃胡喝，茶余饭后的休闲方式多变为爬山、打球、散步、跳广场舞、养猫养狗、种花养鱼。

不变的是同学们仍然有一颗爱玩的心。酒足饭饱后，大伙跑到珠江边的太古仓码头继续"劈酒"。这个小资网红打卡地，红砖垒成的老仓库，高大、厚实，被改造后成了文创基地，开了小酒吧、咖啡馆、烧烤店、设计馆，江边停泊着多艘白色游艇，据说这里是一个富人游艇会。珠江两岸高楼林立，灯火璀璨，人流如织。太古仓生意火爆，顾客几乎全是90、00"后生仔女"帮衬，我们这一群"60后""70后"也"毫不畏惧"，在珠江夜风的吹荡下，大碗喝酒，大块吃肉，开心吹水。

4位女生为当年县"革委会"一个大院的发小。7位幼儿园、小学、初中、高中均为同一所学校，是青梅竹马、两小无猜的鼻涕虫小同学。

童年原来是那么的快乐，玩泥巴、过家家、逗猫逗狗，耍嘴皮子，一群小屁孩一起长大。

充　电

在深圳，人人忙于充电，个个不甘落后，坚持学到老活到老、活到老学到老。

20世纪90年代初刚来深圳时，自己只是省内一所普通高校的应届大专生，学的中文，觅的第一份工是某港资企业文员，跟单那种，有时发个放假通知。后进入一家乡镇文化单位，一干就是20多年。那时深圳的年轻人，个个爱学习，忙进修，学技能，不是读英语，就是学会计，练模具。李阳疯狂英语火爆，粤语班满满的学员，最火的当属会计出纳班。我相继报了外语口语、普通话测试、档案管理、行政管理。课程安排多在晚上及周末。接着外语考了个A级，普通话乙级，档案管理考到上岗证，行政管理过了本科。其间还陆陆续续拿到社会体育指导员证、新闻舆情员证，大多数是工作单位派去的。现在满口袋都是证，满身插满了"刀"。遗憾的是，这么多年疏于实操，英语口语早就忘光光，现在出国旅游，只能"指手划脚"，操着只有神仙才能听懂的"中式英文"。

当年那位爱玩、爱幻想、常常不着边际的小文青，高考考得最好的是历史，最心仪的专业是考古，可惜总分数遥不可及，数学大大的坏，拖后腿十万八千里，连个本科也没搞上。30年过去，今天又"无厘头"对梵文、甲骨文、波斯语、阿拉伯语等产生浓厚兴趣。如果人生可以重来，我最想做一名业余考古员，每天背着行囊，风尘仆仆，披星戴月，上天下地，远离尘世。带着一堆铁铲、电钻之类的"架撑"（家伙），幻想有一天能在闹市区的某一条街挖出奇门遁甲，粤（越）王剑，某山洞发现一部失传的武功秘籍。地底下带年份的烂铜烂铁烂瓦缸，都是好东西。

老友建珠撩我，买把洛阳铲一起去西安寻宝怎样？

群姐说她高中时的一个学历史的在学弟，80年代中期服从分配到考古院早成了亿万富翁。

他　城

除夕逛广州花市，拜年看舞狮，笑盈盈地派利是，乐呵呵地收利是。拥抱现代，不丢弃传统。世界不是非黑即白，态度不是非得对立。

岭南这地方，自古人迹罕见，多为流放地。流放流放，最后变成流芳百世之地，比如韩愈、苏东坡，他们的流放地"三州"，潮州、惠州、儋州，连当时的"天堂之地"杭州也是流放地。古代广东虽远离中原文明，却也出了不少本土文化名人，六祖、慧能、张九龄、余靖、伦文叙、屈大均、梁启超、苏曼珠、冼星海、关山月，无不如雷贯耳。

苏东坡流放惠州3年，写下了"日啖荔枝三百颗，不辞长作岭南人"的千古佳句。3年后再次被贬，到了更远的儋州，是天之涯海之角，是世界的尽头。而韩愈只在潮州待了8个多月就"急急脚走人"了，潮州人却把他当神当偶像供着。8个月，只是例牌公事，按部就班就不错了，哪够时间和精力搞什么改革，尤其在古代潮州这个未开化之地，省尾国角，民风彪悍，朝廷管治的盲区，三不管地带，缺人缺物缺偶像，韩愈到来，无疑天降神仙，金光普照，瞬间照亮这片洪荒之地。后人拼命抓住这个卖点，穷尽一切办法，建韩公祠，把原本叫一条叫"瘴江"的江名也改为"韩江"，大学也取名"韩山书院"，民国时期变为"省立韩山师范学校"，1949 年更名为"韩山师范学校"。这"三韩"无疑奠定了潮州的文化地位，它也由此被评为首批国家历史文化名城。今天看来，不得不服潮州人的精明，只可惜，潮州一直以来尤其是改革开放以来的发展不尽如人意，按老一辈人的说法，流放地跟风水还是有关联的。

看南越王博物馆，因疫情限流，凭身份证、刷脸进。

南越王宫被一把火烧了，放火的是来自北方政权西汉的军队。

放眼古代，哪一个朝代想称王称霸、奴役他国人民，无不是采取杀鸡取卵、屠城杀戮的手段。

没有和解，没有妥协，只有灭绝。

在谴责八国联军火烧圆明园之际，哪国的历朝历代军队无不如出一辙。同样的手段，只有更残暴。

阿房宫、颐和园、南越王宫，等等，都是毁于自己人手里。农民起义，曾经被歌颂的"英雄"行为。

"某国学中国千年，都属汉字文化圈。但，没有裹小脚，没有太监，也没有吸鸦片。也从来没有文字狱。近代也没有女明星嫁大老板的风气。嫁比自己大的只是文艺家。"

《白夜行》里有一句话是这样说的："世界上有两样东西不能直视，一是太阳，二是人心。"

菜农珍姐

来自某电台采访速记，元朗，或新界，或上水。

珍姐种菜浇水只用井水，不用河水，她说，现在的河水不洁净。

她的先生挖了一口深 30 米的井，水质清冽。

珍姐种得最多的是菜心。广东人和港人都最爱的蔬菜。

珍姐与主持人轻言细语，温文尔雅，条理清晰，有礼有节，完全颠覆我们对一位普通农妇的那种满脚泥巴、谈吐粗俗、大嗓门的刻板印象。

珍姐有一种古代中国宋朝或晋代农人的风骨。

珍姐把所有青春都奉献给了那片农田。

我听到电台里有雨水打在铁皮房顶的声音。

想象珍姐头戴斗笠，身披雨衣，迎着肆虐的台风，任凭狂风暴雨打在眉毛、鼻子、脸庞，手脚并用，固定雨棚，疏通排水渠，抢收菜心、豆角和辣椒。

有一分热，发一分光，就如萤火一般，也可以在黑暗里发一点光，不必等候炬火。

居 家

庚子年春节到现在，看似慢条斯理的生活，按部就班地过，其实暗流涌动，急急如律令。我思故我在，白天上班，夜里安坐家中，不聚会，不唱 K，不观影，不呼朋唤友，除了上班，出门购物只购必需的生活用品，距离也限楼下小超市或单位附近的百货商场，貌似快闪行为。偶尔网购。晚饭后，读书，看剧，听歌。不知不觉，读完几本书，几本杂志，随手码一堆无用字。收获最大的应是厨艺。做菜这活儿，纯属千锤百炼，做多对多。这几个月，天天两点一线，不知不觉练就一身真功夫，厨艺好得自己都偷笑。在这个特殊的时期，做了无数顿吃的，什么火锅、饺子、煲汤、海鲜，尤其是炒菜功夫，芥兰炒牛肉、腊味炒饭、小炒肉、小笋腊肉，连着川菜也做得出神入化，麻辣烫、水煮牛肉、酸菜鱼……足不出户，真的逼成了大师级厨师。

这个年，先生帮着拖地、叠被子，宝贝女儿学会了做蛋糕。每天营养加量，11 岁女儿的身高也蹿到一米六。美食伴美酒，趁机满足我的酒瘾，一家三口喝光 4 瓶红酒、3 瓶鸡尾酒、一箱水果啤酒，外加一大瓮客家老黄酒。

国庆中秋长假，家里做的唯一一顿饭馕四宝：青椒、油豆腐、苦瓜、鲜笋，煲了猪舌骨茶树菇胡萝卜汤，再来一杯刚从老家带回来的野生黄精酒，够劲。

塞翁失马，失去聚集玩乐，多了居家喝酒，也许今年是吃喝最痛快的一年。焉知非福，生活清清淡淡，简简单单。

耗费一个下午做出一顿晚餐，在我看来，耗费的人工和时间成本太高。如今的城市人，每天早出晚归，基本没时间和精力弄一日三餐，不是外卖，就是简餐，简单应付一顿。在厨房站上半小时，老腰受不了。强烈希望科研人员能研发出厨房专用的高脚凳，能活动和自由伸缩那种，坐在高凳子上切菜、剁肉、煲汤、看火，供掌勺的用，洗菜洗碗，供打下手的用，再配一个厨房专享空调和音响，让家庭主妇跷着二郎腿，听着歌，一边煎牛扒一边哼歌，喝上一杯红酒或清酒。

广州的嫂子报料，买个带轮子的可升高的凳，发廊理发师坐的那种，弄个蓝牙音箱，轻松搞定。

文友张夏丢过来一句，其实就是吧台用的那种凳子。有的。

洗 头

在楼下发廊做头发，遇一年纪相仿的大姐，扯着大嗓门说要染发，强调只染头顶一点儿白发，然后反反复复要求师傅一个小时内搞定，搞不定就不染，师傅说没问题，能搞定。大姐又问多少钱，又再次强调只是头顶一点点，然后又说要打折，按已过气的"双11"的价格，跟师傅磨嘴皮磨了十几分钟。我都听烦了，顶着满头卷发器，艰难地转过头，嬉皮笑脸对大姐说："你真够长气，我都嫌你烦。"

不就做个染发吗，讲半天？

师傅冲我苦笑，摇摇头。

大姐有点不好意思。

头发搞上了，大姐又拿起手机大声讲起电话，自娱自乐，与发廊里的音响声、流水声、电吹风声、洗发小妹小哥的大声呼呼喝喝的喧哗声混搭一起，热闹堪比菜市场。

我也是女人，且是大妈级的，我都嫌女人烦。

我很担心自己在别人眼中，是不是也这么烦？

怪不得女儿经常说我烦。

但我的消费观却很干脆的，实在懒得讨价还价，只要求打个折，行就行，不行就拉倒。

我希望这位大姐能搞得漂漂亮亮地出门会闺蜜或男友去。

然后我们一起挨着躺在洗头椅上冲水，我有时闭目养神，有时刷下手机，任凭温热的水洒在头皮和发梢。隔床这位大姐打开手机跟朋友音频对话，声音覆盖全发廊。

我客气地请她把声音调小，她全情投入，充耳不闻，完全当全世界消失。

洗头小妹拼命向我道歉。

我再次提醒女士，她终于"如梦初醒"，把音频对话关小了，把私人对话结束了。

发型小师傅又向我道歉，我笑说不怪你。

天天搞创文，在一些人的心里创不出来"文"的。

有些人似乎跟安静过不去，喜欢扎堆，喜欢鼓噪，喜欢我行我素。还是年纪大了，听力下降？或求一种安全感？

但似乎有许多年轻人也喜欢大声播放音频，令人不厌其烦。尤其是在地铁车厢、电梯里、餐厅里，对于他们来说，如入无人之境。

突然很喜欢电影《寂静之地》的那种死寂。

听力不是靠大声来传的。夜深人静，一样能听见窗外的落叶声，还有风声。

世界上所有的病，都是因为情绪被打败。胸口总是怒火中烧。

《一代宗师》里说："一个人最重要的是见识，见天地、见苍生。"

现在发廊里的剪发师傅、洗头妹，几乎都是清一色的"90后""00后"。除了老板。

店员嘴巴甜，把所有男女顾客都统称：哥哥、姐姐。管你18，还是58、88。未成年人统称弟弟妹妹。

他们的销售能力超强，那些"70后""80后"，同龄时，比他们青涩，简直弱爆三条街。

这不，我一下给他们充了 3000 大洋的卡。小师傅说买 3000 送 1000。

小师傅说："姐，你看，今天你烫发、染发、剪发，全免，赚啊。"

嘴巴像"唧"（涮）了油似的"口甜舌滑"。

但，谁不喜欢呢？

下
辑

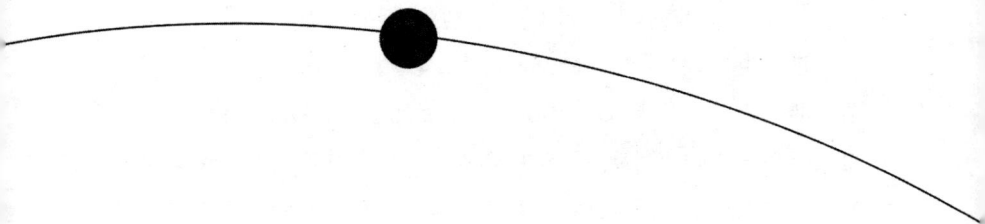

往年今记

过　寨

岭北的连山人没事就爱串门走亲戚，当地人叫"过寨"。

过寨也是我小时候最爱的社交活动之一。在三月三、五月节、清明节、八月十五、春节等一些传统节日，或在农闲时节，母亲就爱带我们"过寨"。除去父亲这边的亲戚不算，母亲首先第一站必回娘家沙田圆珠村，其次是过大岭村大姐家，第三是过井头村侄女家，最后是到佛子村寻契妈和干姐。路途近的当天来回，路途远的就住上一宿。每次出门走亲戚，母亲都会捎上一些饼干、水果糖、豆沙饼、虾片、冰糖等农村少见的手信，分给那些走得亲的亲戚和族人，像太舅爷、舅婆、姑婆等长辈，第一给老人，第二给小孩，每人都有一小份。母亲说这是规矩。对于这些城里的"黄口"（零食），农村的亲戚们都视如"矜贵"的手信。

奶奶带我和哥哥回她的婆家石古村小住几日。老屋后院的那个小花园，里面种的几棵桂花树和茶花至今不能忘。老茶树每年都能开出满树的红得发紫的花朵，馥郁、硕大的花朵有一股富贵之气。花园里还有一个小"飞发棚"（理发棚），是爷爷为村里人"飞发"赚钱的地方。

山区的孩子，接触最多的毫无疑问就是无处不在的山岭。家乡人管上山为"上岭"，屋前屋后，远近高低，一眼望去，皆为崇山峻岭。小河流水，一草一木，世间万物，都是孩子们眼中的玩伴。上岭、过寨、趁圩的日子都能带来许多无以言状的畅快和愉悦。一路上有风，有阳光，山花烂漫，草木葳蕤，奔腾的溪水，狂放的瀑布，田野、森林、池塘，风景处处。于我们，总也玩不够，看不厌。

秋季最适合走亲访友，在那个没有多少交通工具的时代，每次出门几乎都靠"11路车"来回，运气好的话，能在半路上拦到一辆车头喷黑烟轰、鸣隆隆的手扶拖拉机，一车人挤在一起，摇摇晃晃一路颠着去，大家互相抓得紧紧，身体尽量放低，免得被颠出车筐、甩下山沟断手断脚，甚至送了小命。有时翻山越岭抄近路，有时还要蹚水过河，河流上有的建有简易的石板桥，有的只用几根大木搭成，有的只有几块大石垒起几个墩。旱季时河床浅，过河易过，遇发大涝，河水暴涨，我们只能绕很远的路，觅一稍微浅一点的河道，除下袜子胶鞋，卷起裤腿，蹚水而过。有时男人会把女人和孩子分别背上，来来回回走上好几回才能完成过河这项"伟大"的壮举。

一群大小伙伴，在行走的山路上，一路谈天说地，一路采摘野果，扑蝶抓蜻蜓，一路玩着去。记得当时最常采摘映山红，种味道酸酸的野花。以前我们常常吃花，是名副其实的"采花大盗"。

走过山边常能看到一个个光滑的小洞口，大人会告诉我们这些是大蟒蛇的洞穴，小孩和牛儿千万不能靠近，否则会被蟒蛇拖进洞里吞掉，连骨头也找不到，相当的骇人。大人说走山路一定不能往阴暗的草丛里走，这些阴凉的地方会有过山蜂、青竹蛇、银环蛇等毒物出没，不能去打扰它们的居所。山里的生灵还有甚多变成了精，传说有树精、蛇精、山妖、河妖，感觉有点像《山海经》里记载的那些风物神怪。

大人们总是更熟悉地形，尽量绕过那些有不洁之物的地方，万一不小心遇上了，就叫小孩子赶紧走开，不许他们跨过，自己则低头合掌，嘴里"吟吟嗔嗔"念叨几句，也不知念的啥。吩咐小孩不得随意"嘘嘘"，免得得罪那些不同世界的东西。

走累了就在树荫下歇歇脚，吃点随身带的干粮。停停走走，常常要走上一两个小时才能到达亲戚家。小孩子必须紧紧跟上大人的脚步，要不天黑了也到不了外公外婆家。落在后面的小孩常常感到害怕，山区的山路上没几个人，非常僻静，一路上偶尔能见一两个放牛人，砂石路上还能见到一坨坨牛屎。小孩子害怕掉队，急了脚步，连追带跑。没有车，只能自己走。走多了山路，多练出好脚力。

春天，人们头戴一顶大竹帽，冒着沥沥雨水前行。夏天骄阳似火，人们带着草帽，或打着油纸伞，走得汗流浃背。秋天最惬意，山路干爽，出门最舒服。冬天呼呼北风割得脸上生疼，人们穿着大棉袄，顶着寒风前行，有时不得不倒着走，背向风，以躲避如刀子般的北风。

当年，与家人走过很多村村寨寨，也走过很多有着生动风景的岭北大地。

爱"过寨"的奶奶结识了很多当地的壮族和瑶族"同年"（姐妹之意）。每到城里趁墟日（集市），那些"同年"就会来我们家"过寨"，顺便吃个午饭。她们每次来都会捎上一袋红薯、芋头、苞米等山货作为手信，有时还带来一只山鸡，或者一块野猪肉，只是这些肉类太珍惜，难得一见。

印象中的瑶胞"同年"生活艰苦，面露菜色，每次来，母亲总是端出最好的茶饭招呼她们，还配上一壶当地产的米酒。"同年"吃得津津有味，与奶奶用壮话或瑶话谈天说地，我在一旁傻傻地听不懂。告辞时，母亲会装上一些白糖饼干之类的手信给她们，说是给她们孩子的。

奶奶也曾带我去过她那些"同年"的家里"过寨"，路途很远，走到一个叫上坪的瑶寨。她们住的大多是木皮搭建的房子，没有电灯，只有一盏煤油灯。床是用稻草铺成的，屋内几乎没有什么家具，木头垒起的床，上面铺着干稻草，干稻草上面铺着一张编织的草席，枕头也是木头做的，外面用粗布包着。一床棉被，被套已经补了好几个补丁。屋内有一口火塘，用几根树枝架起一口鼎，下面烧着柴火。吃完晚饭后，大家就在屋前的地坪上烧篝火、唱歌、聊天。头顶满天繁星，耳边山风阵阵，火光照着瑶胞"同年"黝黑的脸，还有艰辛生活在他们脸上刻下的痕迹。那些瑶族村民爱唱歌，也爱喝酒。也许，他们生活艰辛，内心悲凉，却不忘苦中取乐。

族人溯水而居，这村靠着那村，周边是水田或旱田、河道、竹林，每个村了有什么红白事几乎人人知道。小时候偶尔逃课，跑到与学校相邻的农村同学家玩，到菜园子摘木槿花，看他们猪栏牛栏里养的猪和牛，吃他们做的大汤糍。

岭上歌舞

岭北，十几万壮瑶儿女，繁衍生息在这片远离喧嚣的大地上。因了这些崇山峻岭，过山过岭就成了岭北人最基本的生活状态。出门见山，翻山越岭去耕种、采集、放牧、走亲、访友，无不须过山过河。说到过山，身手最敏捷的当属连山、连南、连州、乳源、翁源的壮瑶同胞，说到能歌善舞，最是壮瑶的歌舞。

过山瑶最神秘，过山瑶的歌舞有着一种摄人心魄的吸引力。"灿灿明月，淡淡清风，青青田野，稻谷清香，丰收之夜，铜鼓咚咚，木叶声声……"一曲《瑶族舞曲》，来自大自然的天籁之音。瑶家歌舞，来自远古、山间、溪流，来自心灵。瑶山夜歌在深邃悠远的瑶山深谷响起，经久不退。篝火燃起，熊熊烈火，荡涤人心。

印象中的瑶胞，大多五短身材，多赤脚，在陡峭的山路上健步如飞。一些迁到城里的瑶胞后代则高大许多，肤色也白一些，女孩子也普遍长得好看。他们操一口我们听不太懂的瑶话，有些瑶胞还会讲客家话，他们与客家人杂居最深。每逢镇上的墟日，他们就举家出来趁墟，摆卖自家的山货，有麻姜、红薯、苞米、中草药、野果，有时能见到他们地摊上摆几只活的野鸡或野兔。男人身上常常带把砍刀或镰刀，方便走山路时防身，防野兽毒蛇，更防歹人，或顺路砍一把柴火回家用作烧饭的燃料。他们须在太阳落山前赶回那个位于山坳里的寨子，回去时顺便捎上一包白糖、几包盐巴、几盒火柴、一包蜡烛。

瑶家先民在布满蛮烟瘴雨的南方山林顽强繁衍生息，开垦出恢宏磅礴、动人心魄、从天而下的高山梯田。这群瑶族兄弟，在800多年前，从湘桂到达连山、连南、连州、乳源、翁源，面对横亘的深山、沟壑、险滩、悬崖，咬紧牙关，依靠最原始的刀耕火种，开垦出第一块梯田。瑶家人把高山当床，把森林当窝，把云海当被，与天地融为一体，与日月结为同盟。

岭北处处有梯田，处处有盘石歌舞、过去的年代，面对歧视与压迫，瑶家人举家躲进大山，过游耕游居的艰辛日子，隐忍，坚韧，苦也当乐，风一样的自由。高高在上的土地，过山也好，过风也好，拥有自己的一方天地，依山自保。从父兄到子孙，与其他兄弟民族一道，用血汗和生命，合力开发这片神奇的土地，开垦出一片又一片新的田地。他们历四季春秋，经严冬酷暑，创造出一个又一个丰收年，也创造出辉煌灿烂的瑶族文明。

瑶家儿女在与大自然的搏斗中，上山落岭，过溪越谷，伐树运木，斗龙伏虎，"种了这山种那山"。苦难培养了他们的彪悍勇猛，也培养了他们热爱歌舞、向往美好生活的天性。瑶族人民爱唱歌，日出唱到日落坡，歌声好比山溪水，千流万支汇成河。

小时候我家住在县委大院里，与县民族歌舞团相隔不远，甜美水灵的瑶族莎妹子表演的小长鼓舞，欢快粗犷，飘逸和脱。服饰是绑腿，束腰，盘髻，发上插鸡公羽毛，颈戴项圈，衣上的瑶绣绚丽多彩，舞蹈动作敏捷洒脱。舞姿曼妙，嗓音高亢，鼓点长长短短咚咚作响，长鼓旋转，红绸翻飞，牛角呜呜，令人神往。聪明灵巧的小莎妹在绿野清风中，记下了满山的梧桐花凤仙花，奔跑的小鹿，飞掠枝头的人鸟，田野的花鸟鱼虫。用彩线刺绣，编织出斑斓美丽的锦绣。她们在记录瑶家人生活细节的同时，也记下了过山瑶的历史。

记忆中古老的长鼓舞和耍歌堂，还在传唱，每年的"七月香"吸引成千上万的宾客，泼水节万人空巷，欢笑声、泼水声响彻云霄。祭盘王，舞火龙，品健康茶，品百米长宴，泡养生温泉，赏金子山雪景，赏岭上歌舞。

岭北天路

如今粤北地区的交通出乎意料地好，当年韩愈形容"天下之穷处"的阳山，以及地处粤、湘、桂三省交界的连山一带的高速路，足可让爱车风驰电掣，一路飞奔 120 码以上几乎毫无颠簸之感。

从深圳出发，近 400 公里的路程约 4 个小时即可到达连山县城。

沿途的喀斯特地貌，一会是鬼斧神工般的峰峦叠嶂，一会又是平坦葱绿的峰林平原，集险、奇、秀、幽于一体，如盆景一般千奇百怪，更犹如一篇大地的史诗，壮美豪气，令人遐想万千。难以想象南粤大地竟有如此迷人神奇的秀丽景色，让 4 个小时的自驾路程不会产生丝毫的倦意。

先生专心致志地开他的车，坐在副驾的我，思维开始翻腾起来，想象亿万年前，这里曾是一片汪洋，鱼儿自由翱翔，珊瑚丛色彩绚丽，摇曳生辉，地壳运动让这些山峰拱起，海水退去，造就出这些石笋般的山峰，深不可测的地下河，气象万千的溶洞，浩浩荡荡的西江和北江。

在人们的印象中，广东是一片富庶之地，与"天下之穷处"

似乎无关联。其实天下之大，有富庶地自然就有贫瘠地，中华帝国自古有京城中心，自然就有东夷、西戎、南蛮、北狄之诸侯和部落。在广东的粤北和粤东山区，一直来就属于交通极为不便之地，交通不便，经济自然就落后。

山高路远，修路是一件极为艰辛的工程。而每次粤北之行，却被一座座"天路"所震撼。筑路工人像玩积木一样神奇地在崇山峻岭之间架起一条条高架桥，海拔和相对高度都达百米以上，四周的悬崖峭壁如刀刃削过，雄伟险峻。路基就打在崇山峻岭之间，凌空飞跃的高速桥让第一次光临的司机大佬绝对会恐高、畏高兼而惊叹，连喊怕怕。连南路段的天路堪称一绝，天桥架在几百米高处的石灰岩峰林间，穿过一条条长长的隧道，再鱼贯而出接上下一座山峰，那是一种势不可挡、气势如虹、豪气冲天的大义凛然，展露着一种豪气，一种壮怀激烈，还有一种莫名的仙风道骨在里头。

每逢雨季，这些天路犹如银河迢迢，若隐若现，更显雄伟和高远。

心里不禁对那些筑路工人肃然起敬，想象着那些工人背井离乡，凭着年轻力壮，凭着一身肌肉，在广东的高寒地带，炸山挖土、钻洞撬石，面对风霜雨雪、酷暑严寒和随时意想不到的塌方、飞石和必须面对的灰尘、泥浆，在毒蛇出没的荒山野岭挥洒汗水。

他们披星戴月、风尘仆仆，为我们这些旅者铺路，让我们能舒服一点，少颠簸一点，屁股好受一点，能时间快一点往返岭北岭南。

饮食记

瓤

粤人做菜多喜欢"瓤",尤其过传统节日时"逢节必瓤"。广府人、客家人、潮汕人、雷州人对"瓤"情有独钟,无论宴请宾客,还是日常饮食,"无瓤不欢"。

"瓤在广东"。常见最多的是瓤豆腐,其次是瓤苦瓜,接着是瓤青椒、瓤茄子,俗称"瓤 N 宝"。这些三宝四宝五六七八宝,有白豆腐、水豆腐、油豆腐,有尖椒、青椒、莲藕、苦瓜、冬菇,还有瓤竹笋,瓤田螺,瓤鲤鱼,瓤南瓜花,瓤猪婆菜。粤东客家地区的瓤白豆腐、瓤苦瓜。肇庆、清远、韶关还会瓤大蒜苗,手艺奇绝。食在广州,厨出凤城,味在潮汕,顺德、中山、广佛、深圳地区的鱼滑或猪肉煎瓤青三宝,猪网油酿蚝豉,潮汕的粉果和果肉,无所不瓤,百"瓤"不厌,瓤出一番新天地。烹饪方法一样多箩箩,"宾"不厌"炸",清蒸、香煎、油炸,无所不能,只有好吃。

老广对美食的痴迷都"陷"在一菜一肉间，貌似简单、家常的菜肴里，实则瓢出了人间无尽的美味和对美好生活的执着、坚守、豁达。

粤北和云南贵州一带最有特色的是瓢血肠和瓢米肠，风味十分独特。有可能这些林林总总的"瓢"菜，多源于古时百越和三苗地区。这个饮食习惯跟有些人说的因为思念北方中原的饺子而产生酿豆腐这种食物似乎没有什么关联，估计也是信口开河，纯属杜撰和想象而已，博人会心一笑罢了。

依我看来，老广对生活，更尊重的是节令、风水、道法，和祖先传下来的规矩。这些都关乎天人合一，是舌尖、味蕾，是兰质蕙心，聪慧灵巧，巧妇能为有米之炊。尤其是珠三角一带，物产丰富，食材一流，真正的鱼米之乡。

岭南自古远离中原，远离北方政权，自成一统，战争、瘟疫少，民众能安居乐业。尤其是珠三角地区，土地肥沃，物产丰富，生活富庶，其中我最喜欢的一道本地特产水牛奶，由此衍生出来的双皮奶、姜撞奶、炸牛奶、炒牛奶最让我痴迷不悟。

今年端午节我特意瓢了三宝：油豆腐（老家叫豆腐泡）、苦瓜、尖椒，发朋友圈后被狂赞。原材料很便宜，紫金古竹采购的尖椒2元，苦瓜9元，豆腐泡10元。加了小区楼下"帅大妈"的黑猪肉、马蹄、干冬菇、韭菜剁成的馅料，整整整了三大盘，或煎或油焖，浓香四溢，令人食指大动，先生和女儿更是吃得过瘾，再配上一杯"革命"的小花酒，无非是黄酒、黄精酒、青梅酒，最多是红酒，先生偶尔来杯二锅头。

小时候，这些繁重的家务活基本上都是母亲个人张罗，小孩和奶奶帮忙打下手，但日积月累，孩子好歹也能学到一点手艺，传下一点衣钵。

粤东西北的各族人民也是勤劳勇敢的，他们因势利导，顽强繁衍生息，族群不断壮大，创造出各具特色的本土文化。如粤东潮汕地区的潮剧、潮绣、潮菜、工夫茶、陶瓷等，特色非常鲜明独树一帜，看来也只有根植这片土地才能创造出来。粤东北客家地区的围龙屋、客家山歌、客家菜，也是杠杠的粤地风物，尤其是客家菜，就源自广东东江流域，隔壁的江西没有，福建闽西也没有，湖南也没有。江西、湖南全体嗜辣如命，少一点辣都跟你拼命。

而粤地客家菜几乎是滴辣不沾的，偶尔捞面拌点酸辣酱，已经是最高极限。在河源的紫金古竹市场，几乎看不到几档有米椒和尖椒卖的。能嗜辣的一般是迁居各地多年，糅杂了各式口味的居民。粤西地区的菜式有点类似于潮州菜，也是属于海边渔民口味。客家人喜欢到处迁徙，与本地广府土著融合最深，因而受广府人生活习俗影响也最深。无论是语言，民俗，还是饮食，都在潜移默化中，不管你嘴巴上承不承认，身体已经在力行了。尽管有些人嘴巴上不承认，还总把别人的原创说成自己的原创，但内心里，他们默认。

几百年十几代人的融合，基本上没有太大区别。除了语言。客家话颇受白话影响，珠三角一带的客家人已基本本地化广府化，语言也是互通有无，白话、粤语在他们之中畅通无阻，也深深烙进了客家话中。本地人大一统，极少人会嚷嚷振兴某某文化，爱提振兴口号的通常是移居珠三角地区多年的深一代，多来自粤东北一带。

有一句话说：缺什么就吆喝什么。

客家人的饮食是挟带着粤东粤北这一块土地的大山大岭而生的，狭小的土地面积，与当地的畲瑶苗族群杂糅而居，与当地的潮汕民系冲突、融合，衍生出既有潮汕人的精明、北方人的纯朴，又兼具山区各族群的勇猛彪悍的特征。

曾在一个全国性的文化研讨会上听一位陕西博物馆的负责人发言，提到广东客家人最早的一支祖先可追溯到中亚或南亚的印度一带，往后一点是一支位于河南的氏族部落，后为躲战乱和政治迫害，这支氏族部落一路沿黄河往南走，基本上都走山区线，也定居山区。

山区易守难攻，隐姓埋名最好。

到了海边、三角洲居住的客家人也迅速融入了当地。连着饮食也是海味十足。生蚝、鱼虾蟹、咸鱼都是他们的最爱，也由此跟着当地人、渔民学会了做各种海鲜大餐。

碌鹅、叉烧、烧肉、茶果、糍粑、炸生蚝，尤其是碌鹅，顺德名菜。传统梅县客家人、粤北本地人本不吃鹅，嫌它有"风"，属易"发"食物。爱吃鹅也是近几十年来各地移民，入乡随俗吃上了碌鹅、烧鹅、卤鹅、焖鹅，并学会了如法炮制，这又成了客家菜系里的几道菜。

老广做菜和做人一样，追求的是人心的隽永、绵长。

喜欢酿菜的还有西北省份，肉夹馍应该也算是一种。其他国家和地区有中东地区、埃及等，他们也喜欢酿鱼、酿蔬菜瓜果。全世界的美食都包含了当地人的生活智慧。

日式料理寿司不叫"瓢"，叫"一拍即合"，把鱼片跟饭团夹在一起，沾上酱油一口一块，没油没盐，却也美味无比。

食材好怎么做都好吃。

食材与生活密不可分。还有关乎精神层面。

色香味俱全的生活才是丰富的人生。

如今的粤菜风靡全国，因了《舌尖上的中国》《顺德味道》《老广味道》等节目的大火。随着"粤菜学院"的遍布全省，全国各地的厨师"初哥"包括河北、山东、甘肃等地的学子们也来进修厨艺。

期待粤菜这一门古老而又新潮的菜式能发扬光大，薪火相传，继续推陈出新，让我等"吃货"一族整天念念叨叨，口水常流。

粽

小时候，粽子是可以经常吃到的寻常食物，那时候还没有"美食"一说。

粽子是一种可以果腹又高于普通米饭、红薯、芋头、米粉的手工食物，类似于糍粑、糖环、角仔、煎饼、糖水等广东民间传统食品，因为做好它，需要具备基本的原材料，需要技术。

那时，男主外女主内，几乎每家每户的女主人都掌握这些厨房的技艺，酿米酒、做糍粑、包粽子、整糖环、包角仔、蒸米糕、打米饼，样样精通。

以前，包粽子所需要的材料丰俭由人，家境稍差一点的人家通常只能包一些碱水粽或豆粽、花生粽，家境殷实一点的人家可以包上眉豆花生冬菇五花肉。包粽子需要赋予许多道工序才能完成这项"宏大"的工程。所谓靠山吃山，粽叶要上山采摘，分竹叶和冬叶（肇庆裹蒸粽）。采摘回来的粽叶要浸泡、晾干，把糯米、花生、眉豆淘干净，把上好的五花肉切好、调料、腌制。如果是包碱水粽，则更烦琐，要到山上找一种植物，烧成灰，过滤后留下的植物水就是"灰水"，是一种碱性物质，绝对的有机天然食品添加剂。

仍记得每次家里的孩子嘴巴馋了，嚷嚷着要吃肉粽，母亲就会包上五六斤，吃上三五天，以满足这群"麻花"（家乡话臭屁孩之意）的胃口。每次都是母亲负责采摘粽叶，准备包扎用的禾秆草，我们帮忙打下手，剥花生仁、洗米、挑豆子、切肉。万事俱备只欠东风，"包"是最考手艺的一个环节，包的环节主要由母亲把控，母亲说粽叶里的糯米一定要扎紧，不能露口，如果粽叶散了或裂开，煮出来的粽子会淡水，没有了粽叶的香，猪肉豆子的味道也跑到水里去了，味道会大打折扣。

传统的广东粽有三角粽（我们家乡也叫羊角扭）、四角粽、枕头粽（也叫灰水粽，即碱水粽）、裹蒸粽。靠海吃海，从粤北到珠三角，品尝了更多种类不同风味的粽子。糯米鸡，糯米饭里包有香菇和鸡肉，广式早茶的经典点心。而我，最爱中山、东莞以及广佛深惠一带的咸蛋肉粽，还有潮州豆粉肉粽。江浙一带的蜜饯粽和北方的白水粽只是浅尝即止。

母亲把包好的满满一大筐深绿色的羊角粽放进大锅里，烧大火猛煮，我们负责添柴火，时不时揭开锅看水干了没有。这一锅包含着全家人辛勤汗水的劳动成果，在三个多小时的蒸腾中，华丽转身，散发出诱人的香。我大快朵颐，吃个肚子圆滚滚。早餐吃、中午吃，晚上也吃，粽子吃多了，会不消化，过多摄入糯米，有胃病的人受不了，而我吃过度了，会拉肚子。

以前吃粽子要看时令，还要看每个家族的经济情况。以前粤东北的客家地区相比珠三角，没有那么丰富的品种，也没有这么频密的节奏，今天则几乎完全同步了。

如今的粽子，跟月饼一样越发"奢华"，大鹏的海胆粽卖到30多元一只还供不应求，据说大鹏政府计划把这个海胆粽开发成深圳手信。商场里的粽子，多来自广东和浙江，价格也是水涨船高，几年前一两元一个，如今轻松卖到十几元一个。

想起粽子的诗句：

五色新丝缠角粽。金盘送。
四时花竞巧，九子粽争新。

今晚回家蒸粽子吃，那是单位工会节日发的福利。还有同事亲手包的，也是让我欢喜的。

远在国外的大哥回微信说，想吃广式粽子。大哥说，羡慕我家里有这么多粽子的生活。

糍粑及其他

家乡位于粤北，一个由壮、瑶、汉组成的少数民族山区县，壮瑶风情浓郁，过年习俗也很特别，尤其是做糍粑等小吃的手艺，让我至今记忆犹新。

春节前，家家必做炒米饼、米糕、油糍、油角、糖环、蛋散、牛耳酥。在五月节做灰水糍、艾糍、油糍。

当地盛产大糯，收成后的糯米磨成粉后晒干，或趁湿时捏成一团一团再晒干，然后放进瓦瓮里存放。逢年过节，用糯米粉做的应节小吃就特别丰富。记忆中最深的是用糯米粉做成的油糍粑、糖环、汤糍，还有炒米饼、糖花生、糖莲藕等应节小吃。年前，家家户户都忙开了。母亲是做小吃的"专家"，每次做糍粑等小吃，要"大动干戈"，先把大簸箕洗干净、晒干，把糯米粉倒在簸箕上，用水搓揉成团，搓揉的过程要使出吃奶的劲头、手劲，这样的粉团才变得有韧性，包起来不会开裂，馅就不会漏出来。把搓好的糯米粉团分成一个个鸡蛋大小的小团，在掌心搓圆，中间压凹进去一个坑，放入芝麻、花生、白糖拌好的甜馅，再揉成球状，用家乡的茶油炸了吃，怕热气的话，也可直接用水煮，待糍粑浮起来即熟。咸的馅则用莲藕、腊肉、虾米、葱花等剁成丁包进去，用水煮熟，白白胖胖的糍粑惹人喜爱，有点像潮州粉果和客家萝卜板，淋上配好的香油香葱芫荽辣椒酱油，味道一级棒。

糖环算比较好做，一般广东人都会做，尤其是广府地区很流行。用糯米粉加芝麻，倒入拌开的红糖水揉成团，用面棍压开成筷子厚度的大饼，再用刀切开一根根约半尺长的粉条，用三条或五条圈成一个环形或半环形，像一个"田"字，或像一个花瓣，用油炸成金黄色，又脆又香，寓意有田有地，家肥屋润，生活红火。

家乡的壮族同胞主要居住在南部，他们爱做白糍。他们把调好水的糯米团放在一个踏碓里，用脚踩的木碓一下一下捶打下去，踏碓一起一落，像云南、贵州、广西的少数民族一样，一边捶打一边与家人围在旁边唱壮族山歌。捶打糯米粉团要捶得很匀称才行，黏性才好。捶打好了，就把糯米团压成一个个馍大小的饼，放在锅里蒸，待冷却后，糯米粉会变得很硬，他们就把白糍放在桶里用冷水泡着以便保鲜，吃的时候捞几块出来用油煎了，蘸白糖或蜜糖吃，别有一番风味。现在酒楼里吃的甜薄撑就有点类似白糍，只是改良过，变小和变薄了。也许，糯米糍粑类的食品是远古南方少数民族同胞发明的，后来南下的汉人也学做，就广为推广了，包括现在梅州地区的畲板也是以前畲人的食品，味道也很特别。

家乡的炒米饼用黏米磨出的米面粉，加芝麻花生碎白糖炒香，用刻好的木饼印一个个锲出来，饼印里刻上"福"字和一些花纹，洋溢着喜气。米饼做好后，用大蒸笼蒸五六个小时，放凉后用白纸扎成一筒筒的，过年用来送礼很体面。炒米饼的味道传统，耐肚子，早餐吃两个就饱了。

家乡靠近湖南，是北方冷空气南下广东的首站，对腌制腊味来说很有利。春节前家家户户都会晒腊味，尤其是农村的人家，通常自己养了家猪，年底杀一头用来晒腊肉、腊肠，他们把腊肠叫"花肠"。他们把一块块上好的五花肉用盐、胡椒、酱油、酒等调料腌制好（腊鸡、腊鸭、腊牛肉等同），挂在屋外空旷地，让干燥的北风和冬日的太阳吹晒得金黄透明的。等水分抽干，再挂回自家灶头上，用花生皮、甘蔗皮怄火熏。这些夹杂着北风吹干、太阳晒干和柴火熏干的腊味，每家每户都在灶头晾了一大串，想吃时就割一块下来，放在快煮好的米饭上，香气四溢，或者炒辣椒蒜苗，可以连下两碗米饭。

家乡人在过年前都会"倾巢而出"，小孩也要出动，一起做腊味，一起做小吃，东家做完帮西家，互相包来包去，腌肉、灌肠，包油角，捏糖环，滚辘堆，家家户户都是油烟飘飘，金银满屋。过节最辛苦的还是母亲。记忆中，母亲常常半夜还在炸扣肉，炸虾片，炸糍粑。第二天一早起床，就看到厨房里摆满了一盆盆炸好的小吃。那时家里过年小吃太多，往往吃到正月过完还没吃完，我就权当上学时的早餐和平时的黄口（零食），随身带一把充饥。同学之间也经常交换着吃，还不忘互相炫耀自己妈妈的手艺。

过节时，每家所有好吃的都端出来，白切鸡、芋头扣肉、红烧鲤鱼、炖猪脚、蒸腊肉……那时候家乡的人几乎个个手艺精湛，尤其是家庭妇女，做出的各式小吃花样繁多。只是现在这些民间手工已日渐式微，它们大多由食品厂代劳生产，民间的许多食品手工艺有濒临失传的危机。

炒田螺

炒田螺是地道的南方小吃，尤其是两广地区，甚受民众喜爱。也因其太过"草根"和"通俗"，故上不得宴会大厅等高雅场所，只在坊间大排档盛行。

田螺来自山野田间地头的溪流、小河、鱼塘，分大田螺、小田螺、石螺、山坑螺、丁螺、东风螺等品种，海产则有花螺、海螺、响螺等。花螺、海螺、响螺是上品菜，主要做法白灼或椒盐，海螺还能做刺身，法国田螺是世界名菜。

小时候，每逢中秋节前后，母亲都会去市场买田螺回家自己炒。碰上八月十五前后农村的亲戚放鱼塘，能捞上一桶半桶，有时他们拿去农贸市场摆卖，经常顺便送一箕上门给我们家。田螺用水浸泡养两天左右，其间不时搓洗、换水，直至田螺把泥沙吐清，家乡话说"活清"，完了小孩帮忙用胶钳钳掉尾巴，滤干水，然后加配料辣椒姜丝薄荷叶，用旺旺的柴火爆炒，真是"惹味"啊！

田螺这种软体动物，有着我们看不到的眼和口，看得到的触角和身体，一生没有攻击性，生前只以微生物、水生植物嫩茎叶、藻类、细菌和有机碎屑等浮游生物为食，只在夜间行动，喜欢水，声明一点，是优质的水，它们惧怕农药、油污等一切人类制作的乱七八糟的东西。

放在水盆里，有几只"特调皮"的"小螺"会"翻墙而出""倾巢而动"，爬得到处都是。它们用触角到处试探，仿佛是看看被变成人类的口中物前，留恋这世间最后的花花世界。

吸田螺"吃相"不太雅，故上不得"大雅之堂"。"吸"田螺需要"技巧"，"嘴功"要好，"只可意会不可言传"，会让人联想到热恋中的男女。

记得 20 世纪 80 年代末在广州读大学期间，同学或老乡宵夜，大排档里必点炒田螺，加上一碟炒沙河粉，几瓶冰镇珠江啤，真是快意人生！

以前家乡的泥鳅黄鳝田鸡随处可见，自从发明了用电捕捉之后，就少得可怜了。这些年退耕还林，抓生态建设，倡导青山绿水金山银山理念之后，山上的蘑菇、野果倒是多了起来，野猪蟒蛇也不时出没。以前广州郊区的农田、鱼塘、鱼涌、河流密布，鱼、虾、蟹、田螺、龙虱、泥鳅、黄鳝等水生动植物随处可见。随着现代工业和经济的快速发展、环境污染等因素，田螺等生物资源日趋萎缩。就像我们老家，山区里的河流很多被拦截做成小水电，村里的鱼塘很多被填埋，或者野生资源被"掠夺式"捕捞，农药、电网、炸药，不分季节，大大小小被"一网打尽"。

真是没有做不到，只有想不到。老家的表姐说，常见了有人把鱼塘捞起来的田螺扔到田基路上，任其暴晒死绝。

现老家农村的野生资源也日趋枯竭。包括金银花、五指毛桃等，常被人"连藤带根"一并铲除。目前市面上卖的"草头药"绝大部分为人工种植，药用价值较低。

随着城市治理，以前活跃于城市美食街的大排档也日渐式微，炒田螺等"民间小吃"也渐行渐远。

饮酒记

酿

葡萄美酒夜光杯。喝不喝酒是人和野兽最大的区别。懂得料理、烹饪、品尝，也是人兽的区别。

小醉怡情，大醉伤身，烂醉如泥，一醉方休，总有人为了喝酒而奋不顾身。何以解忧，唯有杜康，为了肉体，一定要吃好；为了灵魂，适当地喝点小酒更重要。

记忆中，外公最会酿水米酒，外婆最会酿糯米甜酒。酿酒不是一件简单的活，是一件苦差事。

酿酒一般选在秋冬季。天还没亮，外公外婆就起床开始张罗，把新出的大米挑到村边的溪旁，拣出里面的沙子、小石块、草屑，把米淘干净后，用柴火蒸熟。待米饭放凉，按比例放入上好的酒曲。母亲说，选酒曲最重要，选得不好，酿出来的酒会发酸，那就是失败的酒，失败的酒只能当潲水给猪吃。

记忆中，外公外婆酿酒几乎从未失手过，是村里街知巷闻的

178

酿酒高手。外公外婆每次都会把新酿出来的酒分给村里周围的邻里，村里人在品酒的同时，也评价一番哪家的酿酒师傅的技术，谁厉害些，谁逊色些。

除了酿酒，家乡人还喜欢泡药酒，凡是当归、土茯苓、灵芝，甚至牛鞭、蛇、鹰都可以用来泡酒，药酒用来驱寒、保健，预防风湿关节炎。我曾见过外公从野外捕了一只猫头鹰回来，与一条从田里抓来的尚活着的银环蛇，一同浸入一个大酒瓮里，再加上各种药材，然后静待时光发酵，泡个十年八年，就成了一道珍贵的药酒。小时候，我们小孩子好奇，总想趁大人不在时，自己揭开盖子，看看里面的鹰和蛇是否还活着。但又生怕它们还活着，会一下从瓮里跳出来，于是心生怕怕，只好作罢。碰到大人去揭盖，都互相叫上，团团围上去看个究竟。

男人们喝酒，爱炒上一碟花生米作为下酒菜。家里宽裕一点的，割一块腊肉，炸一盘小鱼干，切一块五花肉与豆豉蒸了，或加入姜丝与辣椒炒了，也是一道绝味的下酒菜。

家乡人爱酿酒和泡酒，平时喝的酒主要是农家自酿的米酒，用料多以当地种植的大米为主。当地人用大瓮、酒埕酿酒，煮熟的黏米加入酒曲，酿出来的米酒，不兑工业酒精。那时候也没有工业酒精这类玩意。家乡人善用大自然的光和热，风和细菌，让其自然发酵，巧妙地演变成带点米浆的浑浊的米酒，成为家家户户过年过节贡神、祭祖的神圣祭品，也是招待亲朋好友聚餐时满足酒足饭饱的一桌美味佳肴不可或缺的辅助用品。酒最受男人追捧，因而家乡的男人普遍酗酒。正如我的父亲，也是一等一的爱酒之人，在今天看来，堪称"酒仙"。

酒总是与男人、豪迈、乡愁、江湖为伍，酒不醉人人自醉，酒入肠愁愁更愁。老家的人把酿酒叫"吹酒",想来令人忍俊不禁,吹水、吹酒、吹喇 e 爹（唢呐）、吹鸡（哨子）,哪一样不是吹?

　　小时候,尚年轻的父亲最大的嗜好就是呼朋唤友,"白日放歌须纵酒,青春作伴好还乡",父亲常约上一群有着共同嗜好的老友聚在一起猜梅、喝酒,有时会带上我加入他的朋友聚会。坐在父亲身旁,既紧张又好奇,还有点自豪,要知道,在以前那个年代,女人多不能上桌与男人同吃同喝,大多地方的女人尤其是潮汕女人只能待在厨房里吃饭,饭桌是属于男人们的。幸运的是,父亲是县里行政科的司机大佬,经常随县里的头头出差,也算接触到许多外面的文明思想,虽有重男观念,却无轻女之心。作为家里的"二宝",新衣新鞋零花钱等几乎都给我占了,大哥几乎无人管,老爸老妈太"偏心"了。当年父母对子女放羊式管教,吃饱穿暖就好。

　　我坐父亲身旁,看一群叔叔伯伯用壮家酒令大声吆喝,拳来掌去,势均力敌,力图将对方猜倒。看到对方输了拳,便得意地大笑。猜输的那位就把米酒倒进唐瓷的调羹里,端起去碰一下对方的调羹,然后自己仰头一口闷下。父亲不但酒量厉害,猜梅技术更高超,常常赢多输少。但几个酒友也不是盖的,父亲有时喝多了,就顺势派我顶酒。我虽有点胆怯,却更不想看到父亲面红耳赤酒气冲天醉得一塌糊涂的"丑怪"模样,怕他呼呼大睡鼾声大作,更怕他哗哗呕吐弄脏家里的地板,害我每次都要帮忙拖地板。所以每次我都会毫不犹豫地一仰而尽。农家的米酒后劲足,如空腹喝,必醉。因此我也学会了避重就轻,酒前必吃下一碗米饭压肚,然后任喝不醉。

　　我的"陪酒"生涯是源于父亲的，这一段奇特的、又带点山野粗犷气息的父女情深刻地影响了我后来的生活。

　　父亲爱酒如命，也因此喝坏了身体。仍记得那年，接到父亲病危的消息，驱车几百公里赶回老家。在县人民医院的病房里，病入膏肓的父亲瘦成一把骨头，脸色蜡黄，手捂着肝部，面对女儿，忍着不发出呻吟声，只是问女儿的终身大事，问他愧对的我的母亲的新生活，问大哥在国外过得好不好。我握着父亲瘦骨嶙峋的手，哽咽着不能说话。从此我再无机会为父亲顶酒，再听不到父亲和他的战友们一起猜梅，讲笑话，讲他们说的那些奇闻轶事。

　　此后与父亲对酒，只能在父亲的坟前。每年清明或重阳，给父亲扫墓，在碑前洒几杯清酒，磕几个头，算是对父亲最好的缅怀。

　　我始终认为酒是好东西，酒逢知己千杯少，只要节制，不放纵，喝酒可以引申至一切精神上和物质上的领域和境界。酒的益处无处不在，活血、祛风、壮阳、养颜，是烹调菜肴的极好佐料。酒还能娱乐身心，自饮自酌也不失为一种人生境界，自饮自嗨，喝一杯，豁达，忘我。酒品如人品，借酒行凶，借酒撒泼万万要不得。

　　如今，我仍不时喜欢小酌一杯，只是有点伤感，再也不能替父亲顶酒，听父亲大声猜码，看父亲意气风发的样子。在家里，来一杯客家老黄酒，也算温馨有加。私人聚会，来一瓶啤酒、鸡尾酒、几杯红酒、XO、五粮春，高呼友情万岁。每次饭局，既不劝酒，也不被劝酒，只是随着自己的喜好，喝与不喝，干与不干，不勉强。珍惜生命，适度饮酒，让酒这上天赐予人间的琼浆玉液，浸润每个人的性情。

对酒当歌，人生几何，这，也许是对酒最好的诠释和尊重。

香

仍记得小时候家乡小县城位于莲花村的一个酒厂附近，那是母亲每天上街买菜的必经之路，也是我们放学后可以顺道绕一圈打发玩耍时间的一条小路。酒厂左转出口两旁就是县城大街，街边分布着新华书店、旅馆、门诊、点心铺、食品门市、服装店等大小店铺。酒厂的酒香就在里弄的街里飘来飘去，有时飘到对面3米远的村里人家，有的就飘到巷口，再婀娜妖娆地飘出整条吉田大街。

这家酒厂主要酿造米酒和甜酒。一到立秋，做酒的师傅把一箩筐的黏米和糯米担进去，有时还能看到红糯米。这些原本还生涩、硬倔的生米，经过工人们的淘、洗、捡、蒸之后，在弥漫的水汽中变得松软、宽厚、饱满、热情。蒸饭阿姨随手撮一小团放进嘴里试试它的松硬度合不合适。这些饭团不用菜也能吃下几团，可以填饱缺肉少油的肠胃。

酿酒师傅把放凉后的米饭在中间淘出一个洞口，倒进灰黄色的酒曲。密封后的酒醅会集中摆进地窖里，待它静静发酵，华丽变身。这些原本索然无味、平淡无奇的普通米饭，在时间的运转中会神奇地演变成一坛坛奇香无比的美酒。它们散发出来的香味简直就是一剂迷魂汤，能让那些做粗活的黑壮男人、种地的黑瘦男人、坐办公室的白净男人无可救药爱上它，并"醉"不顾身。

这些带着浓郁甜味的糯米酒与鸡蛋、鸡肉、红枣一起煮了，能让城里和农村里刚生完孩子的产妇分泌出大量的浓稠的奶水。这些奶水不但养人，还有去淤止肿的功能。记得小时候我时常会摔跤撞肿了脑门，大哭之际，一旁正在奶孩子的母亲会顺手挤出小半碗奶水给我的脑门揉了。不出半晌功夫，原本的肿包就消退了。

我总觉得酿酒师傅是王母娘娘派来的酒仙，连着奶香也透出一股酒的香，能让人变得安静，也变得痴迷。

那时的农村，家家户户都做酒，尤其是逢年过节，村头村尾都摆酒，做酒席。整村人都去喝酒，酒香、饭菜香弥漫了整个村子。酿酒后剩下的酒糟多拿去喂猪喂牛，家养的黄狗也会偷吃几口。常见到步履不稳、神情迷糊的阿黄晃荡着身子回来，就觉好笑，猜想阿黄又跑到哪家偷吃酒糟去了，回来免不了被主人半骂半笑的呵斥。阿黄一脸无辜，一脸迷茫，然后摇着尾巴，一头钻回狗窝，倒头呼呼便睡。

20 世纪 90 年代初起，那些原本属于国营单位的酒厂都相继转型，连着那些食品厂、榨油厂、五金厂、服装厂、纸厂，破产的破产，改制的改制，大多不见了踪影。或摇身一变，变成一个"某某食品公司"。打理新公司的是一个以前在市场卖肉的屠夫，据说是新的老板。今年我特意回去找那家熟悉的酒厂，只见原本高大的铁质厂门已是锈迹斑斑，大门紧锁，青苔爬满了深红色的外墙。往门缝里看，阴暗的生产车间堆满了杂物，垃圾散落一地，完全荒废，成了一个藏污纳垢之地。当年的酒香自然也荡然无存了，空留一股霉烂的气息。

小蔚情路记

1

　　小蔚工作的地方离大海近，穿过一条盐田隧道就到了。

　　南方沿海的四季几乎没有太大的变化，除了每年 12 月和来年一二月的天气稍微比较冷外，其余的天气几乎都处在夏季，11月走在街上，也是烈日当头，把人烤得汗流浃背。深圳的春秋季是几乎感觉不到的，小蔚买的衬衣、春秋衣基本穿不上。海风咸湿，小蔚觉得自己身体的毛孔每天都是打开的，黏糊、湿漉、油腻。地处南海之滨，深圳常年雨水充沛，前三季几乎都在下雨，尤其是进入盛夏台风天，忽而滂沱大雨，忽而艳阳高照，台风来时风急雨骤，黑天暗地，台风过后滂沱大雨，到处水淹。汽车驶过溅起大片的水花，来不及躲避的路人被水花兜口兜脸射个落汤鸡，倒霉的行人先是尖叫连连，接着扯开嗓门大骂缺德司机：你个死打靶鬼，扑街啊！

　　小蔚怀念家乡的四季分明，喜欢秋季的秋高气爽、瓜果遍地，最不喜欢家乡冬季里的霜冻和结冰，因为手脚会长冻疮，发作起来又痒又痛。

2

小蔚的父母是双职工，一家人住在单位分配的职工宿舍里。之前一家人住平房，后搬到县城市场旁一栋二楼一个单元里，住的地方宽敞了，有三室一厅，还带南北两个阳台。

北阳台对的是鸡鸭档，每天充斥着一股难闻的鸡屎味。楼下的过道总是被卖鸡卖鸭卖鸡笼的小贩占据着，加上满地的鸡屎鸭屎，路人常常难以下脚，只能连蹦带跳地走。每逢下雨，这条路更是雪上加霜，鸡屎鸭屎流了一地，臭气熏天的。

每次小蔚的姨妈来做客，经过这些档口都要掩鼻而过，一脸嫌弃。

北阳台楼下有一家大排档，这里更要命，抽油烟机噪音不断，油烟直往阳台上喷，小蔚家里总会有一股奇怪的油香味。

小蔚仍记得，小时候大哥总是不讨父亲喜欢。父亲只让大哥读了几年书就让他辍学了，只给二哥和自己读。

小蔚常见父亲训斥大哥，还不给大哥饭吃。

后来听母亲说，大哥出生时，瘦瘦巴巴的，两张薄薄的耳朵，还卷成一团，父亲一看就皱起眉头：怎么长得像猴子？

父亲可长得牛高马大。

小蔚也没遗传到父亲的"气宇轩昂"，动不动就皱眉，额上的皱纹像折纸一样密集。

小蔚平时寡言少语，总是满腹心事的样子，偶尔大笑会露出暴起的牙龈。走起路来也是慢慢悠悠的，含着胸驼着背，用姨妈的说法，这点倒是遗传了母亲。小蔚坐在沙发上还习惯东倒西歪，按老人家说的，就是"站无站相，坐无坐相"，没点精气神，风水上说一辈子无好运。

<h1 style="text-align:center">3</h1>

小蔚琢磨着要不要辞工返乡，她想跟阿标拜拜。

在小蔚眼中，阿标资质平平，不但学历低，要命的是家境实在差劲。最最要命的，跟阿标拍拖两年，从未做过任何安全措施，却从未中过招！

小蔚回老家嫁给阿亮，一年后，生了个大胖儿子。

小蔚觉得阿亮在各方面都可以甩阿标三条街，及时跟阿标分手，是最明智的。

还有，自己离开深圳回乡，也是明智之举。小蔚觉得自己在深圳根本就待不下去。

她不解为什么每年依然有那么多人涌来深圳。

深圳遍地黄金？可小蔚觉得自己的口袋从来就是空空的。除了离职那一天，领到单位发的赔偿金一万多元，这也是小蔚见过的最多的一次钱。

小蔚回忆起跟阿标在一起的两年，在深圳待的三年，简直就是蹉跎岁月，浪费青春，一文不值。

阿标挣的那份工资连自己养活都难，小蔚还要倒贴。

小蔚负责一房一厅600元的房租，阿标负责200元的水电费。

小蔚提了几次分手。

但阿标又是哀求又是发誓，一次居然跪下，让小蔚一次次心太软。

小蔚觉得自己从来都不是一个果断的人，优柔寡断，欲断难断。

阿标做治安员月薪2500元，单位包吃包住，住的是4人集体宿舍。小蔚在单位附近租了个一房一厅，月租800，小蔚月薪1800元。

说起这个男友，小蔚有点后悔，后悔自己当初闷得发慌，一个人在深圳打工，无亲无靠，晚上下班后，对着四面墙，无聊透顶。

宿舍里有一台老旧的康佳电视，大块头那种，一个女孩子还搬不动。

在深圳的日子简直无聊到无耻加无法无天，除了工资微薄，生活捉襟见肘，要命的是自己又没有更多的技能去"揾钱"。每天下了班，到了周末，想出去玩玩，奈何手头没钱，没钱一切都是个"桔"（广东话谐音"急"）。深圳的物价全国数一数二，不是一般打工妹所能承受的。

小蔚一直想找一个深圳本地男人，像大多数内地女孩梦想的那样，可以落下户来，可以衣食无忧。

小蔚最希望做一个全职太太，只需要在家带带孩子、打打牌、喝喝茶那种。

小蔚想到这，叹了口气，"这是奢望"。

在镇上这些年，小蔚认识了一位女老乡，叫阿贞，两人一见如故。阿贞早年在深圳成了家，现在住在一个当地的统建新村里，离小蔚的宿舍不远。有时，阿贞会叫小蔚去自己家吃饭。

那天阿贞做了老家的名菜"酿豆腐""酿辣椒""酿冬菇"，还搞了一只白切鸡，都是老广爱吃的菜，她把小蔚约过来。

两人边吃边聊，阿贞问起小蔚男友的事，小蔚叹了口气，贞姐，你又不是不知道，深圳本地男人大多喜欢娶本地女孩，他们可不希望肥水外流。稍微有点文化的本地人，也会娶一个女公务员，或银行职员，或女老师之类的"高级白领"，至少都找一个年轻漂亮的工厂妹。我一个临时工，无靠山无背景，无人无物无钱无貌，在深圳这个女多男少的城市，我这是白日做梦。

阿贞笑着骂，小蔚，你其实长得不差，皮肤白，身高也有一米六多，但你最大的缺点呢，就是整天爱皱着眉头，还有点驼背，让别人觉得你无气无力的，没一点活泼。

其实阿贞还想说的是，尤其是你额头上的皱纹，成了个横着的"川"字，面相这种东西，老一辈最忌讳的。最要命的是，你的狐臭，旁人都避之不及。

碍于情面，阿贞还是把话咽了回去。

小蔚曾想着去医院把狐臭腺割了，但因囊中羞涩，拖了好久，好不容易省下 1000 块，跑到老街拐弯小巷的一家"民爱医院"问诊，收费要 1200 元。小蔚钱不够，只能找阿贞借。阿贞二话不说，直接帮小蔚把手术费给付了。

不知是医生的水平问题，还是小蔚的身体问题，术后小蔚的狐臭倒是减少了很多，但却没能根治，还若隐若现留有气味。后来阿贞问了镇上的公立人民医院，割狐臭腺只要 800 元。

小蔚总觉得自己运气不济，阿贞则觉得小蔚是"偷鸡不成蚀把米"，放着好好的公立医院不去，却找了家莆 T 人开的医院，算来算去还是亏了。

4

当年中专毕业，父亲没给小蔚在家乡找份工，而是让她学二哥一样，也到珠三角打工。

父亲在粤北县城的劳动服务公司当经理，也就是县劳动局下属的一家国企，本来动动关系，可以轻松给女儿找份好工的。

可父亲根本没心机管家里的事情，他近年来的心机都放在阿娥身上。阿娥是湖南人，家就在隔壁邻省湖南的一个县。父亲有次出差，搭上了阿娥。

阿娥的老公常年不在家，也不顾家，阿娥独立抚养女儿，深闺寂寞，遇上这个叫阿德的男人，对她嘘寒问暖的。

自从小蔚的父亲第二次中风后，就再也没能跑到湖南去会阿娥了。加上父亲的存折被母亲拿了去，身无分文，更加无能为力，于是逐步减少跟阿娥的幽会。

如今小蔚才知道，家里一直生活窘迫，原来是父亲把钱贴到另外一个家去了。撑起这个家的，是孱弱的母亲，包括现在住的这套旧房子，也是母亲从牙缝里挤出钱来买下的单位房改房。

每次父母吵架，闹离婚，父亲都说要离家出走，自己住。而母亲总是不屑一顾，好啊，自己搬去莲花村去住，以后都不要回来，免得我对着你眼冤。

父亲摔门走人，一夜不回。第二天，小蔚看到父亲又回到家里，进房蒙头大睡。

有人问父亲："你怎么不离婚？"

父亲回了那人一句："我干嘛离婚，这个家有儿有女，我老了，有人送终。"

如今，父亲有了孙子，还有了外孙，是二儿子和小女儿的。

父亲视孙子和外孙如珠如宝。

旁人笑他，你得偿所愿啦！

父亲得意扬扬，吐了一口烟圈，我儿孙满堂呢。

<h1 style="text-align:center">5</h1>

小蔚有时会忆起跟阿标相识的过程。

小蔚在镇上的执法队做内勤。那天在一个同事的饭局上，除了辖区派出所几个人不认识外，还来了一个穿治安员服的年轻小伙子，平头，微胖，身高估计一米六几，小眼睛，厚嘴唇，看上去挺老实的模样。

同事介绍说叫阿标。饭桌上，阿标要了小蔚的电话。

小蔚一个人在异乡打工，性格内向，跟单位的同事甚少交往，就把阿标当个聊天的伴。

这天适逢周末，小蔚下了班，阿标打电话约小蔚去唱 K 和宵夜，说是本地村委的一个村长请客。晚上，小蔚唱得很嗨，她喜欢那首蕾安娜的《旧梦不须记》，怀旧，曲调也美，还有点哀怨，有点伤感，"旧梦不须记，逝去种种已再不会提起，从前人渺，随梦境失掉，莫忆风里泪流怨别离"。

小蔚跟阿标干了很多杯酒，小蔚喝得烂醉，倒在阿标身上，又笑又哭的。阿标送小蔚回宿舍。半醉半醒之间，小蔚朦朦胧胧感觉有个胖胖的身影在眼前晃来晃去，感到阿标离自己越来越近，依稀看到他的鼻子、眼睛和嘴巴。小蔚头疼欲裂，眼皮子沉重，被动地承受着，又感觉到阿标很快就离开了。

那晚之后，阿标又约了小蔚几次，还请小蔚吃了两顿汤米粉。之后不时从老家带点土特产回来，比如两袋花生豆，一包米饼。

小蔚有点感动，对她来说，阿标条件虽"麻麻地"，但想想自己孤身一人，无亲无故的，就"勉强"接纳了阿标做自己的男友。现在回头看看，小蔚觉得自己当初脑子有病，现在看来，阿标除了人老实，还真没其他优点，身高一米六二，初中文化，还有关键的一条是，阿标的老家在甘肃，1岁时被父母送给了广东河源一户农家做养子，养父母有两个女儿，家庭条件也不是很好。阿标初中毕业就来到深圳打工，找了一份村委治安员的工作。最最关键的是，小蔚认为阿标在那方面真一般，两人卿卿我我时，自己常常被撩起一把火，到最后却草草了事，真不爽。

每次完事后小蔚也不好意思问阿标，只能装着若无其事。

这是小蔚偷偷告诉阿贞的。

6

天蒙蒙亮，楼下的市场早早开市了，鸡鸭的叫声连绵不绝，卖早餐的档口烟雾缭绕，可小蔚只闻到那股难闻的鸡屎味，就像中风后大小便失禁的父亲给全屋带来的那股味。

母亲早早起床，躬着背，在自己那间发霉的房间里窸窸窣窣摸索着，从抽屉里翻出几张10元钞票，准备到楼下市场买点油豆腐，计划晚上做酿豆腐，想着做给老公吃。老公中风后，谁也不认得，唯独认得自己的老婆。

那个被他嫌弃了一辈子，精神上被他虐待了一辈子，到最后，却在生活起居方面照料自己的女人。

小蔚一想起父亲和母亲，就想叹气，一发愁，眉头就会皱起来，额头上的折子一横一横地又出现一个躺着的"川"字。

想起母亲，那个拖着孱弱身躯操劳一辈子的女人。想起父亲，那个一辈子都没给家里带来好运只有霉运的男人，那个克死大哥不管家的父亲，小蔚就叹气。最让小蔚不能接受的是，父亲一生都爱沾花惹草，寻花问柳，还有对母亲的家暴。

自懂事起，小蔚就在父母的争吵声中度过的。母亲骂父亲"头粪烂盖"，或者用父亲家乡的客家话骂"死打靶鬼"。父亲吵不过，会掐母亲的脖子，会推搡母亲。瘦小的母亲根本不是父亲的对手，常常身上被揍得青一块紫一块的。

小蔚基本上没回过父亲的老家。小蔚只知道父亲老家在粤东北那边。听母亲说，父亲原来的家族是地主成分，"文革"时被批斗，连祖坟也被人挖了。父亲为免受牵连，年轻时就离开老家，跑到韶关插队，在学习班上认识了母亲。两人结婚后一起回到母亲的老家，父亲随后也在当地扎下根。

父亲年轻时脑子活，嘴巴甜，还有点文化，因而在县劳动局某得一份体面的职业，后来还做到了经理的职位。

每次说到这些，母亲就扬起嗓门："有鬼用，自己的孩子一个没安排好，全都外出打工。"

小蔚问母亲："为啥老窦做经理，都不懂关照下自己的孩子，那个时候，找下领导不就得了？"

母亲没好气："你个死鬼老窦，只记得去找那个契家婆（情妇），哪管我们？"

说完，母亲恨恨地咳了一声。

母亲边骂边进厨房做饭。厨房的灶台还是二三十年前的水泥台子，还保留了烧火的灶子。墙壁和天花板一片熏黑，连着碗柜、水煲也是脏兮兮的，到处乌漆抹黑。前两年县里推广煤气，母亲才买了一个单头的煤气炉，搁在灶台上用来炒菜和煲汤。

冲凉房的木门已破烂不堪，剩下上半身是完好的，下半身早就没了，咯吱咯吱像在呻吟。家里连个漱口盆都没有，平时洗脸漱口就蹲在厕所的坑旁。洗菜洗碗也只能用水盆接上水来洗。

看到这个住了30多年，破破烂烂、家空物净、一穷二白、家徒四壁的家，母亲就来气，狠狠踢了一脚厨房门，一扇同样蓬头垢面的破木门。

7

那天小蔚和阿标正在出租屋里看电视，接到二哥打来的电话：父亲脑溢血，严重昏迷！

事发在湖南，那个父亲的情妇家里。

父亲是在那湖南女人床上中风的。听二哥说，医生诊断父亲当晚服了超剂量的伟哥导致中风。

二哥连夜雇了一辆救护车，从珠海赶去湖南，把父亲从湖南拉到连州市人民医院急救，付了租车费3000元。

经过医院抢救，父亲被救回。

父亲大难不死，人却变得有点神志不清。

有时会有点疯疯癫癫，常独自一个人跑到街上瞎逛。有时把衣服给扯了，赤裸着上身到处跑。父亲还常常玩"失踪"，母亲常常敲锣打鼓满街找，连亲戚朋友也被发动起来到处寻人。

小蔚母亲感觉自己有点吃不消了，毕竟已经 70 多岁了，每天都要打起十二分精神盯住这个痴呆老公也不是个事。母亲本想不理这"折堕"的老公，任其自生自灭去。

可母亲心软狠不了这个心。俗话说，一生儿女债，半世老婆奴，母亲认为自己的一生是，一生儿女债，半世老公奴。

看到老公病成这样，母亲不禁想到早逝的大儿子。

那个苦命的大儿子啊，母亲对女儿说："你大哥是被你爸克死的，我这是白头人送黑头人啊！"

父亲身高一米八，这身高在老广当中显得颇为出类拔萃，加上他经常西装革履，头发抹上头油，更显风流倜傥。他的长相不太像南方人，除了身形高大，还鹰眼勾鼻，最特别的是，他天生头发自来卷，连着女儿和大儿子二儿子都是带卷发，可他是正宗的广东客家人，所以小蔚常常质疑老爸的基因，认为父亲的祖上是不是带西域或中亚或东南亚的血统，只是后来与汉畲瑶的混居了。

中风后的父亲智力也是"断崖式"下降，常常不是穿反鞋子，就是扣错衣服扣子，每天邋邋遢遢、蓬头垢面，形象一落千丈。最要命的是，每次出门瞎逛时，不是把身上的一百几十块钱随意给了街上哪个不认识或认识的女人，就是直接遗失了！

屋漏偏逢连夜雨，这个家还怎么撑下去。母亲干脆把老公的存折、退休金全部抓过来，自己管，担心他不小心、心血来潮又把刚给的 50 元 100 元，或者存折给了哪个相好的女人。

现在父亲几乎成了一个废人。

父亲一改年轻时的口若悬河，嘴巴甜出糖，当年能把树上小鸟骗下来的技能，蜕变成木讷沉默，偶尔会表现出若有所思。除了面对孙子和外孙，父亲会流露出爷爷和外公的慈祥一面。

小蔚猜想，父亲沉默的时候多半在想大哥。

8

小蔚长得皮肤白皙，天然微卷的长发扎起一束马尾巴，穿一条碎花的连衣裙，一米六的身高在南方来说还算标准。如果小蔚站在那里抿嘴微笑，还是颇有一点动人的韵味的。

小蔚也曾拍过几次拖，但不外乎都是一些中低层男士。最高级的要数一个搞设计的男人，只是这个男人从不跟小蔚提结婚的事，小蔚也一直不敢开口问。

小蔚这姑娘就是脸皮薄，觉得结婚这事应该由男人出口。

设计男在广州上班，偶尔来一两次深圳会会小蔚，在小蔚宿舍过夜，第二天又匆匆赶回广州。

大多时间都是小蔚到广州会他，在周五或周六晚，在设计男住的城中村那间公寓里，第二天，小蔚独自一人返回深圳。

小蔚那天跟同事去唱 K，她又点了《旧梦不须记》，唱着唱着，她流泪了。

她看不到自己的未来，成家，不可能找阿标这样的男人，设计男，更没戏。

在深圳立业，无一技之长，无根基无人脉，只能慢慢把青春耗尽。

自己根本没能力跟那些青春靓丽的新人竞争，尤其是那些来自内地省份的女孩子，她们的无所畏惧，她们的咄咄逼人，她们的伶牙俐齿，在她们面前，小蔚觉得自己简直弱爆了。

小蔚跟阿标的恋情断断续续维持了差不多两年。两年来，阿标依旧拿着一成不变的工资，偶尔加工资，也只是一两百。

小蔚认为自己不是一个爱慕虚荣的女孩子，只是希望能过上一种不愁吃穿属于小康的生活。

最好老公每个月把工资交给自己，然后自己可以不怎么工作，做一个家庭主妇就满足了。因为自己根本胜任不了深圳那种高强度、快节奏的工作和生活。小蔚不明白身边那些出手阔绰、周身名牌、出入名车的女人是怎么赚这么多钱的，反正她觉得自己没有任何赚钱的能力，除了领一份固定的"死"工资。

当然，想赚钱，还有自己的身体，如果自己愿意。

有时她路过镇上的人民公园，在门口时不时能看到几个年龄约莫四五十岁的妇女，涂着厚厚的脂粉，抹着红得离谱的口红，在路边搭讪一些路过的老男人。小蔚奇怪，这些上了年纪、其貌不扬的女人居然也有人帮衬"生意"。

跟每一任男友分手，小蔚从不哭泣，也不挽留。小蔚只是觉得不值得，又白白荒废了自己一年半载的光阴。

倒是跟阿标处得最久。阿标对自己最好。阿标也不花心，但阿标的条件最差。

小蔚终于下决心跟阿标彻底分手。

分手源于去年五一节，小蔚带阿标回了一趟老家。

小蔚和阿标回深圳后，母亲给小蔚来电："阿女，回来吧，老家一个亲戚给你介绍了一个男仔，隔壁镇的，村里有几亩地，父母健在。虽说是农村人，但人身体好，离我们家也不远。至于阿标，算了，不现实，什么也没有，你跟了他，以后会很苦很凄凉的。"

"再说，还是不做深圳那份工了，工资不高，离家远，又难找老公，你也快 30 了，不要再耽误了。"

"我和你爸老了，身体也不好，你大哥又去了，二哥离得也远，你回来给我们两老做个伴，大家好有个照应。"

9

父亲的记忆忽明忽暗，忽有忽无，有一次走失，家里人报警，发动亲戚朋友满世界去找。半夜，接到派出所电话，说是父亲找到了。当天父亲高一脚低一脚地跑到离家近 10 公里的三水镇，身无分文，半夜了，就在路边一家卫生院门口坐下休息。值班医生刚好是母亲的一位远房亲戚，认出了父亲，遂把父亲安顿在卫生所里，并报了警。

警察问父亲家里的联系方式，父亲报了家里的门牌号，还有妻子的姓名。

中风患老年痴呆症的父亲却选择性记得或不记得那些亲戚朋友。除了结发妻子，他死活都记得。

父亲大病初愈，当晚，他做了一个梦，梦见大儿子阿刚赤身裸体，鼻孔挂着鼻涕，颤颤巍巍地走来："阿爸，我冷，能不能给一张棉被我盖？说完，伸出手，黑乎乎的一双手，手上满是伤痕，指甲里嵌满了泥垢。"

父亲想张口说话，却感觉胸口闷，说不出，只能张大嘴巴，哑口无言。

他想对大儿子说声："对唔住！"

　　醒来后，父亲惊出了一身汗，他哭着跟小蔚说："我梦见你大哥了。"

　　他想起自己逼阿刚每月从微薄的工资里挤出钱来交家里的电费，交家里的煤气费。

　　他想起自己没给阿刚买过一件衣服，没给阿刚吃过一顿好饭菜。

　　甚至，自小到大，自己居然没有抱过阿刚。

　　父亲最疼爱二儿子和小女儿，最憎恨大儿子。吊诡的是，二儿子阿峰和小女儿小蔚都出门打工去了，留在身边的，却是那个他最不待见的大儿子阿刚。

　　只是阿刚先他而去。父亲在阿刚死后中风失忆。

　　真失忆还是假失忆，谁也不得而知。

　　父亲天性风流，年轻时老婆还算有几份姿色，又有点文化，加上祖上三代农民，根正苗红，跟她成家，只有好处没有坏处。

　　父亲跟老婆结婚后，也算顺风顺水，后来跟老婆感情出问题，是老婆生完女儿小蔚后得了术后感染，身体一下子差了下来，整天病恹恹的，身材干瘪，瘦得只剩80多斤。刚开始，父亲还尽心照顾老婆，久病床前无贤夫，时间长了，父亲渐渐没了耐性，加上抚养三个孩子的压力，父亲干脆逃避。逃避的方式就是泡妞、包二奶。

　　阿刚的厄运从此埋下。

　　父亲横竖看阿刚不顺眼，觉得大儿子长得奇丑无比，至于怎么个丑法，外人不觉得，只有父亲觉得。也许是境由心生。

　　小蔚再次打量这个住了30多年的老房子，家里用的还是20多年购置的旧电视、旧冰箱、旧饭桌、旧沙发。电视机的颜色早变黑了，影像模糊不清，声音哄哄地响。冰箱是那种旧式双门的，原来的绿色颜色也已斑驳掉色。饭桌和椅子掉皮开裂，几张椅子的靠背松动得都不敢靠着坐。木沙发是20世纪八九十年代的款式，用原木打的，还算结实，只是样式老得不能再老了。房间的床、木柜也早已褪色，变得残旧不堪。

整个房子看起来暮气沉沉。

小蔚的家一年到头没几个亲戚朋友来访，除了母亲的姐姐自己的大姨妈，每年从广州回来一两次会上门坐坐，吃一两顿饭外，平时家里都是冷冷清清的，任由苍蝇飞来飞去。这就是现实版的穷在大街无人问，富在深山有远亲。

10

父亲严重依赖他的结发妻子。

有人问他老婆："当年你老公那么花心，还克死你的大儿子，你现在还对他那么好？"

秀琼叹了几口气："我们都七老八十了，还计较什么，我照顾他，权当积阴德吧。"

小时候，父亲对大儿子下手重，常常棍棒交加。有一次，市场卖衣服的一家女老板抽屉里的钱少了2块钱，怀疑是阿刚偷的，告到阿刚父亲那里去。父亲不问青红皂白，用电线把阿刚捆了吊到窗户上，用一根大麻绳劈头盖脸抽打，只有3岁大的阿刚声嘶力竭，后来渐渐没了声息。刚从医院回来的母亲拼命去救儿子，被暴怒的老公一把推了出去。直到阿刚的二舅和外婆从村里赶来，才把昏迷的小阿刚救了下来。

经过抢救，小阿刚活了过来，只是遭此大难，阿刚的脑子变得有点不太灵光，用当地话讲，人已经不"灵水"了。

阿刚母亲把2块钱还了那个女老板。

从此她恨死了那个女老板。

父亲并不因为这次失手打坏小阿刚而内疚，后来他的管教更加变本加厉。轻则黑脸白眼，重则赶阿刚出家门或不给饭吃。

阿刚见父亲就犹如老鼠见到猫一样，能躲多远躲多远。有时肚子饿了也不敢回家吃饭，只能趁着父亲不在家时偷偷溜回家，在锅里抓一把剩饭吃。

有时家里冷锅冷灶的，没留下一点剩饭剩菜，阿刚只能忍饥挨饿，有时跑到母亲单位的食堂里捡一点残羹冷炙来果腹。

后来阿刚读到五年级就辍了学。父亲不肯交每学期2块钱的学费。

体弱多病的母亲根本无力保护大儿子。为这事，她没少跟老公吵架，有时甚至打架，但瘦弱的她根本打不过老公。

阿刚母亲只能睁只眼闭只眼，后来的精力基本上就放在小蔚和阿峰身上了。

父亲照样流连他的风流韵事，不是跟楼下那家时装店的女老板眉来眼去，没事就借公差之名去湖南会阿娥。

阿刚彻底成了流落街头的"孤儿"，不同的是，他是父母双全的，他是有家的。

阿刚渐渐长大，靠捡破烂、帮别人做些粗活赚一两顿饭钱。冬天，阿刚就窝在饭堂的灶台旁取暖、过夜，常常弄得满脸煤灰。阿刚还常常被人欺负，有时被一些流氓地痞打得鼻青脸肿。

父亲则因为阿刚捡破烂干粗活更看不起大儿子，嫌他给自己丢脸，每次回家见到大儿子，抿着嘴，脸色阴沉，三角眼泛起白光，狠狠盯大儿子一眼，鼻孔哼一声，径直走进房间。阿刚有点怯懦，胡乱扒了几口饭，菜也不敢夹，用手背抹抹嘴，从虚掩的门缝溜出。

阿刚虽然脑子不太灵光，但有个优点，就是特别热心肠，爱帮助别人，每次看到有单位在忙一些清洁搬运的重活脏活，他会自动跑去帮忙，却从不开口要钱要物，碰到好心的人，给一个饭盒，碰到孤寒抠门的啥也不给的，叫阿刚干完活，自己拍拍屁股走人。

阿刚也因此落下满身病痛。42 岁那年，患急性脑炎病逝于异乡。

11

中秋节这天，阿标要值班，没空陪小蔚，家在外地的同事都纷纷提前返家。小蔚近几个月来囊中羞涩，回家一趟，单车费就要几百元，还不算买月饼、手信、给家里的钱的费用。想想，小蔚决定留在深圳过中秋。单位发了一盒月饼，一盒水果，可以拿来应节。只是单位饭堂放假不开饭，小蔚的午饭、晚饭就没着落了。

晚上，小蔚待在宿舍里，邻居家飘来一股股煲汤的香味，小蔚买了一个鱼香茄子饭快餐。

入夜，小蔚打开那部老式的康佳电视，电视里播放着陈慧娴的歌《归来吧》。

小蔚的单位涉及改制，将把他们这一批聘用人员全部外包给优才公司。现在小蔚面临两个选择，一是与优才公司签合约，变成企业外派员工，而不是镇政府招聘的员工。另一个是不签，镇政府按一年补发一个月工资，做清退处理。小蔚思考再三，她决定选择第二种，也借这次大变动，重新规划自己的未来。

那天母亲又打电话来，问小蔚有何打算。"妈妈帮你介绍了一户人家，你看合不合适，合适就把婚结了。"

"你那个男朋友，我看不合适，你跟着他肯定受苦，就算了。我和你爸老了，你大哥又不在了，二哥在外地成了家，我们身边没个人，你老爸病痛又多，我一个人没个帮手，万一我也倒下了，你爸怎么办？"

"叫你辞工返家，也是你老爸的意思，只是他不好意思开口，他跟我唠过几次了。"

这天，小蔚到镇政府人事科签了协议。

两天后，小蔚与阿标摊牌，说家中父母病重，要回老家了，再也不回来了。

阿标苦苦哀求，一把鼻涕一把泪。

小蔚差点心又软，但最后忍住了。

下午还没下班，小蔚提前半个小时"偷鸡"（广东话，早退）下了班，独自到住所附近的"欢乐迪"要了一个小房，不带酒水、小吃那种，任唱3个小时。小蔚点了一壶20元的绿茶，加一听嘉士伯啤酒。

她点了几首老歌，特别是那首《旧梦不须记》，她唱了3遍。

第二天，小蔚踏上回乡的路。5个小时的路程，小蔚算是彻底告别工作生活了3年的深圳，重新回到故乡，与父母一起，与那个并不相熟的未来老公一起，共度余生。

　　入夜，这个小镇的街灯亮了起来。这个深圳中部的小镇，从一个普通的农业小镇，短短十几年，依靠三来一补加工贸易，迅速发展成一个工厂林立、商业发达的中国明星镇。每年来这里寻工的人一波又一波，从不见消减，人口暴涨，房价也跟着翻番。整个镇灯红酒绿，车水马龙。一个镇，比家乡的县城还要繁华、热闹，人口也是家乡的几倍。经济，自然也是老家的 N 倍。

　　小蔚说这里不属于自己，尽管自己中专一毕业就出来打工了，第一站去的是东莞，干了 10 年的酒店咨客，钱没赚到，老公也未找到，想来想去，真是亏大了，用文艺一点的话来说，就是严重蹉跎了岁月，耗费了青春。

12

　　立秋这天，深圳的天气依然炎热，小蔚肩挑背扛着几大包行李，乘长途大巴到达老家县城车站。车到站，透过车窗，小蔚看到父亲和母亲已经守在路口来接自己，下车一刹那，小薇看到父亲的脸皮抽搐了一下，然后咧嘴笑了。

　　母亲接过小蔚的背包，小蔚转身对父亲说，我转来了。

　　立秋后的县城秋意渐起，小蔚身穿短袖 T 恤，不禁打了个喷嚏。

　　阿贞回县里看望小蔚，还是那间位于市场的楼房，楼下依旧是卖鸡鸭的档口，小蔚父亲那间房同样飘出一股尿骚味。阿贞坐了半个小时，看到小蔚的父亲始终一言不发。小蔚那个 3 岁的儿子长得虎头虎脑，调皮捣蛋，在这间污黑的屋子里玩得不小乐乎，一会儿玩具汽车，一会儿玩手机。

小蔚告诉阿贞，老公去广州打工，在一家酒楼做点心师傅，每个月寄 2000 元回来给儿子做生活费。

自己没上班，每天就是带儿子，睡大觉。老公基本每月从广州回来一次，住两晚。老公很爱自己。

你老公那么爱你，每月还寄钱给你，家务老妈包了，你只需看着老爸和儿子。看来你的生活不错呢。阿贞调侃小蔚。

小蔚笑而不语。

小蔚老公家在乡镇的一个村子里，去年盖了一间房，还是毛坯的，没钱装修，小蔚也住不惯，还是跟着父母住在县城，县城吃住行样样方便。

阿贞在小蔚家吃了顿午饭，她看到小蔚母亲忙前忙后，做了一桌丰盛的家乡菜，小蔚几乎没动过手干家务。她笑着问小蔚，你会做出这一餐饭吗？小蔚有点不好意思，我会下米粉给我儿子吃。阿贞塞给小蔚母亲 500 元，再给小蔚儿子 200 元，看了一眼那个窝在沙发上默不出声的小蔚的父亲，道了别。

在长途大巴上，阿贞发了一个短信给小蔚：你自己在家这么多年了，要规划下自己的生活和前途，这样浑浑噩噩、一事无成的也不是办法，老妈也不可能养你一辈子。讲难听点，你鸡手鸭脚的连做餐饭都做不出来，基本的收拾也不干，家里破破烂烂，房间像个狗窝，乱七八糟，你要自己好好思考下，学会独立，学会面对未来的生活。

小蔚没有回复阿贞。小蔚想起大哥，想起那个从小自己养活自己，40 多岁英年早逝，没享受过一天好日子的大哥。

小蔚眼睛有点发热，觉得自己不及大哥一丁点能力。

13

父亲半夜突然醒了，他看见大儿子阿刚，站在窗前，隔着窗叫了一声阿爸。阿刚呜咽着说阿爸，我不想死，我的骨灰还在隔壁县的殡仪馆里，都放了3年了，阿爸你们几时能把我带回家？

说完，阿刚就消失不见了。

父亲呆住了，半晌爬起来，靠在床头，哭了起来。"小蔚，我没有害死你大哥，小蔚，小蔚……"

隔壁房的小蔚被父亲的哭声惊醒，从堆满了衣服、被子、玩具的床上爬起来，走到父亲房间："老窦，你做么？"

父亲喃喃地说："阿刚，我无害死你呀！"

小蔚看着鼻涕泪水糊了一脸的父亲，皱起了眉，额头上的"川"字显得更深了。

小蔚回到房间，俯身为熟睡的儿子掖了掖被子，上了床，小蔚蜷进被窝，一夜无眠。

第二天上午，小蔚接到阿贞的电话：小蔚，镇政府现在大量招人，全部外包，不用经过优才公司，到手工资至少高1000，你来不来？

小蔚看了一眼坐在墙角玩飞机玩得不亦乐乎的儿子，她走过去，挨着墙角蹲下去，拿起一个魔方，转啊转，转啊转。墙角冰冷，小蔚穿着一件背心，可她内心感觉有一团火。儿子憨头憨脑的，鼻涕流了出来也顾不得揩掉。厨房里传出母亲剁肉末的刀声，混合着几声咳嗽声。

晚上，小蔚做了一个梦，梦见以前深圳的旧同事、管外勤的强哥、行政的红姐、一起做内勤的淑珍，他们微笑着，也不说话，各自忙去，一转身就不见了。奇怪的是，没梦见大哥。

梦中，还有深圳绽放的灯，在夜色中一闪一闪的，似乎在向她招手。

小蔚回了一条信息给阿贞："贞姐，我今年也已经 40 出头了，儿子小学快毕业了，我想我这辈子也就在老家度过了。现在粤北山区也迎来了建设社会主义新农村的好政策，二广高速公路通了，而且村村也通了柏油路，电商也进来了，到处青山绿水的，我想，我还是更愿意留在家乡。"

"是了，差点忘了告诉你，我老公也打算回来创业，做电商行业，推销家乡的农产品。等你回来，我带你看看。"

粤北婚恋记录

邓牛牯的单身生活

与老公、女儿驱车 300 多公里，回到粤北连山吉田镇"欢"度国庆长假。

下午到达，马上约上表嫂香兰，准备第二天出发去邓家村探访一家人。

天刚刚亮，起床洗漱，与香兰到吉田农贸市场这条食街吃早餐。我每次必点这家连州东陂水角糍，一种用黏米粉皮做的小吃，里面瓤着马蹄粒、猪肉末、葱花，大火蒸出来的水角糍，外形小巧、雪白，令人食欲大开，往上面淋上葱油酱油或黄芥末，那味道是一等一的清香可口，百吃不厌。

老板一家在此开店 10 多年，技术不变，口味不变，童叟无欺。夫妻俩每天起早贪黑，辛勤劳作，经营着这家不到 30 平方的小食店，靠父辈传下来的手工，供养父母，养育一双儿女。

香兰是县里的人大代表，还是县里希望小学的副校长，她对县里的民生实事非常关注，是个实干的热心人，颇受乡亲们的拥戴。

在深圳时，我打过几次电话给香兰，询问家乡亲属中年轻男女的婚姻大事，并征询她的意见，几时一起到村里探访下那些老乡和亲戚。香兰爽快地答应了我，我们约好国庆或元旦一起去村里探访一些孤男或寡女，了解一下他们的情感生活。

不过香兰有点担忧，说那些独身男人可能会碍于面子不愿意谈，担心我们会被拒之门外，担心我吃闭门羹，挨白眼、冷脸。我笑对她说："我不怕，我脸皮厚，难不成还怕他们吃了我，哈哈哈！"

晨起，山区的天气，尚有薄雾。10 月，粤北家乡的上空依然悬挂着灼热的太阳，到了约莫 9 点多，我和香兰顶烈日，迎山风，骑着摩托车到的邓家村。我坐上香兰的"宝马"女装摩托，一路狂奔，一路大声说笑。香兰戴着头盔，头盔只有一个，我没有，任山风把头发吹得竖起来，如狂魔乱舞，张牙舞爪，猛烈炽热的太阳把我晒得皮肤发烫，全身冒汗。

香兰的车技一流，一路上风驰电掣，我在车后尾大呼小叫，那叫一个爽。

我是从香兰处了解到邓牛牯的家庭状况的。邓牛牯初中毕业，年轻时出广州、佛山一带打过几年工，返乡后继续务农，至今孑然一身，光棍一条。

我只见过邓牛牯一次，他约莫一米六的身高，四肢壮实，眼睛有点凹，五官尚属标准，有点龅牙，有点驼背，皮肤因山区强烈的紫外线变得很黝黑。

邓牛牯年近四旬，说话不利索，会讲连山本地话，一点白话，会听普通话，但讲得比较蹩脚，结结巴巴的，带着浓浓的本地口音。

我用家乡话跟他东一句西一句地聊，他大多只讲自己的田地和父母，偶尔透露出一点情感方面的信息，说是多年前曾喜欢过一个邻村的妹子，两人也去过几次镇上的集市趁圩，还牵了手，后来女方家来看过邓牛牯的家，后来就没有后来了。

我问他现在女友嫁人了吗，他低下头，没回答我。起身往我的茶杯里继了几次开水。

我扯开另一个话题，问他的父亲邓伯，家里今年收成如何，挣钱怎样。

邓伯说，多年前，年轻人多不愿留在农村，大多跑到外地打工，看着老家这些田地撂荒了，心里头空落落的，有点难过。

邓伯说，这些年，在县政府的鼓励和带动下，连山人开始对县里的田地进行复耕，大力推广有机优质农产品。由于连山的土壤肥沃，有机稻谷被挖掘出来并被冠以品牌，几处梯田因其原生态美景被越来越多人熟知，在旅游界声名鹊起。邓伯几个外出打工的孩子也陆续从大城市返乡创业，大儿子在景区附近开了一家农家乐，其他的或做电商，或承包果场山林，或养殖鸡鸭鱼。

让邓伯开心的是，如今村里乱砍滥伐的现象基本消失了。农民手中有了绿水青山，靠山吃山，都非常爱惜自己的山林。田地也引进了新型种植技术，很少用化肥。邓伯说，以前本地的大米等粮食卖不起价，现如今也能每斤卖二三元以上。随着生活水平节节高，环境也大为改观，处处山清水秀，作为土生土长的连山人，邓伯感到欣慰。

在邓伯看来，现在的日子虽谈不上大富大贵，但小康是绰绰有余了，对于往后的日子，他充满了信心。唯一不放心的，就是小儿子至今没还未娶上媳妇。

我看了邓伯家里还种了大片的火龙果园，现在快是收成的季节。

菜园里的大丽花和籁杜鹃长得太茂盛，需要整理下枝条。紫红色的本地月季花丛在连续的大雨浇灌下东歪西倒，需要扶正。前年我和香兰来走动时，邓伯母让不太识草木的我种下一株紫薇花，现在枝丫里缀满了花苞，一团团一簇簇的，开得很灿烂。

邓伯告诉我们，刚接到火龙果收购商的信息，当周是火龙果采收的最后期程，叫邓伯摘了赶集通过电商发货出去。邓伯说还要采几箱寄到佛山，给两个同村的亲戚尝尝。

此时我正在邓伯家里闲聊，手边正在读的书有关于连山县志、民俗、山歌、植物的线装书，以及关于壮家神话、瑶族歌舞……

不到 24 小时前，我还置身于繁华喧嚣的全球化都市深圳。

吃着邓伯家的米饭、白切鸡，还有本地柑，泡茶的水是山上接下来的。他家里还打了一口井，旱季时打水用。

临走时，听邓伯说插了一嘴，不久前，村上发生了一起打架斗殴案，隔壁村的一个烂仔寻仇错手打伤了一个无辜的青年，无辜青年的肝脾被打破了，腿也被打骨折了，好好的一个年轻人，估计残疾了。

听说这家青年的家庭很困难，香兰打算去看看他，看能帮上什么忙。

又是一个清晨，约莫 7 点，海拔近 1700 米的粤北大雾山，晨曦微露，晨光透过云层，斜照在这个小小的村庄。

邓牛牯与父亲挑着箩筐，前往山后脚的田里，准备收割今年家里3亩地成熟的禾谷。

山路崎岖，满山遍野的野荆棘、茅草长势蓬勃。邓牛牯没有帮手打理3亩地，也没有多余的闲钱请帮工，唯有靠自己和老父亲两人"夹手夹脚"一起做。

收割、打谷、晾晒、收藏，总之样样都要亲力亲为，邓家觉得村里合作社的专业收割机要价太高，他们给不起，只能依靠人力。

邓牛牯也想过，如果不干农活，外出打工赚钱也不来。因为粤北县乡的外资企业、民营企业寥寥无几，整个县都缺乏就业机会，年轻人务工难，这个就业现状跟北上广深等大城市有着天壤之别。

邓牛牯认为家乡比较适合养老，但不太适合创业。想赚钱只能外出打工、经商。

可邓牛牯不想再去外地打工，他想留在村里，守着老父，守着家里的几亩地。

现邓家只种一造水稻。村里家家几乎都只种一造，"双抢"已是很多年前的事了。提起"双抢"，估计很多"90后""00后"都不太懂。以前农村是有放农忙假的，现在农村依然还有这个假，但当地人大多用来休息和外出游玩，真正的"双抢"基本上已"改头换面"，沦为一种新的休闲生活方式。

闲暇工夫，村里不少年轻人搞电商，专门销售自家的土特产，比如有机大米、有机蔬菜、有机水果、土猪腊肉、花牛红薯、笋干土鸡蛋等，销量还不错。许多外出的粤北人也喜欢托老乡带些土特产回城里，囤着慢慢食用。这种现象也许能形容为另一种的"城乡区别"，有点像"蚂蚁搬家"，有点像"农村支援城市"。

连山本地人很少吃大棚种的蔬菜，他们吃不惯，觉得味道怪，看着无论颜色还是形状，出奇的、过分的鲜亮、硕大、饱满，总有点转基因的嫌疑。

所以"歪瓜裂枣"虽是贬义词，但有时候，可以代表纯天然、无公害的有机农产品。

邓牛牯希望尽早收割完毕，趁秋天阳光好，晒谷场的谷子容易晾晒干，然后趁农闲到临近的清远市区或佛山、南海一带玩玩，在家乡人多的地方打份工，可以抱团取暖，然后等到来年春耕时节，再回来帮父亲犁田、插秧。

举目远眺，太阳正从那一边慢慢升起。邓牛牯家里那栋二层毛坯砖房坐落在村尾的一处山坡上，与镇上相距大概 20 分钟的摩托车车程。

连山欧家梯田和黑山梯田地处大雾山山脚的北面和南面，眼下正值收割的季节，饱满的稻穗摇晃着秋天的美丽，缭绕的林霏、白雾交错，金黄的梯田万金流淌，秋风吹过，金波奔涌，气势磅礴。

春耕时节，梯田灌满了水，从高空航拍，层层梯田犹如片片鱼鳞，一片银光闪闪。待插上了新秧苗，则像极了一大叠的切片青瓜，非常壮阔秀美。

邓牛牯爱极了家乡的这片土地。

大山北部，广东边陲小县连山下属的邓家村，平静安谧。邓牛牯一家是外姓，世居于此。

　　邓牛牯木讷，沉默寡言，至今仍然单身，或者说他从未结过婚，是人们俗称的"鳏夫"。

　　除了父亲，家里还有老母，也年近七旬。老父身体尚可，只是母亲患上严重的风湿和高血压，无法干重的农活，只能在家里料理一些简单的家务活。家里养十几只鸡，白天放养到山坡和草地上，晚上再"咕咕咕"地唤回来关进鸡笼里。

　　以前家里还养了几头猪，后来母亲身体差，干起煮猪食、剁猪草的活甚觉吃力，干脆卖掉最后一头大肥猪后，至此不再养猪。

　　每周隔天，邓牛牯就到村口的流动肉贩手上割上两斤上肉。把肥肉煎了油炒青菜，瘦肉用来炒辣椒黄瓜苦瓜观音菜之类的家常菜。

　　一家三口围着一张二三十年前自家装箍的小木桌，坐在木沙发小木凳上，吃起晚饭。

　　脚边的老黄狗阿财也凑过来，讨要一点肉皮骨头之类的残羹冷炙。

　　邓牛牯对阿财疼爱有加，这是他从小的狗玩伴阿福的儿子。十几岁时父亲给他抱回来的阿福，是邻村的亲戚家送的。

　　阿福早些年老死了，现在的阿财也已垂垂老矣，毛色斑驳，眼神浑浊，腿脚也变得迟钝，走路也不太灵光，早没有了年少时的身手敏捷和活泼捣蛋。

　　邓牛牯记得以前阿福还会抓老鼠，还会随着父亲到田里，吃的多是一点剩饭剩菜，可它从不抱怨。

　　最让邓牛牯沮丧的是，家里劳动力不足，膝下无儿无女，人丁稀薄。

在他印象中，除了广州和佛山，他几乎没怎么出过远门，父亲年近半百才去过一趟韶关，半辈子几乎没走出过连山这个封闭的小县，而自己也将近 40 岁，最远去过广州、佛山和毗邻的湖南郴州。

在他看来，家乡四季分明，春雨、夏阳、秋爽、冬眠，有田有地，温饱有加，村里的空气、水、食物，包括人情，都是自己熟悉和习惯的。

换一个地方，恐怕自己会罹患水土不服，所以，邓牛牯哪儿也不想去，他只想陪着年迈的老父老母，送终后，然后与阿财、花狸猫大妹，还有一头黄牛，度过此生。

在邓牛牯自己看来，除了没有老婆孩子，自己啥都有。

结婚成家在他看来，有则好，无也无所谓。

可父母必须不能饿着冷着。

太阳落山前的一缕霞光斜斜地照进邓牛牯家的院落，这是一栋建于 20 世纪八九十年代的二层小楼，由于没有装饰外墙，灰色的墙体已经严重发黑发黄，墙根处发霉，还爬上了大片的菟丝花藤，张牙舞爪的枝枝蔓蔓让老房子显得颇为落寞和孤寂。

邓牛牯习惯了这样的日子，一人吃饱全家不饿。老父老母自理能力还行，相反自己还依赖父母，比如病了，煎药是老母做的，不是老婆。每天地里收工回来，招呼他的是老母，不是老婆。至于膝下承欢，他从未享受过，邓牛牯膝下只有老狗和老猫，邓牛牯基本上把阿财和大妹当作自己的儿女。

这时阿财跑过来，摇着尾巴，仰头望着主人，用头拱着主人的腿，眼里满是依恋。邓牛牯拍拍阿财的脑袋，叫了声："头债主。"

在旁人看来，邓牛牯这是在自我安慰，掩耳盗铃，逃避现实，父母之爱与伴侣之爱，怎可相比？

况且，没有后代，这个家族的血脉就断了。

岭北，粤地之北，边城之角。连山，毗邻三湘大地的郴州，据记载，连山曾在唐朝某一时期划入长沙国，不足百年，又重划回南越国。这里山高林密，沟壑纵横，蛮烟瘴雨，蛇虫出没，是名副其实的大山大岭，以前所称的"化外之地"。

山野的皱褶和豁口无穷无尽，瀑布，湖泊，大河奔流。无穷的荒芜、静谧，阳光和阴影构成的溪流在流淌。行走在山中，清风徐来，风中弥漫着淡淡的草腥味。到了深冬，万山红遍。极寒的季节里，群山山顶白雪皑皑，雾凇冰挂，犹如北国，跟岭南珠三角的气候差别很大。可这里还是广东，只是，它属于岭北。

大地几乎都被墨绿色覆盖着，夹杂着最具世俗化也最具庙堂色彩的金黄色，那是先民千百年前开垦出来的高山梯田，它结出的稻穗，在 10 月的疾风和暖阳中终于弯下了腰，重回大地。

从天空俯瞰五岭，北高南低，横恒成 U 形的簸箕形，从中部开始逐渐平坦，密布河流、芭蕉林、荔枝林、甘蔗林、沙糖橘林。竹林深处，农居洋楼星星点点，或聚群，或独户。

往东，是平坦辽阔的潮汕平原。往南，是世界闻名的珠三角平原。往西，是开阔肥沃的粤西地区。往东北，是赫赫有名的客都梅州地区。它们的前方，是烟波浩渺的南海。

岭南人的先辈，都有着浪里白条、潜龙入海的天赋。

粤北的山民有着攀爬狩猎的能力，而壮瑶人善歌舞，喜过节，"盘王节""三月三""五月半""八月十五""牛王诞""七月香""耍歌堂""花"样繁多。

粤北人靠山吃山，能做出种种极具特色的本地美食，连着吃酒、唱歌、点篝火、打炮仗，常常能玩乐上几天几夜。

远古时期，大岭南下的岭北、岭东、岭西，它们的族人和先民们领着牛羊猪、大象、犀牛、狗儿、猴儿、孔雀儿，在北江、西江、东江、珠江两岸的草地上狂欢。他们载歌载舞，在丛林里奔跑、攀爬，像壮锦、潮绣一样五彩斑斓，像五色饭一样，像满天星一样，难以计数。像漩涡聚拢在一起，一团一园，一对一队，四处迁徙，四海为家，这片土地，为他们痛，为他们流泪，为他们沉默。

我一直坚持每年回老家两次的频率，那个岭北的边陲县城连山吉田镇。

我是个颇有语言"天赋"的人，见"人"说"人"话，见"鬼"说"鬼"话。回到老家，我能迅速转换频道，与族人、亲戚、老邻居、老同学见面聊天、吹水，铁定的只限于讲连山话和本地白话，"坚决"得近乎执拗地不讲"煲冬瓜"（普通话）。而亲戚朋友也总觉得与乡亲们讲普通话，感觉颇为见外，就是很"做状""扮耶"之意，有点"装"的心虚感。

我可不想他们瞧不起我，虽然他们嘴巴上不说什么，但他们的眼神告诉我就是这样的。

这个跟文明、与时俱进之类扯不上。

也许平时普通话讲多了，所以常常警醒自己，不要忘了母语，不要忘了自己从哪里来，祖坟埋在哪里，祖屋建在哪里，根在哪里。

每年要回家拜祠堂、祭祖、扫墓、挂纸。

虽已离家乡30年了，半个甲子，但该做的礼数一样不少。

这些年，家乡交通越发便利了，除了通高速，村村之间还通了村道。有时间的情况下，回去小住几天，也开始关注家乡人，包括关注父辈的个人史和家族史。某一天，突然对家乡这一群人感起了兴趣，想写写他们，写他们的境遇，写他们的内心，想探讨他们有无挣扎过，有无苦逼过，有无抑郁过。总之，带着一半好奇，一半怜悯。一半杞人忧天。一半河水一半火苗。

最关注的这一群人，是我家乡亲朋戚友或宗亲中的一群男人，他们不婚，不育，或离异，或丧偶，总之一直单身。最远的一位是逝去多年、从未谋过面的堂叔，一位是姑妈的养孙，一位是离异的表外甥，一位是外村的壮汉……还有许多不认识的男性老乡。

大伯大娘和我的祖上

这天我特意去探望大伯。大伯今年86，大娘83，曾生育过4个孩子，三女一儿，如今只剩下一女。大女儿自小罹患糖尿病，20多岁时病逝。小儿子8岁那年患急性脑炎不幸夭折。小女儿前两年出车祸，与夫双双殒命，30多岁。如今大伯与大娘相依为命，大娘劳心劳力，以一己之力照料着日渐衰老、疾病缠身的大伯。

身材瘦小的大娘依然有着清晰的表达能力和记忆力，虽然行动大不如前了，但依然能下地种菜，洗衣做饭，侍候长期卧床、半瘫的大伯。

我与大娘聊，大娘跟我说起我们这一辈人未谋面过的两位堂叔，即父亲的堂大哥和堂二哥，一个叫石头，一个叫天付。

大娘说,我的两位堂叔因为他们的父亲在民国时期当过保长,到了"文革"时被划为四类分子,堂叔被抓去游街、批斗、侮辱、谩骂、殴打,过着暗无天日、穷困潦倒的生活。因成分不好,无女人愿意嫁与他们,以前的女人都要嫁农民,根正苗红的人,越穷越光荣。曾经也有人来给兄弟俩说过媒,他们婉拒,说是不想拖累女方。后来,孤独离世……

我也曾多方翻阅、查阅过自家虞姓族人的记载,由第廿四代竹径寨的虞庆华先生代为整理,他也是我的同宗加同学,毕业于中央民族学院历史系,现在老家专事研究族谱和村史。

连山壮族瑶族自治县(壮文:YenGagGuenjBouxRaeuzBouxYiuzLienzSanh),隶属广东清远市,地处南岭五岭之一的萌渚山脉之中,南岭山脉西南麓,广东省西北隅,位于粤、湘、桂三省(区)接合部,是西江、北江、沱江三江的源头,可谓"三省界""三江源"。

连山这个小县总面积80%多为山地,古有"九山半水半分田"之称,经多年植树造林,现森林覆盖率达80%多,雄踞广东首位。县内有大旭山、茅田界、鹿鸣关、雾山梯田、鹰阳关、巾子山等景区。这里还盛产沙田柚、大肉姜、松香、淮山、冬菇、茶油、蜂蜜、香粳、竹笋等土特产品,其中大肉姜、蜜柚久负盛名,被誉为"广东生姜之乡""蜜柚之乡"。连山下辖吉田、太保、禾洞、永和、福堂、小三江、上帅7个镇、3个农林场、47个行政村、4个居委会。2020年全县年常住人口9万多人,少数民族人口占了近八成。

县城吉田镇坐落在吉水河畔一个平缓的山坡上,呈北高南低,县城人口2万多人。当地语言主要是有壮语、瑶语、连山话、带地方口音的广州话。在城镇，普通话也通行。

粤北连山始建县于南朝梁天监五年（公元 506 年），始称广德县，这个貌不惊人的小鸡毛县距今已有近 1500 年的建县史，比起如今很多赫赫有名、人口超级爆棚的五华、兴宁、化州、普宁等县，它的建县史，它的多民族文化，毫不逊色，毫不输蚀。

可转身看看，连山又确实没什么波澜壮阔、跌宕起伏的宏大历史记录，也极少赫赫有名、可供考究的庙宇、古墓、城墙、烽火台之类的文物古迹。连山自古交通大不便，封闭、小农、自给自足、自成一统，没有受外界太多思潮的影响。

这个边陲县千百年来就不曾发生过什么大的战争，没有太多天灾人祸，连当年抗战时小日本兵也望山莫及，因为基本上这里无路可走，有的只是羊肠小道，大型设备根本进不来，后勤补给难以供应，不熟悉地形的人来了，只会陷入茫茫林海之中摸不着北找不到路。

连山自古以来基本不见瘟疫、洪水、大旱、地震、饥荒、屠城，流离失所，哀鸿遍野。它只有安详、闭塞、宁静，遗世独立。

连山最厉害的红色遗址当属鹰扬关革命遗址，据记载，这里曾是邓小平率领红军曾经路过和驻扎的地方。

连山土地肥沃，红壤土分布广，适合各种农作物耕种。在小三江镇的东南面的马头山和太保西门楼，发现过一处古城堡遗址及清代咸丰十一年的摩崖石刻，3 米见方的石刻记录了明末与清代康熙二十四年及咸丰四年、八年、九年村民避乱于山上与贼寇作战，屡战屡胜的事实。

连山自古就有人类繁衍居住，吉田龟背山等 4 处新石器时代遗址就可以证明。连山基本没有遗存什么有名的皇家园林、庙堂、西洋建筑，因为千百年来，这里极少外来移民，当地土著也极少外出打拼，北方中原文化对当地影响不大，这里的汉人多来自江浙和甘肃一带。

连山先民靠山吃山，靠水吃水，他们普遍安于现状，守着几亩地，过着温饱有加的小日子，悠哉游哉。男人娶妻生子，女人嫁鸡随鸡嫁狗随狗，嫁了个马骝通山走。然后男的耕田女的织布，开一枝散几叶，生息不止，一代代连山人也就这样传承了下来。

连山虽然人少，民俗文化却一点不比其他地区差，玩的东西多，什么装古事、歌堂夜、年晚歌、舞火狮、舞火龙、舞木猫、抢花炮、物寿星公与龟鹿鹤、舞春牛、闹年锣、赛铜锣、追天灯、母鸡孵窝、舞龙灯、小长鼓舞、坐歌堂等，大多带有壮瑶人家彪悍尚武的特点。

连山人还喜欢过各种各样的节日。记得小时候常跟着母亲去趁圩、过寨、吃糍粑、听山歌、听古仔。春节是大节日，还有元宵节、开耕节、三月三、牛王诞、瑶节、五月节、七月香、七月十四、八月十五、九月九，无"节"不欢，从年头过到年尾，月月有节日，壮瑶汉同胞经常载歌载舞乐逍遥。

蛮荒之地如今也通了高速，省道国道村道也修得杠杠滴，去哪儿都方便。不像旧时，出个门山长水远，披星戴月，遇到风雨天气保管一脚泥巴，连过条河也要卷起裤腿涉水而过。

自古以来，连山远离中原和中心城市，人们出趟门难，去趟省城更难于上青天。就算到了民国时期，连山依旧地处偏远，关山闭塞，舟车不通，往省城走要走七天七夜，往北走赴京的话路途达七八千里，辗辗转转，历尽千辛万苦，方能抵达，是名副其实的"山高皇帝远"。

最要命的是，这里的村民就算种的肉姜、白茶、番薯、芋头、花生、大米，收成丰盛，养了鸡鸭猪牛，勾了松香，采了蜂蜜，也难得担出镇上、县里的集市售卖。农闲时期，村里的劳动力过剩，闲得发慌，想出趟远门打工，要转几趟车才能到达广深佛莞中等发达城市。

这样的地理，这样的现实，造就这样的性格，小国寡民。于是有点能力有点理想有点不安分的人都外出打工奋斗去了，尤其是女孩子，多外出做普工，做家政，做文员，做保险，做老师，做主管，做经理，做生意，做官。他们通过读书，深造，留洋，建功立业。

这些外出的女人大多都能吃苦，都希望通过自身的努力改变现状。同样，外出的男人也有如此理想和抱负。因此家乡剩下的，多为一些文化不高且安于现状的男人。

也许，这种现状，放在哪个省市县乡，均如出一辙。

岭北的那些婚恋习俗

如今山区农村的男人娶妻难，除了男多女少，还有一条陋习，就是彩礼一路走高，普通人难以承负之痛。

在我的老家，婚嫁彩礼尚算合理，普遍为一两万，多则五六万能搞定，一般人家能承受得了。

记得母亲曾说过，嫁女又不是卖女，只要他们夫妻俩感情好，成家后勤力做事，日子慢慢过，总能越过越好的。

这样看来，广东不像临省的江西、湖南、福建等地人情客礼那么严重，攀比风气那么浮夸。江湖传闻，这些省份娶媳妇的礼金动辄十几二十万甚至五六十万，还附上新房汽车电器之类，天价彩礼让那些适婚男青年的家庭望而却步。就算东挪西凑给上了，但日后沉重的债务压得夫妻俩尤其是男方家庭喘不过气，也给日后的家庭生活带来许多不安定因素。

记得以前老人有句话："爷爷娶奶奶用了半斗米，爸爸娶妈妈用了半头猪。"可在当下，用这句话可能更适合：我结婚要用爹娘"半条命"！

记得母亲跟我说过，当年嫁给父亲，哪有什么彩礼之说，夫家穷得叮当响，两人都是白手起家。

母亲说，20世纪60年代中期，父亲娶母亲摆酒席前后花了70"大洋"，是父亲当兵发的津贴，不够，还借了县里一位舅爷20元。其他的彩礼诸如烟、酒、肉、米、油、被子之类的东西通通没有，家里连一双碗筷、一张木床、一个木柜子都是成家后一手一脚购置的。

母亲还回忆起，当年父亲和另外几兄弟挤在一间老屋里，每家一间单房，几家合用一个客厅，合用一间冲凉房，这是一间用木板钉的、四处漏风的冲凉房。母亲说，可以用"家徒四壁"来形容当年的情形。

早些年，受养儿防老、传宗接代等思想观念影响，生男孩成了一些农村家庭的首要选择。广大农村普遍都以生男孩为傲，不生个男孩仿佛就低人一等。

自古以来，农业社会需要大量的男性来承担沉重的农活，生的都是女孩，家里没三五个男孩，会被村里人欺负，争水争地打架没男人不行，势单力薄，抄家伙干上一架，人多势众男丁多的必定占上风。

更要命的，家里没个男丁会被村里人说闲话，碰上邻里之间吵架的，狠话一出口，骂你家绝后，是奇耻大辱。

旧时在粤东的潮州农村里，家里几乎都生三个男丁及以上，就连城里机关单位的人，也想着办法生一个男孩。

时过境迁，如今的老广人观念也与时俱进，这种非男丁不可的现象已悄然发生了改变，也许有观念上的原因，也许也有男多女少的原因，如今农村的女孩也成了香饽饽，用"一家有女百家求"来形容也恰当。

寒冬腊月，粤北地区的广大农村正值农闲时节。然而，对适婚的青年男女来说，却异常忙碌。

在连山永合村，天刚亮，刚从城市打工返乡的小娟家门口就已停了三四辆崭新的小轿车，也有几部摩托车。以车子的品牌、价位彰显竞争力的小伙子们正在排队等着和女孩见面。

但是，现在的女孩已经不是单纯以物质来衡量婚姻，来择偶。在她们眼中，志同道合、兴趣相投更是不可或缺的。

在农村，不说未婚女孩，连离异过的妇女也"一女难求"，前来说媒的人同样络绎不绝，同样趋之若鹜。

春节前后，我与香兰走访了不同乡镇的 5 个农村，粗略统计了下，适龄男女青年比例失衡问题不同程度存在：5 个村的男女比例均在 2∶1 到 3∶1 之间，最严重的甚至达到了 4∶1。

国家统计局数据显示，2018 年，我国男性人口 71351 万人，女性人口 68187 万人，总人口性别比为 104.64（以女性为 100）。而农村的男女失衡现象更加严峻，已成为广大农村地区的社会问题，背后原因也由来已久。

除了传统的重男轻女生育观念，计划生育的独孩政策也是重要推手之一。

改革开放后，我国的农村面貌发生了翻天覆地的变化，但城乡之间仍有不小差距，经济欠发达地区的农村地区的群众成规模地向城市聚集。

在连山，一些偏远山村的青年人都往县城或地级市移民、定居，长期打工后进而选择在当地置业、定居，然后在城里结婚、生娃。因为来家存在孩子就学就医困境，更加速了这一迁徙现象。

大表妹阿萍与老公离异后，已远嫁美国三藩市，留在家乡的前夫至今单身，带着儿子也搬到了县城住。房子是阿萍出资买给儿子的，前夫蹭着住进去，因为他根本没能力购置房产。

如今，农村适婚男青年越来越多，女青年却寥寥无几。女青年愿意外出打工，男青年普遍愿意留在家乡。

表哥阿权的身世

那天与母亲闲聊得知，一位许久未谋面的表哥，大岭村的阿权，也就是大姨妈的二儿子，今年殁了，享年不到50岁。

阿权表哥同样无儿无女，无配偶，一直来与母亲相依为命。可怜的是，父亲也是50多岁突患急病，猝死在一间用来守庄稼的茅草房里。

其他兄弟都分家了，各过各的。

长贫难顾，家家有本难念的经。

今年见到大姨妈，快 80 岁的姨妈头发已全白，身形佝偻了一截，牙齿稀疏，脸上的皱纹千沟万壑，走起路来慢悠悠颤巍巍的，像一根行将腐朽的老树。

记忆中，年轻时的大姨妈，身形高大，头发浓密，笑声朗朗，大表姐这方面就遗传了大姨妈。大姨妈一辈子务农，勤俭、善良、坚忍，生活艰辛，却又不失乐观。

大姨妈生育了 5 个子女，除了二儿子阿权因幼时脑膜炎智力不足，其他子女，有的做了教师、会计，有的继续在家务农。

在我印象中，大姨妈与母亲、二姨妈，每年她们仨姐妹都会约了见面、吃饭、聊天。母亲说，这些兄弟姐妹，见日少日，时日无多了。

只是，母亲说看到那些娶不上老婆、无儿无女的外甥、侄子，心里就难受。

岭南岭北路

国庆前夕，全省的暑气依然爆表。我又计划回老家一趟，专程约访大舅家的表哥、表嫂，还有姑妈家的表姐，以及几位供职于县政府的老同学。我想了解更多一些关于家乡农村婚恋的情况，还有关于家乡的宗教、巫术、神灵，关于婚嫁丧娶，关于独居老人，关于独居男人女人，留守儿童，关于很多很多的人和事。

尚在深圳，天刚刚亮，老公就把仍在酣睡的女儿喊了起来。我们提前收拾好行李，一番紧张地洗漱、换衣、装整之后，下到空无一人、"静鸡鸡"的小区地下停车场。老公发动汽车引擎，一溜烟驶至和兴花园西侧的紫金八刀汤早餐店，一人干一碗猪杂八刀汤米粉，然后直接上了博深高速。

我偷偷从车镜里瞅老公，车镜里的老公扯起眉头，也不吱声。我开始揶揄："老公，娶了我是你的福气，知道不，现在我老家里很多男人娶不到老婆，估计你老家也差不多。"

老公继续不吱声，我继续"挖苦"他："你老妈，还看不起二嫂，人家二嫂肯嫁你弟就不错了，你弟算什么新鲜萝卜皮？你家里有啥？你老妈凭啥看不起二嫂？搞笑，如果二嫂跟你弟离了婚，看谁愿意嫁给他，单单忍受你老妈就顶不住了，哼哼!"

我又偷偷瞅了一眼老公，老公扁了下嘴唇，面无表情，不搭腔。

驱车近 5 个小时，"二广"没怎么塞车，一路上还算顺利。回到县城吉田镇，满街都是车，把原本就不大的道路挤得水泄不通，到处见缝插针，停得满满当当。

老家就是这样，每逢过年过节，外出务工、经商、读书的人全部回来了，平时，县城是很安静的。

回到丽景花园的新居，第一时间打电话给香兰。

表嫂表哥的婚姻之路

众多的七大姑八大姨中，表嫂香兰与我们家一点血缘关系都没有，但我却记住了她，也与她过往甚密。

香兰高大壮实，性格开朗，站在略显瘦小的表哥身旁，更显雷厉风行，那是一个相当泼辣的女强人模样。

这个没有任何血缘的表嫂，是大舅父儿子的老婆。我的这个表哥，本是大姨的儿子，因大舅母不能生育，生下后直接送给了大哥做儿子。大舅父还从邻村收养了一个女儿，比表哥大。

表哥人朴实，也不花花肠子，就是有点娇生惯养，长大了不免有点吊儿郎当。小时候时常被我恶作剧地揶揄一番，表哥也不恼，只是咧着嘴笑，对我很和气。

高中毕业后，表哥顶替大舅父进了县里的信用社做了一名职员。香兰是连山南片地区一名普通人家的女儿，要不是表哥突遭变故，本来一切都顺风顺水，好好工作，好好结婚生子，生活无风无浪，惬意、安逸。

香兰入得厨房出得厅堂，把家里照料得井井有条，风生水起，还给二表哥生了个大胖儿子。

也许生活太安逸，要给表哥一点磨难，表哥后来遇人不淑，被一个不良客户骗贷一笔巨款，该客户潜逃失踪。作为担保人的表哥犯了渎职罪，被判了8年刑期。

在表哥服刑期间，香兰却没有离开大舅父家，也没有另觅人家再嫁。她默默地承受了下来，一等就是8年。

这多少出乎我的意料，也出乎一众亲戚们的意料，按那些长舌妇的逻辑，男人出事，哪个正当华年的女人能如此隐忍，不离不弃，守8年的活寡？换了其他人，早走人了。

虽然是"表"的，香兰却喜与我们家来往，她喜欢我的母亲，她叫母亲"姑"，喜欢跟我们家交往。每次回老家，香兰都必亲自入厨掌勺，端出满满一桌菜款待我们。

表哥提前一年出狱，香兰依然不离不弃陪着表哥，帮表哥找工。表哥不想待在连山，经朋友介绍去广州找了一份会计的工作。也许，在熟人不多的广州，表哥会更坦然一些。

香兰又重过这种夫妻两地分居的生活，只是性质大不同，表哥几乎每个月都会回家一趟，而且来去是自由的。

大舅父和大舅母愈发的老迈，大舅父百病缠身，中过风，手脚颇为不灵活。本来就矮小的大舅母更显老态龙钟，耳背得更厉害。

在香兰的劳心劳力下，大舅父家的生活越过越红火，表哥把家全盘交由老婆来打理。儿子考上广州的一所二本大学本科，香兰也在老公村子的宅基地盖起了一栋三层楼的农民房，没事一家人回村里住上几宿。

母亲说，你表哥命好，碰到这样一个好老婆，换了其他女人，早跑喽。

老一辈婚恋二三事

家乡的亲戚不少，大多都上了年纪，但也许山区的水土空气等因素，他们愈老弥坚。

姑妈年近九旬，中气很足，就是因缺钙患了风湿关节炎，膝盖有些弯曲。

姑丈88岁那年去世了，剩下姑妈一人在村里居住，儿女们不放心，把母亲接出来到县城住，跟小儿子即我的小表哥住。

姑妈身体好，有时还使使小性子跟媳妇拗一拗，有点嫌弃媳妇没给自己生个孙子。

大伯86岁，听力大不如前，中风两次，长期卧床，基本上要靠大声"吼"才能听到"精粹"的一部分。他的生活起居、吃喝拉撒全部要劳大娘伺候，大娘年过80，满头白发，腰板子还直直的。

大舅也 88 了，依旧红光满面，就是中风之后有点腿脚不灵活了，要搀扶着家具和墙壁磨磨唧唧地走，同年的大舅母听力却出奇地丧失了，跟她对话还不能靠"吼"，要用中气悠长地说出来她才能听个大概。

大表姐和二表姐现在都忙于含饴弄孙，生活充实，累并快乐着。

小舅和舅妈依然手脚麻利，小舅每天去勾松香卖，打理着山上的木材。

印象中舅妈勤劳能干，在我小时候，舅妈经常送米、送菜给我们家。此次回来，舅妈挑上一担尚泛着鹅黄绿的新稻谷去碾米厂，碾出两筐透着米香的新鲜大米，装了一大袋给我。回到深圳煲了一锅粥，雪白雪白的米上面飘着一层香喷喷的粥油，不禁感叹城市里的大米怎么就没有这层米油？返程那天，亲戚们送来的土特产让车尾箱几乎塞爆。每次都这样。

家乡的亲戚大多出身农村，对农田和水牛有着一份割舍不断的眷恋之情，对家里的小狗小猫，虽粗茶淡饭，但大多养到自然老死。

亲戚们大多身体没怎么发福，精神矍铄，笑声朗朗，依旧保持着劳动人民的气质，看来，劳动使人健康长寿一点没错。

以前的年代，一个稍微条件好一点的男人，可以光明正大娶个三妻四妾。曾听母亲说，当年我的爷爷就曾娶过 3 个老婆。就连我现在的大娘，也是大伯的第二任老婆。

那时候，男大当婚女大当嫁是最自然不过的事，根本没有什么"宅男宅女""不婚族""丁克族"，在老一辈看来，不结婚不生儿育女是大逆不道的，是违反人伦常理的。

2018 年 8 月 25 日这一天，大舅去世，母亲从广州回去奔丧。记忆中，母亲经常跟我讲起她这位大哥，在小时候贫穷的岁月里，是大哥从自己微薄的工资里挤出一点钱，给二妹买了一条棉裤，让二妹在冰天雪地的粤北冬季里温暖了许多个年岁。

母亲敬大哥大嫂如父如母，每次会回去几趟探望他们，会陪他们吃饭，给他们买很多衣服和食品，给他们零花钱。

其实大舅已中风多年，基本足不出户。大舅母耳背，大半个世纪守着丈夫，守着大妹过继来的儿子，媳妇香兰则守着出狱后的丈夫，还有两老，不离不弃。

有的人，人走，茶凉，缘灭，而有的人，却是一生相守，就像我的大伯、大娘，我的姑妈、姑丈，我的大舅、二舅、三舅以及他们的太太，甚至，还有我的二姨妈、二姨丈，那个出轨的、有着家暴倾向的、一毛不拔的龌龊男人。二姨丈，如今也年近八旬了。

表姐和她的俩儿子

我经常会跟表姐谈起家乡农村的婚恋问题，谈起那些年过 30、40、50 仍孑然一身的男人，那些光棍们。

表姐大大咧咧地说，那些男人，娶不到老婆，就是烂赌、懒、穷，哪家女孩愿意嫁他？那些女孩，宁愿嫁到外地，也不愿意留在本地，嫁给这些无人无物无品的烂人！

我哑然失笑，这些男人有这么差吗？都这么差劲吗？

可我回头看下表姐的两个儿子，也有点"烂泥扶不上墙"的德行，一个个得过且过，啃老成为习惯。

表姐过度宠溺两个儿子，两个儿子也干脆做个甩手掌柜，什么事都赖着老妈，连着娶妻生子带小孩，都由老妈一手操办，用老广的话，老妈包娶老婆包生仔。一切都理所当然。

大儿子阿全，二儿子阿华，无一例外都让表姐操碎了心。两个儿子就是两个建设银行，买房、装修、摆酒、生孩子、带孩子，甚至连着小儿子的赌债，都要老妈帮着还。

表姐甚至半夜面对那些凶神恶煞的高利贷公司的追债佬上门，喊打喊杀，唯有厚着脸皮跟亲友借钱还债。

大媳妇阿玉嫌弃阿全不思进取提出离婚，年幼的女儿判给阿全，阿全随手甩给老妈。自己整天浑浑噩噩，不是喝酒就是打麻将，整天流离浪荡毫无长进。

两年一晃而过，依然一人吃饱全家不饿，也不见结交新女友，或再成家。

这两年见阿全几次，粗看没有什么异样，稍微用心观察，落寞藏在阿全的眼神里、骨子里。想当年的一个温润美少年，独身后，几年过去，变得颓废了许多，衣服打扮也随意，头发耷拉着，腰杆松松垮垮的，全没了当年挺拔的身姿。30多岁的壮年男子，已显小老头的暮气，整一个油腻大叔。

只是对女儿，阿全仍是满脸的宠溺，还不时流露出一点愧疚。

听表姐讲，前儿媳妇阿玉基本每周都会回来见女儿，陪女儿两天，带女儿去游乐场、逛公园，或外出旅游。

我见过几次阿玉，阿玉曾就读于暨南大学电子商务本科专业，父亲早逝，家里还有一个母亲和两个年幼的弟弟。

毕业那年，阿玉回到家乡连山，进了县教育局当了一名打字员。

阿玉长得文雅清秀，性格开朗，气质也好，据说当年与阿全是一见钟情那种。两人陷入热恋，不久就顺理成章结了婚，婚后不久阿玉诞下可爱的女儿朵朵。

一家三口白天在奶奶家吃饭，上班就把女儿交给奶奶即我的表姐。

表姐视孙女如珠如玉，把孙女喂养得白白胖胖，像个粉嫩公主。

晚上表姐带孙女睡，孙女整天就像个橡皮糖般粘着奶奶，一刻都离不开。

表姐劳心劳力，大儿子和大媳妇却逍遥自在，各自各精彩。

最后，阿玉离阿全而去。

阿全恢复单身。

大儿子离异后，守着一份旱涝保收的公务员岗位，就这么日复一日、年复一年的耗着。

二儿子阿华初中毕业后无心向学，报名参了军，复员后回到老家，谋得一份政府部门的临时工职位，月薪 2000 多元。对于阿华来说，2000 多元当然入不敷出啦，那"鸡水"一点的薪水当然养不起老婆孩子和自己，最后，还是赖在家里，也是一等一的啃老族。

最要命的是，相比大哥，阿华居然还"烂赌"，搞得成天被高利贷公司追债，老妈已经帮他还了一次又一次的赌债。

2017 年阿华被人下局，再次欠下 20 万巨款，根本无力偿还。

于是阿华选择走佬（跑路），留下妻女每夜遭受追债佬的骚扰，最后老婆搬回娘家，女儿放到老妈处。

老妈无奈，唯有把儿子的房子贱卖掉，再问我们一众亲友借了点，东凑西筹，好歹把那笔巨额债务还清。阿华远走他乡，连过年也没回。阿华整个家庭焦头烂额，一地鸡毛。

阿华出走一年避债，婚姻岌岌可危。老婆怨气冲天，无心抚养女儿，干活也是做一天和尚撞一天钟，还对家婆颇有微词。

只能用一个词形容表姐：伟大。但毫无原则。

我们一众亲友对于她的两个儿子，尤其是二儿子，只能摇头叹息。

我一直很好奇表姐为什么总是这么精力充沛？一个 50 多岁的人，带着两个孙女，没白天没黑夜的，既出钱又出力，而且毫无怨言。

在我印象中，表姐从小到大都是家里的主要劳动力，无论出嫁前出嫁后，表姐都没少为家里的父母兄弟姐妹操心，劳心劳力的。

她就是一个超级操心的人，典型的劳碌命。

表姐这种毫无原则的付出，把两个儿子该有的责任感全给磨掉了。

记忆中，年轻时的表姐，面如满月，眸如星子，走起路来像风一样。乌黑的长发结了两根辫子，辫子发尾扎了丝绸带蝴蝶结，两根大辫子也一甩一甩的，两朵粉色的蝴蝶结像要飞起来。表姐脸上总是挂着笑，笑起来露出一口雪白的牙齿，浑身上下洋溢着青春的气息。

岁月留痕，退休后的表姐背驼了，眼神变浑浊了，头发也干枯毛糙了，只是风风火火、麻麻利利的性格一点没变，还是喜欢事事操心。

有时我委婉地劝她，仔大仔世界，该放手就放手，不要管太多啦。

表姐呵呵一笑，连声应道："是啊是啊！"

檬洞村偶遇

这几年建设社会主义新农村，省财政直接拨付资金到各县乡，村村通公路基本实现，京珠广、二广、清连高速接连通车，使得原本交通大不便的家乡变得出行越来越便捷。

老家还搞了许多文明示范村，就像那个原本在母亲眼中落后得不能再落后的蒙洞村，如今也是旧貌换新颜。

村大门建起了充满壮瑶风情的高大牌坊，环保公厕、公园、凉亭也相继建起，村口前开辟了大片的鲜花谷，种上向日葵、非洲菊、桃花、李花，专门吸引游客来观赏。

村边的小河，村内的小溪水，都是大山里的山泉水流下来的，水质清洌，充满原生态，非常吸引人。

10月秋高气爽，艳阳高照，村里的晒谷坪铺满了金色的稻谷，我和香兰躲进晒谷场右侧的老祠堂屋檐下乘凉，看村里的一位大妈和一位约莫二三十岁的小伙子在用铁扒翻扒新收的稻谷，金色的稻谷在晒谷坪上散发出好闻的香气。

大妈看到我们，向我们微笑，黝黑的脸庞像极了地里的非洲菊，热情、敦厚。

我跟大妈问了个好，聊开了。"大姐，这是你个仔啊？"

"是啊。"

"几多岁啊，娶老婆没?"

"就来 30 啦，女朋友都无。之前相过几个，都无成哦。"

大妈好像有点焦虑。

在香兰看来，就算如今农村的交通有了很大改善，却更加速了农村未婚女子外流的趋势。

剩下的，自然是那些不愿外出打工的中青年男子，加上农村根深蒂固的重男轻女思想，男多女少的问题越来越严重。

姑妈和她的"忤逆"养子

姑妈和姑丈一共生育了三儿三女。

二儿子阿永 15 岁那年患肾炎病逝，我仍记得这位憨厚老实、手脚勤快的二表哥，笑起来露出一口大白牙的二表哥。姑妈的大儿子、三儿子婚后均生了两个女儿，这可成了姑妈的重大心事。

生儿子，生儿子，姑妈越来越纠结，总是有意无意在儿子媳妇面前唠叨。大媳妇是高干子女，城里人，自然不胜其烦，退休后干脆怂恿老公全家搬到广州定居去了，眼不见为净，一家人远在外地过得其乐融融的。

姑妈的三儿子和老婆则搬到县城单位的安居房去住，也避免了许多婆媳之间难相处的难题。姑妈眼看两个儿子生子无望，最后竟想出了一个绝招——领养一个男孩!

这件事姑妈只能劳烦二女儿代办，在她眼里，二女儿人缘好，见多识广，肯定有办法能搞定。

表姐对母亲提出的这件有点荒诞的事情居然表现出十二万分的热心，她也想圆了母亲的凤愿。只可惜天不遂人愿，找了半年，问遍乡镇上下的熟人，都没有人家愿意"出售"男孩，愿意"出售"女孩的倒是不少。

阴差阳错，一天，表姐下乡进行人口普查，到了一家偏僻的村子，走进去一个挨着后山的人家，发现一家人门口有几个男孩子在玩泥巴，一个个蓬头垢面的，光着脚丫子在地上滚来滚去的玩泥巴。

表姐敲门进屋，泥砖房里昏暗潮湿，屋内只有几件简单的木制家具，一个发黑的灶台，两间又黑又小的房间，其中一间有个干干瘦瘦的女人，正躺在凌乱肮脏的床上，给一个瘦瘦小小的婴儿喂奶。

天生自来熟的表姐"热情"地跟女人聊了起来，得知这一家人养了5个小孩，上面三男一女，刚生下的儿子才3个月，家里有几亩薄田，全靠老公一人耕种，一家人的生活非常窘迫。自己奶水不足，抚养小儿子都很困难。心养不大，寻思着给小儿子找个好人家，送出去，买家给个万儿八千就可以了。

表姐听后心里乐了，得来全不费工夫嘛，这下母亲的香火有着落了。事情进展还算顺利，姑妈看到婴儿，刚开始有点不太满意，孩子虽不是白白胖胖那种，反倒有点黑黑瘦瘦、皱皱巴巴的像只小猴子，但姑妈"恨（想）仔心切"，心想好歹是个男丁，不缺胳膊少腿不少一个眼睛鼻子，最重要的是带"瓷菇丁"的，就行了。

于是他们欢天喜地地把"儿子"——应该是"孙子"抱回南田村的家。姑妈抱回男婴后，满心欢喜，给"准孙子"起名"阿成"，希望孙子能一生欢喜、快乐、健康、成功。

姑妈一厢情愿为大儿子即我的大表哥带来一个可以"传宗接

代"的男丁，以为大儿子会很受落，很开心，殊不知大儿子夫妻俩正眼都没瞧过这个所谓的"仔仔"一眼，满脸嫌弃不说，还冷眼相对。夫妻俩一声不吭，带上两个宝贝女儿，远走广州定居。其间一年回一两次老家看望老父老母。

而大媳妇，从此不再回婆家。因为家婆领养"儿子"的做法彻底激怒了她，从此她与家婆基本形同陌路。无法，姑妈只能自己收拾残局，开始了下半辈子的噩梦。

姑妈一把屎一把尿抚养着阿成，对阿成疼爱有加，溺爱无度，每天抱着背着亲着，从不让阿成干农活做家务，如供着一尊神。

阿成自小不爱读书，姑妈也惯着他，阿成从小偷鸡摸狗，姑妈帮他掩着盖着，从不舍得打舍不得骂，有时二姐唠叨几句，但阿成无动于衷。

长大后的阿成性格更是放纵不羁，除了陋习满身，抽烟喝酒，无所事事外，连着手脚也不干净，常常惹了一大堆麻烦回来。

别看阿成其貌不扬，眉毛倒挂，眼神飘忽，身材瘦小，却是"扣女"高手。十几岁开始就女朋友不断，可惜物极必反，凡事有定数，阿成最终被养成了一块"废材"，除了吃喝嫖赌，鸡鸣狗盗，所有的恶习陋习无一不全，可谓五毒俱全。

这就是发生在我们家族里的"慈母多败儿"的个案。这个阿成，足让姑妈一家操碎了心。

阿成继续延续好逸恶劳、眼高手低的劣性，不肯出外地打工，留在老家又没什么工作可干，整天游手好闲，无所事事，没事就"群埋"（聚拢）一群社会不良青年，打架斗殴，小偷小摸，无"恶"不做。

更可怕的是，阿成还染上了毒瘾。为了毒资，阿成无所不用其极。除了小偷小摸，阿成还把"毒"手伸向了爷爷奶奶，他偷爷爷奶奶的钱，凡是表哥表姐亲戚朋友给爷爷奶奶的钱，无论藏在哪里，阿成就像嗅觉敏锐、饥肠辘辘的老鼠和蟑螂一样，一天到晚寻思着如何摸到手。最后总会被他找到。拿走（是偷走）爷爷奶奶的私房钱，去购买广西买家的白粉，或者供新交的女友挥霍、鬼混，花天酒地。

有时，偷无可偷，阿成就把房里的电线割了，卖到废品收购站去，换来一点毒资。爷爷奶奶年事已高，除了埋怨几句，其余的别无他法。

打又不敢打，阿成凶神恶煞的，动不动就喊打喊杀。爷爷奶奶唯一能做的，只有向小儿子和女儿们诉苦。

劣迹斑斑的阿成被家人痛恨不已，留下的这个烫手山芋自然甩给了小儿子阿山，阿山的老婆阿虹因为自己生了两个女儿也一度"颇为"内疚，想着既然领养了阿成，自然可以视为己出。

于是阿山阿虹对阿成苦口婆心地施教，期望阿成浪子回头。只可惜阿成本性难改，对一直善待自己把自己当儿子一样养的"阿山爸爸""阿虹妈妈"恶语相向："你们再敢啰嗦，当心你们家两个女儿，不给我好吃好住，看我不找几个烂仔搞死你们女儿！"

阿山阿虹即时收声，大气不敢出。他们知道阿成这小子非善类，做得出。

这小子太狠了，非我族类。看来得想个办法好好治治他。

阿山找到派出所的朋友，以吸毒罪拘留了阿成，然后把阿成送去韶关戒毒所，实施为期一年的强制戒赌。

戒毒期间，爷爷奶奶又思念起阿成，吩咐小儿子阿山去探视下阿成。阿山是个孝顺儿子，尽管心里不乐意，但还是专程去了一趟韶关戒毒所。

一年后，阿成戒毒期满，打电话给阿山阿虹："阿爸阿妈，可否接我回家，我知道错了。"阿山把阿成接回了家。

本以为阿成会洗心革面，痛改前非，重新做人，只可惜，人算不如天算，阿山阿虹及爷爷奶奶，还有几位姨妈，都天真地想错了。

阿成重回毒窝，噩梦再次降临家人身上，阿成再次被送进戒毒所。

滑稽的是，阿成天生有女人缘，身边的女朋友一个接一个走花灯似的。阿成虽其貌不扬，可哄骗女孩子却很有一手，嘴巴甜，加上家里有大屋，愿意跟他的女孩子很多，有本地的、湖南的、江西的。跟他的女孩子刚开始不知道他吸毒，但凡发现真相后，都会决然离开。

就这样，阿成换了一个又一个女友，都没有真正步入婚姻的。

反反复复，日子飞逝，阿成转眼30岁。最后一个，阿成又谈了一个只有16岁的湖南妹子小芬，小芬一直死心塌地跟着阿成，为他堕过胎，还常被阿成殴打，小小年纪，已是情路坎坷。

当初的始作俑者表姐看不过眼，悄悄约了小芬出来，劝她："不要再跟着阿成了，跟他没有前途的，趁着还年轻，赶紧回家去吧，以后找谁都不要找阿成这样的人，你跟了他，会后悔一辈子的。我是为了你好。赶紧走！"

终于，小芬也走了。

阿成重回单身。

这一年，他已经 35 岁。

阿成回到当初爷爷奶奶位于南田村的那栋楼住，爷爷前些年中风去世。剩下快 90 岁的奶奶。阿山也把老母亲接到县城一起住。

阿山的两个女儿大学毕业各自安好，都觅得一份体面的工作。

阿成自然被人冷落，用爷爷即我的姑丈当初说的一句话，阿成是个瘟神，赶紧把他送走。

如今，阿成这个瘟神，依然会时不时出现在众人面前，说："我是你们的孩子，我的家就在这里。"

我问过表姐，阿成那边亲生父母的情况，二表姐说阿成的亲生父母一家人全部离开了连山，去了南海那边打工，做搬运，最底层那种活。

表姐还跟我说，阿成的亲生父母及四五个兄弟姐妹都是小偷小摸、问题妇女之辈。

人们常说的家族基因，阿成也逃不掉。这个说法也不知道有没有科学道理。

面对这个令人叹息的烂摊子，我居然没有同情心，只有无奈和无语。

县城偶记

年年返乡，发现家乡每次总有一些微小的变化。不论是清明时节归乡祭祖，还是五一国庆长假回乡探亲访友。家乡的吉田镇是标准的四五线小县城，今年元旦、五一回来，吉田镇和往常一样没有什么太大的变化，外围的主干道依然宽阔干净，进去车站和市场中心地段，道路一下子变得狭窄起来，路边的摩托车、小汽车、电动自行车到处乱窜，交通秩序比较混乱。

路边还是那群不紧不慢的中老年人在吞云吐雾，抽水烟、抽香烟的男人，有的几个人围在路边，或蹲着吹水聊天，有时夹杂着家乡话粗口，偶尔爆发一阵干咳。

记忆中修了好多次的马路上还躺着几部残破的凿地机无人打理，有的路段已是凹凸不平，原有的老旧朱红色地砖也已残旧不堪，颜色也多看不出了。

有的路口被几块破木板随意围着，里面貌似在修管道或重新填补。水泥和沙子堆在一旁，有一只大黄狗溜了进去，好奇地瞅了几眼，撒了一泡尿，又跑了出来。

几间没生意的店铺，老板娘干脆搬出一张麻将台，与两个老男人，一个女孩子打起了麻将。

我的众多亲戚朋友，有的在县城，有的在农村。

通过观察，在家乡，无所事事、游手好闲的多是男人，而女人们大多劳碌辛苦，耕种、养鸡、摆卖、上班、家务、带孩子、带孙子，甚至城里的女人也多不停歇。

那些"赖"在家里，那些不愿外出打工，也不愿在家耕种，于是被"剩"了下来的一群男人，队伍越来越"壮大"，独居男成了粤北边城，甚至是全国各地偏远地区的普遍现象。

石鼓村轶事

元旦适逢老家石鼓村家族新清屋（祠堂）重光入伙，回去帮忙，忙乎了几天。

半年多来，与大哥、堂大伯、堂叔、同村宗亲多次会面商讨，拆旧屋，测绘设计、择日动土、择日入伙，等等。在这期间，我一直对那位未谋过面、命运坎坷、孤苦伶仃的堂叔怀有浓厚的好奇心和恻隐之心。

听村里的石头阿叔、大伯讲，这位堂叔 50 来岁就离世了，经历了虞氏家族的荣辱兴衰，风风雨雨。

从小到大，我时不时能从母亲、姑妈、伯娘乃至二表姐口中知晓一些父亲家族的事。她们只是断断续续地东一句西一句，片言只语，我很努力地搜寻着关于这个二爷爷的蛛丝马迹，想了解关于他的情感、悲欢、郁郁寡欢、郁郁而终。

奇怪的是，关于家族的种种不堪，只有媳妇们或女儿会对晚辈们说，而父亲、大伯却闭口不谈，好像漠不关心，好像欲言又止，好像心事重重，好像羞于提起。

我想，或者男人们觉得不齿，不耻，觉得有辱家门，于是选择了沉默。

有关那些声名显赫的、功名利禄的、时运不济的、屋漏偏逢连夜雨的陈年往事，关于太祖爷的、清屋的（祠堂）、迁徙路线的、曾祖父的、爷爷奶奶的前尘往事，关于南宋、明清、民国、解放前后、没落的贵族的家国命运，关于生死、情感、金钱、权势的奇闻轶事。我真希望，在某个不经意的年岁里，我们能不经意地遇见一位或两位二爷爷的后人，我们可以称之为"叔"或"姑"的亲戚，他们笑着来认祖归宗，流着泪来握我们这些亲人的手。

据我了解，我的二爷爷，是我的家族口口相传下来的唯一一位没有成过婚、没有后代的直系亲属。

只是我从未见过我这个二爷爷，他甚至连一张相片也没有留下，包括画像，就悄无声息地离开了人世。

没有留下一个子嗣，真的是绝了种。

听母亲她们说，这个可怜的二爷爷，生不逢时，"文革"期间，碰到了枪口，被村里的红卫兵造反派轮番批斗，二爷爷万念俱灰，最后一人孤独终老。

这也是老一辈讲过的唯一一个没有子嗣的同宗叔伯。

我在想，二爷爷独自一人住在一间冰冷发霉的小破屋里，冷屋冷灶，冷锅冷饭，冷板凳冷木床，孤灯只影，孑然一身，就这么默默地病去，饿去，老去，死去，连说个话的人都没有。最心酸的是没子女送终。

不知道为啥，每次想起这个尚未谋过面的二爷爷，我有点想哭。

岭北婚恋观一窥

独守、留守、独居这些现象，几乎跟女人、孩子、老人紧密相关，跟青壮年男人貌似扯不上边。男人嘛，生活里总不缺酒、不缺女人，放在旧时，男人三妻四妾是平常事，换成现代的男人，也是女朋友如走马灯换来换去，最终总能如愿以偿，天涯何处无芳草嘛。所以，独身男人的概率是很低的。男人总是狐朋狗友一摞摞，呼朋唤友，大碗喝酒大块吃肉，像江湖大佬一样，手下小弟一群，怎会孤寂，怎会独居，怎会做寡佬？

可现实很骨感，越来越多的"寡佬"出现，无论乡村还是城市，这个群体正日益庞大。

由此带来的很多奇闻怪事，风化案、社会伦理、道德法律再次遭遇前所未有的挑战。

无论男人，还是女人，都缺不得性、爱，这些就像吃饭、睡觉一样。所谓一个巴掌拍不响，在婚姻方面，这些男人陷于如此窘迫的境地，经济绝对占第一位。此外，性格、人品、家境、身体因素等等也不能忽视。

与任职于县妇联、人大、党办等部门的几位老同学谈起这个话题，他们无一例外将无婚姻男性归咎为：滥赌、懒惰，性格怪异，家庭暴力。

还有最让女人受不了的是他们的金钱观、价值观，把一分钱看成一个磨盘那么大，即一毛不拔，铁公鸡一个。

这样的男人，在当今很多女性眼里，倒贴十个都不要。

女人说，跟了这种男人，你还要服侍他，不如自己过好了。

圆珠村婚恋小记

圆珠村是母亲的娘家，祖籍地。隶属沙田行政村，全村人口2700多人，由圆珠、大岛、井头、新庆、木根、大岭、军营、大布田8个自然村组成。其中，木根村单身大龄男青年最多。

更甚者，有的家庭两兄弟皆单身至今，兄弟俩跟着年迈的父母居住，年岁渐长无人愿嫁。

一个小小的大岛村，大龄男青年居然多达 15 人。

在圆珠村，曾做过村妇女主任的大表嫂惠芬告诉我，村里超过 30 岁未结婚的大龄男青年、男中年约莫有 10 多人。

有一个叫"晚林"（音译）的本村男子。大学毕业后返乡务工，一直打散工，无正式工作，40 岁了仍一事无成。不仅如此，晚林还看不上同村的女孩，也看不上外村的女孩，常常独来独往，性格越发孤僻和内向怪异。

曾试图去采访这些大龄男青年，惠芬说，无能为力，之前联系过他们，但均婉拒。

问为何，惠芬说：他们觉得丢架（丢人）。

说到这些大龄男青年为何不主动追求异性，或者让亲戚朋友牵桥搭线做媒？惠芬说，有啊，但往往事与愿违，安排他们见了一次面，过后就不了了之，没了下文，不说喜欢，也不说不喜欢，就是不会赴第二次约会。

日子又拖一个月、一年、两年，然后继续单身。

有时男人有意，女人不来电，也枉然，反之亦然。

惠芬说，大多数主动权在女方手里，男人摸不透，只能望女兴叹。

木根村也有七八个独身男人。

村里卫生站的负责人庆平是二舅的大儿子，很小就传承父亲作为乡村赤脚医生的衣钵，35 年来都在村里开设诊所，为乡亲治病。

后来他承包了村里的卫生院，名正言顺当了一名乡村医生。

今天卫生站的病人不多，待了一个多小时，只有约莫七八人来光顾。

闲暇下来，我跟庆平、惠芬聊开了这个话题。

我问："是不是这些大龄男青年都是自身条件或家庭条件不好，才找不到老婆？"

"哪里，也有条件不错的男人不愿意结婚的。"

"你大姨妈的孙子阿萌，你还记得不？今年30多岁了，大学毕业，在一个镇上的中学当老师，还是正式在编的，到现在还是单身呢！"

我张大了嘴。

阿萌是大姨妈的大孙子，30多岁仍孑然一身，他的两个弟弟都成家立业还生儿育女了。对于这个表外甥，我印象不深，只依稀记得他小时候，有点腼腆的一个小男生。

后来我外出到广州读大学，到深圳就业定居至今，再没见过阿萌，只是时不时从母亲那里听过大姨家的片言只语，关于阿萌的多是轻描淡写，片言只语，所以印象模糊。

辗转多年，得知当年这位小小少年，已是风华正茂的小伙子，一名光荣的人民教师。

惠芬说，阿萌从中央民族学院毕业回来后，考上县里某镇一所中学当老师。

多年来，阿萌一直不交女友，对终身大事不来电，30多岁的人，身边也没啥朋友来往，整天就对着一部电脑，平时独来独往，不善交际。

大姨妈也着急，求了许多亲戚朋友帮忙介绍。当中有一个各方面条件都不错的乡镇女公务员看上了阿萌，可阿萌反应冷漠，对女方不冷不热不说好也不说不好，可就是从没约过女方，女方父母也急了，多次催促，追问介绍人阿萌的态度，介绍人也三番五次开导阿萌。

母亲问他有什么打算，他不发一声。

舅妈问他有什么意见，他笑笑，也不吱声。

小姨妈问他满不满意那女孩，他既不摇头，也不点头。

奶奶问他定不定得下来，他半天发呆，不答。

最后，女孩全身而退，不战而败。留下他一个人，依然每天重复着那两点一线的生活，上班，下班，下班，上班。

身边依然空无一人，连同性朋友也鲜见。

更何况女性朋友。

他的爱人，就是一部电脑，加一部手机。

全部亲人死了心。母亲说，随他去。奶奶说："这怎么搞？"

阿萌几乎足不出户。除了亲人，几乎不接触外界人士。

亲戚们都觉得不解，也惋惜。

香兰把阿萌归入"不婚族"一类。害怕面对社会，惧怕社交、人情方面的压力，不愿意承担责任。

香兰说，婚姻跟其他事情一样，只有坚持，只有努力去做了，才会有收成。

只想着得到，却不想付出，哪怕一丝一毫，何来收获？

只是，现在持这种心态的年轻人愈发多起来，包括一些不那么年轻的人，尤其是男人。

惠芬大概核实了一下，阿萌的这个大岭村，粗算一下，独身男人达到十二三人。

隔壁的井头村也有 10 余人。军营村好些，有五六人。大富田、大岛、圆珠村各有七八人。

以上独身男士都是 30 岁以上的中老年男性，25 至 30 岁之间的青年人士尚未调查，惠芬说，这个数字可能更庞大。

家贫、性格、残疾、性取向，等等，是造成这些男性结婚困难的主要因素。

过了 40 岁尚未成家的主要因素就是家庭环境相当困难造成。父母年老多病，拖累了儿子的婚姻，这样的条件，连红娘也不敢介绍女人给他们。

或许，阿萌不结婚，也有他的理由。

除此以外，陋习多的男人也是被女人拒绝的对象。

老广说的"烂"，就很好地诠释了这些不堪男人的境况，烂赌、烂滚、烂酒，三烂。

烂赌大家都懂，"烂"即"极度、非常"之意。"滚"即"嫖、泡"之意，烂滚之人，即好色之徒，色心不改，到处流连风月，身边女人不断，正经人家的女儿自然避之不及。"烂酒"，爱酗酒，常常喝得烂醉，容易耽误事，好事容易泡汤，三天打鱼两天晒网的，谁敢委以重任？有的男人喝醉酒还动手打人，有家暴倾向，现在的女人怎会受这种气？

有些婚前隐藏不良爱好，拍拖时表现不错的男人，一旦与女友生米煮成熟饭，结婚生子后，本性暴露，三观不合，争吵不断，日子过不下去，女人首先提出分手，拜拜。

尤其是性格刚烈的外省妹子或外县女孩。

这样又造成了一批失婚男人。

这群失婚男人大部分为初中文化，高中文化有少部分，大学文化的极少部分。

惠芬说，老家农村性别严重失衡，女性较之男性，更多外出打工发展，更能实现自我价值，因而择偶的标准也更高，也更注重婚姻的质量，生活的品质。

现在的女人独立自主，不再信奉什么三从四德。

因此，本地女孩大多嫁到外地，如湖北、广西、云南、湖南、河南，多是一同打工认识的男孩。

她们多不愿意嫁回老家。

据本地史书记载，自古以来，粤北山区重男轻女思想严重，旧社会至改革开放初期，当地农村还不时有"溺婴"现象，被溺亡的多为女婴。

由此本地人口中男女比例失调，加上近十几二十年来大量女性外流，更加剧了男女比例失调的趋势。

剩下的男丁又多不愿意娶外地女人，担心"看不住"等原因，导致单身男性群体愈发庞大。

那些"剩男"，就这么等着孤独终老。

母亲的姐姐和她们的子女

我的大姨丈，50 余岁患脑溢血，猝死于自家菜地的一间茅草寮里，当时大姨丈正在守夜看护家里种的一块西瓜地。被发现时，已死去多时。

如今，我的大姨妈年逾 80，身体每况愈下。大姨妈年迈体弱，干了一辈子农活，没有退休金，只能依赖子女生活。

生活并不如意。

大姨妈生育了三个儿子，除了大儿子成家外，二儿子也是一名鳏夫。

二儿子小时候发高烧得了脑膜炎，脑子烧坏了，智力低下，书没读成，只能在家帮忙放牛。

印象中二表哥嘴巴是歪的，讲话咕噜咕噜含糊不清，人倒是很善良，从不打人骂人，有时还会被同村的顽劣小孩欺负，学他讲话的怪模样，还拿泥巴扔他。

二表哥从不还手，只是躲着，有时逼急了，就大喊一声，想吓跑那些顽劣的小孩。

我仍记得小时候我曾随大姨妈家的大表哥、二表哥、大表姐、表妹一起上山割草砍柴、摘野果、过河玩水，想起来日子虽然清苦，却也野趣盎然，二表哥常常带着我，帮我背柴火。

后来听母亲说二表哥也一直无婚无娶无子女，与大哥分家后，自己独自一个人住在村里自家的老泥砖房里，自己煮饭吃，冷暖自知，日子窘迫清贫。

大姨妈时不时过去照料接济一下，50多岁时，二表哥孤独去世。

二表哥去世多年，我才从母亲口中得知。

心中一阵悲凉。

母亲的5个兄弟姐妹，一共生育了18个子女。这些侄儿外甥中，没有结过婚的有两个。

二姨妈的儿子叫阿刚，虽出身县城，城镇居民，有工作，却也不愿意成家。有人介绍本地农村的女孩子给他，被他婉拒。

阿刚是一个身世极度坎坷的男人。

死时，同样无妻无儿无女。

曾经有人给阿刚介绍过几个农村的年轻健康女子，阿刚凄然一笑，我无人无物，娶了她只会连累她，跟着我没有好日子过。

阿刚的死至今仍萦绕我的脑海，阿刚的音容笑貌如雕刻一般在我的脑海里，无法忘怀。

他离奇苦难的身世，就像那些花儿，风抽走了它们身上的颜色、水分。

它们皱巴巴地活着，只要活着就努力地活下去。

是的，活下去。我们或者他们，没什么分别，身份模糊渺小，被时代的浪潮裹挟着向前，踉踉跄跄不能自已，但却努力地想要站稳脚跟。

阿刚病死在相邻的连州某医院里，死后就在当地火化。8年过去了，他的骨灰仍留在当地，无人去领。

光棍村点滴记

在老家人眼里，永合镇碌寨是一个出名的光棍村、烂仔村，村里黑社会分子多，打架斗殴吸毒赌博样样齐，未婚女望而生畏，无人愿意嫁进去。

三表姐也是嫁到这个村子里的，年近六旬的她，如今也苦尽甘来。她老公年轻时当兵，是一名工程兵，特别能吃苦耐劳，复员后回到老家的汽车站当了一名管理员，日子虽清贫，但夫妻俩劳心劳力，养大了三个子女，而且个个有出息。大儿子读医，考到博士，毕业后在深圳福田医院工作。二女儿读医学护理，到东莞就业，嫁了一名医生同事，三女儿也读医学专业，嫁到武汉去了，在当地一家社康医院任职化验师。三个子女都是非常成功的典范，备受亲戚朋友羡慕。

三表姐跟我说，永合村里40多岁仍"寡佬"的男人一抓一大把，有的家两兄弟都没能娶上老婆。两个小叔，50多岁了，仍单身，父母已过世，兄弟俩相依为命，生活凌乱不堪。

在县里做科长的两位女同学霏、玫告诉我，如今县里也下决心整治碌寨、卢屋寨这些老大难村，加强法治理念，推广精神文明建设，希望尽早摘掉臭名远扬的帽子，把这些落后村打造成和谐社区、幸福社区。

大龄男青年多的村子，因素不一，有的像碌寨名声不好，有的是因为同村的女人大多外出务工，村里男多女少。

有的是地处偏僻交通不便，如檬洞村，开摩托车去县城也要差不多一个小时，平时没有公交车，老人小孩出门困难，只能依赖摩托送出。

国庆期间，专程与香兰又去了一趟檬洞村，村内连接大马路修了柏油村道，走起来平稳许多，路边依然还有大片的农田，临近秋收，稻穗已一片金黄，秋风吹过，稻浪翻滚，非常壮美。

村子极少有泥砖房了，大多村民建起了二层以上的小洋楼，只是大多还是毛胚房，外墙没有贴瓷砖或涂漆，还是红色砖的外墙。

据说，村里那所破旧的祠堂也要重修，县里拨的钱。

连山是典型的山区县，湿气重，为了祛湿驱寒，当地男人普遍爱喝酒，因酗酒中风、患肝癌的病人高居不下，成为众多家庭的沉重负担，也让他们的老婆心力交瘁。摊上一个酗酒如命的丈夫，也是一件堵心的事。

原县妇联主席阿菲分析"寡佬"成堆的原因，贫富悬殊，城乡差别大。原来广大农村的社会关系稳定，男女比例相对平衡，婚姻状态也基本能维持平衡。

而如今，男人普遍不愿意负担养家的责任，陋习多，学识低，自然神憎鬼厌。

随着女人社会地位的不断提高，受教育程度越来越高，就业率高，经济独立，人格独立，不用再委曲求全，不用仰人鼻息依靠男人生活，择偶的标准自然水涨船高，加上见识广，择偶的空间拓展了。

当下的女人，已从旧时繁重的农活、家务活中解脱出来，生育少，不用每天围着灶台转，社会地位已不可同日而语。她们敢于追求幸福，要求门当户对，物质、精神缺一不可，以前那种忍辱负重的价值观如今也逐渐没了市场。

村里的男人多不愿外出打工，都耗在家里游手好闲无所事事，生活也不见宽裕，导致女孩们更不愿意回老家嫁给那些又穷又倔的本地男人。

失婚男人曾师傅，早年曾在外地打工，谈了一个女友，到了谈婚论嫁的时候，曾师傅带女友回老家，女友一路颠簸，翻山越岭，到了男友家里，看到男友的家境，掉头就走，婚事告吹。

有的生米煮成熟饭，有的女人选择默默忍受。有的女人待生下孩子后，一走了之，孩子也不要。

那些选择留下的女人，自然争吵不断，与老公，与婆婆，关系不和，最后大多也离婚收场。

那天在圆珠村的二舅母家吃饭，二舅母跟我们说，如今家乡有女不愁嫁，到了适婚年龄，门槛会被媒人踏破，不像城市里那么多大龄女，三十几岁还不结婚，放在我们这边都可以当外婆了。

家乡嫁女送的彩礼有厚有薄，广东这边父母嫁女的心态跟内地多有不同，他们认为，嫁女又不是卖女，只要他们两夫妻生活好，彩礼多少无所谓，有个心意就成。

说起婚俗的文明、先进、现代，同省的佛山、顺德等地应是最"上榜"城市之一，他们娶新抱和嫁女，凡来吃酒席的客人无须送红包，只象征性地包个 10 元即可。酒席完毕后主人家会回礼 50 至 100 元给人客，还附送一盒嫁女饼，作为答谢客人出席酒席的辛苦费。这种婚俗在国内应算首屈一指，文明指数爆表。值不值得大力推广，见仁见智，但这种移风易俗的观念是值得肯定的。

秀珍表妹婚恋记

在粤北粤东粤西山区，自古以来一直有重男轻女的陋习，溺婴、杀婴时有发生。曾听沙田圆珠村的表妹秀珍讲，小时候她到村子对面的沙田河洗衣，不时见到上游漂下来的死婴，大多能看出是女婴。

秀珍却是一个极爱女儿的人。

秀珍挣钱比前夫多，前夫眼高手低，也是一事无成。

秀珍是被大家公认为比较幸运的一个亲戚之一，虽然我有不同的看法。但从面对一个只会伸手要钱无所事事的男人，到一个爱她疼她把身家交给她打理的中年男，秀珍表妹也算挨出头了。

按母亲的说法，当年豆蔻年华的秀珍嫁给一个家徒四壁、要钱没钱、要貌无貌、要人品没人品的男人，作为姑妈的母亲抓破头皮也想不出个理由来。

婚后秀珍表妹的老公好逸恶劳、自私自利的本性逐渐显露，夫妻间的争吵自然多了起来。无休止的争吵让秀珍身心俱累，唯有靠长期在外打工来逃避，夫妻之名基本名存实亡。

分居两年后，秀珍提出离婚，老公拖着不肯，结果是，在秀珍付出 2 万元的分手费后才得以恢复自由身。

当时秀珍草率成家的举动让我的母亲一直很恼火，恨铁不成钢。

母亲每次说起这事都捶胸顿足。

因为秀珍小时候常常借住在我家，作为姑妈的母亲当秀珍亲生女儿一样，自然也关心她的终身大事。对于自己初婚的错误择偶，秀珍的理由是：这个男人与我一起打工期间，对我很照顾，拒绝他自己心意过不去。

每提起这事，母亲就撇嘴，什么过意不去？大家处朋友，对你好就要嫁给他？那你能嫁多少人？神化的（神经病）！

离婚后一年，秀珍就到广州、深圳做家政，凭着身材高大、皮肤白皙、手脚麻利等优势，秀珍很快觅得新郎君，一位美籍华人。婚后，秀珍很快诞下女儿，一年后，携女儿移居三藩市，一家团聚。

对于秀珍的第二段婚姻，母亲举双手双脚赞成。

我还是信那句话"姻缘天注定"，秀珍表妹二婚嫁的这位美籍华人大叔年纪比珍表妹大近 20 岁，长相像 40 多岁，一名普通蓝领，生活上比上不足比下有余。

秀珍表妹的经历告诉我，天道酬勤，机会总是留给有想法有行动的人。女怕嫁错郎，嫁个渣男，不掉一层皮也会少两根筋，及时抽离最明智。

秀珍的前夫离婚后一直单身，带着儿子一起过，住的还是跟秀珍闹离婚时威逼秀珍买下的房，否则不买不离，最后秀珍给买的县城的一套老式职工房，还美其名曰是买给儿子，可自己却心安理得住进去的那个渣男。

秀珍前夫离异后也交过几个女友，均告吹，别人都嫌他综合条件差。说白了，长相欠奉，能力欠奉，人品更欠奉。

从当下男婚女嫁所想的

家乡的男人较之于女人，更愿意留在老家。除了在外地读了大学的，就是那些学历不高，家族观念浓重，更容易满足现状，更倾向于小富即安的男人。

况且，还有不少死守重男轻女观念，甚至有家暴倾向的男人就更不愿意走出大山。走向城市，因为城市激烈竞争，规矩多，法治和文明程度高，他们觉得自己根本无法应付城市的文明和法治。

同时，男人们喜欢"耍及"（贪玩），喜欢自由，不愿意被人管，不愿意被家庭约束。

女人经过长时间的外出打工生涯，更希望有一个更广阔的天地，更适合自己的发展空间。她们不愿意再重复原来的生活方式，即那种看不到希望，毫无安全感，没有实现自我价值的空间，一眼看到底的生活。

同样的道理，外出打工的男人更容易找到心仪的对象。

本地男人的素质、条件，已远远满足不了当下女人择偶的标准。

女人们已经跑在前面，而那些男人还在原地踏步，甚至倒退。

男多女少，连着原来无人问津的残疾女也不愁嫁，尤其在那些特别偏僻、自然环境特别恶劣、民风特别彪悍的村子。

表姐告诉我，上草村有一个重度弱智的女人都被人娶走了。

交通方便、环境好的村子自然吸引人，如圆珠村、布田村、石鼓村、福安村这些较富裕的村子。

像上草这些偏僻的地方，聚集了一群年龄介于 30、40、50、60 岁的"寡佬"。

那些曾经高大威猛的精壮男人，打了一辈子光棍，到老了都无法成家。

在农村，基本上只有剩男，没有剩女。傻女也有人爱。

男女性别比例失衡，跨代婚娶，无形中又减少了年轻女性的数量。

现在民间的媒婆少了，村里的少男少女都往县城读书，村里的学校生源越来越少，很多村小合并或撤销了，外出读书的小孩几乎很少再回村里，他们的父母都给小孩在县城或市里买了房，他们认为城里的师资力量强，就业机会多，医疗服务等配套也好过农村。

回头看以前的社会年代，听母亲、姑妈老一辈的人说，父辈这边的男人，除了一个二爷爷没能娶上老婆，其他的叔伯，大多都是正常娶妻生子，有的还能在丧妻后再娶，或休妻再娶，算来都有两位以上的夫人。

其中最老当益壮，最老而弥坚，最雄风不减的当属一位堂大伯，这位堂大伯的结发妻了在"文革"时期被迫害致死后，到 80 年代，堂大伯已年近七旬，还娶到了邻县一个只 30 出头的小娇妻，婚后不久给堂大伯生下一子，圆了堂大伯膝下无子的心愿。

可如今堂大伯的儿子也快 30 出头，连个女朋友的影子都没看到。这一点，年轻人的能力跟老爸相比，简直弱爆了，当然，这跟不断变化的生活观、婚恋观有莫大的关系。

也许现在的男人真的不愿意走进婚姻，看多了围城的故事，自然心有余悸，敬而远之。

三个男人的家

连山 10 月的季节，白天依然燥热，夜晚却有丝丝夜露的微凉。我与约好的大岭村村长吴村长，一起走进那家只有 3 个男人的家，确切地说，是 3 个老男人的家。

没有女人的家，怎能算是家？

一进屋，一股霉味、酸馊味迎面而来，发黄还带点发黑的客厅墙壁，一张木制沙发已看不到原来油漆的颜色。木沙发上堆满了衣服，都是男人的衣服，蓝黑色、灰黑色的外套、长裤，抹布一样的内裤，搞不清楚哪条是洗过，哪条是没洗过的，就胡乱地随意地堆放在木沙发的一头，有些被坐在屁股下，皱成一团，仿佛就是一堆咸菜。

同样一张木制的四方桌摆在客厅一侧，桌子上摆放着几双碗筷，显然没洗过，吃剩的饭菜冷冰冰躺在碗里，任由几头小苍蝇飞来飞去浅尝辄止。

在温暖的 10 月，屋内一片肃杀，如同深秋，两个年过半百的男人表情冷漠，没有丝毫温度，冷酷得令人战栗。

再有，那一副近乎执着而又放任自流的绝望姿势，时常让我觉得，这对兄弟，他们似乎像两具行尸走肉，木偶人，对生活无动于衷，麻木不仁，似乎一眼就看到自己将死的未来，没有未来、后代、传承的日子。

这就是我的家乡，一群生活在边缘线上，毫无生气、毫无尊严的人，一群没有女人的男人，没有家庭的男人。

我想装着很随意跟他们谈，小心翼翼尽力不触及他们敏感而又自尊的内心和那根神经。

那个秋日的黄昏，大哥坐在门边的门墩麻石上，望着远方出神，他说等下要去菜地里摘一把豆角回来做晚饭，顺便给菜地浇浇水，施点尿肥，已经几天没去菜地打理那些地里的红薯芋头豆角辣椒了。

蜘蛛网结在墙角，窗户布满灰尘。桌上，冷羹残饭。

家里没个女人，里里外外都得自己来。没有女人的家，不叫家，叫窝。

年轻人上大学后都不回来了，没上大学的也都去了南方打工。有的时候一个人走在路上，会想象这里有一天是否会变成一座空城，野草荒径，灌木丛生，狼群野猪山鸡会再次出没，好像我们从来没有来过一样。

表妹表姐婚事探究

离开家乡 20 多年来，几乎就没喝过亲戚们的喜酒，包括嫁女酒，娶新抱酒，满月酒，大寿酒，入伙酒。那些稍比我年长些的表哥、表姐们的小孩大部分已成家，表哥表姐们一半以上做了爷爷、外公或奶奶、外婆。

今年听母亲娘家圆珠村的大表哥说，以前，村里的女孩子很多十几岁就嫁人了，她们的母亲有的三十几岁就做外婆了。常常是左手抱着孙子，背上背着自己的孩子，辛苦自不必说。

20 世纪五六十年代，许多母亲与女儿同时生育，同时坐月子，儿子和孙子同岁的情况并不罕见。有时女人带着儿子和孙子赶集，外人往往搞不清，怎么两个孩子看似一样大，都是你的吗？女人有点不好意思作答。

那时的女人通常怀了就生，生了又继续怀，一口气生五六个、七八个再平常不过，往往生到四五十岁。以前的女人从不避孕，也不堕胎，因为无法避孕，更无处堕胎。以前无堕胎药，更无人流诊所。

在老家，亲戚之间的辈分常让我一头雾水，都不知道该如何称呼这个舅、那个姑的。只不过我们这一辈少不了的是仍有许多哥哥姐姐弟弟妹妹，亲戚也是多箩箩的。

我似乎并不太关心那些侄子、外甥娶个怎样的老婆，生的小孩是男是女，我倒是更关心那些丧夫或离异的堂姐、表姐、表妹和堂妹们，关心她们能不能再重组一个新家？她们新的夫君家境如何？人品如何？未婚的堂妹、表妹、侄女、外甥女们能不能嫁得一户好人家？

这一点我的观念和母亲大体一致，平时与母亲谈得最多的也是这些家族的婚嫁丧喜。

众多表妹中，那个叫小唯的表妹情路最坎坷，她常常与我谈起她交往过的多个男友，他们"从不提结婚""每次都是我自动离开""不得不走，拖不起"。

小唯表妹在外地打工 10 多年，也蹉跎了 10 多年，最后一无所有，只有打道回府，一心一意陪伴体弱多病的父母。前几年，小唯表妹退一步海阔天空，觅得一位非富、非帅，但有田、有地，不愁大米、蔬菜、土鸡蛋的本地"农民"阿德，两人相识没多久就结婚了。

小唯表妹说她老公不久前考了点心技师证，现在广州一家酒家做点心师傅，每个月把大部分工资交与自己，自己则与父母一起待在老家，带着老公最疼爱的胖儿子，每天吃饱了无所事事，连碗都是母亲洗的。

余下那几位表姐也是命运迥异，小表姐阿秀中年丧夫，老公死于酒后脑出血，阿秀也成了寡妇。

阿秀姐交过多个男友，无奈都是"得个桔"（落空），不是看不上对方，就是对方看不上自己，总之都是缺少缘分。前几年，阿秀姐患上类风湿，关节变形，身体每况愈下，原本的一个男友也离她而去，再找一个条件好点的更是难上加难。如今阿秀只想找个愿意照顾自己的男人过日子，但这个心愿似乎更加遥不可及。

记忆深刻的是，小时候在家乡，常随父亲四处喝酒、玩乐的难忘时光。那个年代，人丁兴旺、鸡犬相闻、阡陌纵横、妇唱夫随、儿孙满堂，整一个兴旺的山区农村和城镇生活。那一段的小城时光是刻骨铭心的，是跟随我到了大城市得以安身立命，创出一片天地的精神寄托，是让族群的血脉得以延续、传承，生生不息的坚韧动力。

小时候家乡很多孩子的游艺，很多的玩法，很多的友情，很多的自然风物，花花草草，家族史的片段：关于母亲、外婆、祖父、曾曾祖父、祖母，等等，他们的家族秘史，他们的风云激荡，人生际遇，还有我对家族史、老屋、祠堂、土地的神往、追寻，孜孜不倦的探秘。

那一段关于祖上携家带口走金兵，颠沛流离，一路南迁，历经离散最终重聚的坎坷遭遇，又如何在粤北之地开枝散叶、繁衍生息，家族一路壮大，到曾经一度的家道中落，家门不幸等等离奇诡异的家族变迁史。

还有那两位一辈子不曾婚娶，无儿无女，从未过谋面的堂叔。

那个曾经显赫的、富贵的虞氏家族，800 多年来，我不知道里面滋生了多少个爱恨情仇、刀光剑影、争名夺利的家族故事，死的死，逃的逃，家破人亡，妻离子散，我只知道，里面有过孤儿寡母，有过孤独终老，有过白头偕老。

友人在朋友圈发图片，是 20 世纪六七十年代东北地区的大型钢铁厂，废弃的厂房、机床、锈迹斑斑的大吊车，厂房外几棵粗大的树木已被伐倒，花儿开到颓靡，开到人心生悲凉，仿佛所有的好时光突然来到眼前，又突然消散。

岭南岭北往返之感怀

今年五一节又回了一趟连山，与另一个表嫂阿虹也聊起这个话题。阿虹是永和江头村人，她说，自己同宗的 5 个侄子，好人好貌，一匹靓仔，家境尚可，可三十几岁人了，就是娶不上老婆，也不知道什么原因，可能是社交太少，认识不到姑娘。

这几年社会主义新农村建设，家乡出现了一些好的现象。比如被誉为"广东九寨沟"的三水大旭山景区，这几年开发建设好，旅游业兴旺，也引得周边的姑娘慕名前来。

还有原来偏僻的檬洞村、上草雷古岭，因为美丽乡村建设的缘故，交通和村容村貌有了很大的改观，农民的收入增加了不少，也开始引得周边村寨的年轻姑娘青睐，男女失调没之前那么严重了。

只是永合镇碌寨寡佬依然特别多，听闻有 70 多人仍未能娶上老婆。阿虹笑着跟我说，问我有没有什么好女子介绍给他们。

她还说起现在农村的孩子，不会干农活，已不认得"稻"和"稗"之区别。

也许若干年后，"农村"一词将会消失。

2019 年 5 月中旬，我电话回访了香兰，问起阿萌的婚事有无着落，她的回复：未婚，无女朋友，他生于 1982 年，今年贵庚37。

如她的话，阿萌依然内向，依然情商低，依然没有社交能力。

这些年来，无论打工、写作还是从政，无论在哪个城市驻留，我始终坚持每两个月回广州陪伴母亲数天，或者陪着父母回老家，走亲访友逛街，寻觅美食美景，找寻那些离得很远很远的亲戚，重新发现生命中的许多秘密，不曾中断，也不想中断。

两月一次的广州之行，或者一年两三次的连山之行，来去匆匆。老父老母尚能生活自理，饮茶、打太极、逛公园、买菜煮饭不输蚀于年轻人。

只是他们的身体每况愈下，关节、牙齿、血压，每一种年轻时不曾遇见的疾病按踵而来，如影随形，赶也赶不走，看医生也无济于事，只能理疗、保健，或用传统的土方法治疗。

常常与母亲唠长长的嗑，讲家长里短，都只是为了能坐在母亲身边，看着母亲愈发衰老的身躯，我只能边谈边看着自己手上的书或手机。

还有一点，我一直认为，自己对父亲的"悔"，来自个体历史记忆的匮乏。父亲那一代人，大部分都经历过战争的创伤、政治的磨难和贫困的折磨，还有家族的变迁、衰败、浮沉。幸存者终其一生将带着不安全感和心灵深处的伤口，对生活总是小心翼翼的、低眉顺眼的，就像大伯，早逝的刚哥，未谋过面的堂叔，而我的父亲算是比较桀骜不羁的、倔强的、浪漫自由的人，这一点，我多少有点遗传了父亲。父亲爱折腾，16岁自己报名参军，在北京服过役，参加过中越战争（任工程兵，驾驶军用物资车辆），复员后觅得一份不错的工作，离开母亲后另组家庭，却不遂意，日子越过越不堪，最后身患恶疾郁郁而终，刚年过60。

那些久远的爱情故事

电影《永失我爱》热情幽默的青年苏凯对空姐林格格一见钟情，经过一番努力，终于用真诚打动了格格的心，二人迅速坠入情网。

随后，苏凯用卖旧房得来的钱在公路旁买地建房，两人满心欢喜准备结婚。就在此时，苏凯因身体偶感不适去医院诊治，想不到诊断结果却是他得了一种叫作"肌无力性疾病"的不治之症，苏凯一下子陷入绝望。

格格一边工作，一边沉浸在婚前的喜悦中，苏凯冷静下来后，为了不拖累年轻的格格，决定向格格隐瞒病情并提出分手。

格格被苏凯强忍心痛赶出了门，格格的好友杨艳知道实情，留下来照料苏凯。

善良的杨艳在照料的过程中，不知不觉爱上了个性坚强、心地善良的苏凯，苏凯在杨艳的安慰与鼓励下终于回应了这份爱情，随后含笑离开人世。

多年以后，格格一家和杨艳一家一同在苏凯留下的小木屋中过着幸福的生活。

20 世纪 50 年代，20 岁左右的重庆江津中山古镇高滩村村民刘国江爱上大他 10 岁的"俏寡妇"徐朝清。

为避世人流言，他们携手私奔至海拔 1500 米的深山老林，自力更生，靠野菜和双手养大 7 个孩子。为让徐朝清出行安全，刘国江一辈子都忙着在悬崖峭壁上凿石梯通向外界，几十年如一日，凿出了石梯 6000 多级，被称为"爱情天梯"。

这段位于深山密林的"爱情天梯"，一度成为情侣朝拜的"圣地"。

庚子年返乡记事

2020 庚子年下半年，终于可出游，第一时间返连山，归心似箭地给已故父亲补上清明扫墓挂纸等重要事务，兼给老祖母的墓一并清扫拜祭。这些人生中的大事都应该赋予神圣感、仪式感，并代际相传。

车流滚滚，人潮汹涌，这个不一样的中秋国庆，赋予国人更多不同的意义。

大姨妈的小女儿秀芳，阔别 20 多年，在表嫂组织的饭局上意外重逢。问起她大哥儿子阿萌的婚事，秀芳欣喜地告诉我，今年他终于"拉埋"了。

消息如一颗重磅炸弹袭来，我简直惊呆了。

今年这个特殊年份最令人激动的消息。

秀芳告诉我，阿萌的太太也是老师，同岁，也是 37 岁大龄，也是初婚。性格方面，与阿萌同出一辙，也属内向型。

我未能一睹阿萌太太的真容，但想必也是一位贤淑女子，两个均不善言辞的人走在一起，同一屋檐下，同一张床，同一张饭桌，四目相对，该是心生欢喜的。

或许，这一对碧人，碰到了一起，电光火石，从此思绪大开，相处甚欢呢。

生活由此眉目传情，执手到老。

这是我今年听到亲戚中最好的喜讯，今年意外的没有听到熟悉亲人离世的消息传来。

不太好的是，表姐的二儿子为了躲赌债，已有两年未曾回过家见父母和女儿，二媳妇偶尔跑去广州会上一面。前段时间，二媳妇已提出离婚，二儿子依然不回复，媳妇欲诉至法院。

这是表姐告诉我的。至今，二儿子和二儿媳的女儿一直由她扶养。

大儿子离婚 3 年多，仍旧单身，仍旧与父母同住。

随喜随遇偶遇

在我所了解的粤北山区，以及在很多内地偏僻的山区农村，这种爱在现实面前，有的被击打得遍体鳞伤，体无完肤。因为，现实抵不过柴米油盐，抵不过香车宝马，如今的年轻人，宁愿坐在豪车里哭，也不愿意坐在自行车后尾上笑。

多么痛的领悟，不管是乡村，还是城市。

这个人间充满了聒噪，人人忙于赚钱、买房买车，就是不愿意从事农事、实事。

以前讲相濡以沫，现在讲各自安好。以前讲白头偕老，现在各走各的路，各自精彩，相忘于江湖。

我一厢情愿地希望，我的岭北故乡，我那些熟悉的村，依然是人丁兴旺的，欢声笑语的，鸡犬相闻的。

那天，与阿虹通了微信语音，依旧老话重谈，问她村子未婚大龄剩男的事，阿虹依然是热情似火地："怎么，你有好的女孩子介绍吗？情况并没有太大改观啊，只是个别地方有所好转而已。"

走在吉田街头，看到几对年轻小情侣搭肩或牵手而过。夜晚，散步吉水河畔，两岸的灯光工程如梦如幻，映照着这个宁静的边陲小城，别有风情。

县民族中学门口一排宵夜大排档人声鼎沸，香气弥漫，帮衬的多是一群群的年轻人。

有一对男女搂抱着走过河堤，有一双男女骑着摩托车呼啸而过。

流水淙淙，情话呢喃，这样的夜，这样的人，有着美好的情愫在滋长。

大山高耸，丛林莽莽，乌云聚拢，山风浩荡。

在这片住着山妖、盘王、牛王、百鸟的粤北大地，壮瑶汉儿女们与巫师、神婆、农夫、头牲一同呼吸，一同喝甘甜的山泉水，吃软糯的油黏米、甜脆的油菜心。

一切喜与悲，爱与愁，都是明亮、美好、勇敢、善良的，诸神终究会庇佑他们。日月星辰，亘古不变。

愿人间有情，愿天下有情人终成眷属。生活由此展开新画卷，在天地开阔、万物竞秀的粤北山区，自由奔跑、自由恋爱。

爱与愁，乐与悲，爱的主题曲，都源于人心，源于上苍的恩赐。祈祷我的家乡，岭北莽莽大山，群山之上，秋看稻菽千重浪，万亩良田美如画。

（注：文中人物均为化名）

后　记

这是我的第五本拙作。

想来惭愧，距离上一本散文集，这本散文集的出版已是 3 年后了。跟圈内那些作家劳模相比，我是真懒到边了。

写岭南，写岭北，写平生，写自己熟悉的人和事。

竹杖芒鞋轻胜马，一蓑烟雨任平生。作为一个深耕基层 30 年的老深圳，多数时间走社区，脸皮、嘴皮、脚皮磨砺成一块块厚厚的老茧，双手涂满辣辣的万金油，满身插满或利或钝的大菜刀、小飞刀。脸皮厚，胸口阔，天不怕地不怕，怕死不是某某人。

我不是一个深刻的人，我是一个真实的人，我略显柔弱冷漠的面孔，内心藏着一团火。我的不羁、狂野，天马行空的胡思乱想，自由、散漫，流离浪荡的东游西逛。神经错乱、拍案而起的愤世嫉俗。喋喋不休、气急败坏的口若悬河。不管爱还是不爱，不恨，不怨，情绪这东西，犹如滔滔江水连绵不绝，有时意识模糊，有时思路清晰，有时苦口婆心，有时沉默寡言。我的灵动、狡黠、敦厚、耿直、乐天，被他们形容我像百变女妖，有时倔得像驴，有时凶得像狼，有时乖得像猫。

像淑女，像飞女，像侠女，一个矛盾、分裂的女人，因为我是岭南岭北的结合体，我是我，多么特别的我。

对岭北故乡的写作除了与生俱来的血缘，可以说母亲是我写作路上的第一引路人，而我也充当了母亲最好的聆听者。最重要的是源于母亲的日常口述，经年累月，已或多或少，或清或懵，一点点地渗入我的血水中，落地岭南这座滨海城市，我的狰狞面目经常会暴露，像狐狸的尾巴藏不住。对故乡的牵挂从无间断，虽然故乡渐行渐远，但岭南岭北在空间、地理、距离所产生的疏离、美感、纠结，让我愿意再一次挥笔写下那些自己亲历过、遇到过的风雨雷电，寻常巷陌，人间乐事。

以我的生活态度，在深圳，既读一点闲书，又行一点弯路，看完电影唱K，吃完美食购物，生活娱乐两不误。奇思、妙想、胡思、乱想、瞎逛、瞎玩、瞎乐，就这样荒废人生，就这样虚度年华。

闲暇时光，我才会霸住书房、电脑，坐着，趴着，一边戴着耳机听歌，一边抱着电脑敲打，码下一堆无用的字，自己看，偷着乐，偷着惭愧，因为自己不能妙笔生花，不能写下鸿篇巨制，不能流芳百世。

我愿意继续往返于岭南岭北之间，在这清平人世，记下所爱的人、事、字，与它们同喜，同悲。

虞宵
2021 年 2 月于深圳